120

LA VEUVE BARBARE

Du même auteur
aux Éditions J'ai lu

Le secret de Ji - 1, *J'ai lu* 6578
Le secret de Ji - 2, *J'ai lu* 6662

Les enfants de Ji :
Le testament oublié - 1, *J'ai lu* 8225

PIERRE GRIMBERT

LA VEUVE BARBARE

LES ENFANTS DE JI, TOME 2

J'AI LU

Je suis la reine Che'b'ree Lu Wallos, fille de Tol'b'ree Lu Wallos. La vingt-sixième souveraine de la lignée des B'ree, dont le territoire s'étend depuis les monts de Gull jusqu'aux rives de la Miroise, au nord et à l'est, et jusque dans les vallées des sablantes, au sud.

Il y a une vingtaine d'années encore, mon royaume était deux fois plus grand... Et les pays wallattes dans leur ensemble s'étalaient sur au moins dix fois cette surface. Mais un jour est venu Saat, le maudit sorcier, et nous l'avons suivi dans une guerre qui s'est achevée par un massacre. Le nôtre. Ma race paye toujours le prix de son ambition...

Les Solenes et les Thalittes ont rongé nos frontières, jusqu'à nous coincer contre la montagne. Nos anciens esclaves sont devenus nos geôliers. Il faut nous battre constamment pour qu'ils ne deviennent pas aussi nos exterminateurs... Je fais mon possible pour organiser nos défenses. Personne d'autre ne le peut. Je suis la seule souveraine wallatte encore en vie.

Tout ce qui reste des clans s'est regroupé sous ma bannière. Des femmes et des enfants, en majorité, ainsi que quelques dizaines d'hommes qui avaient refusé de suivre Saat. Peu de guerriers ont survécu à la bataille de la Sainte-Cité, mais ils m'ont également ralliée... Les premières années de mon règne furent particulièrement dures. Mais les enfants ont grandi ; nous formons de nouveau un peuple fier et indépendant. Il y a du blé dans nos champs. De la viande dans nos celliers. Et le sang de nos ennemis sur nos lowas !

Cela pourrait durer longtemps... ou être anéanti en une décade. Il suffirait aux tribus thalittes de s'allier aux Solenes pour nous effacer de la carte, puis des mémoires. Notre sort est lié aux rancœurs réciproques d'une poignée de chefs barbares. Tous convoitent le peu de terres qu'il nous reste, mais aucun n'est assez confiant pour exposer son flanc à son voisin. Des espions m'informent régulièrement de leurs négociations... Pour autant, je serais impuissante s'ils décidaient finalement de se liguer contre nous. Mon seul espoir est que cela n'arrive jamais.

Depuis deux décennies, chaque journée passée me semble un simple répit. La menace qui pèse sur Wallos, ajoutée à mes autres angoisses, me donne le souffle court et d'insupportables insomnies. Je me refuse pourtant à y voir des signes prématurés de vieillesse. À cinquante-deux ans, je manie encore l'épée ou la lowa aussi bien qu'un guerrier. Aucun homme, d'ailleurs, n'est accepté dans ma garde personnelle avant de m'avoir vaincue dans une joute. Et j'emporte souvent la victoire.

La haine... La haine entretient ma force, et attise ma rage. J'ai dû maudire Saat un bon millier de fois, mais ça ne me paraît jamais assez. Le souvenir de sa peau froide et ridée, de ses os saillants, de son odeur de terre et de mort, me poursuit continuellement. J'ai partagé la couche de ce monstre pour y gagner un empire, et je me retrouve à batailler pour seulement conserver la terre de mes ancêtres !

Le sorcier m'a tout pris : mon prestige, ma joie de vivre, et jusqu'à ma féminité. Après m'être tant et tant donnée à lui, crispée sur les draps, surmontant mon dégoût, je n'ai plus jamais réussi à m'abandonner à un autre homme. Certains y voient une forme de fidélité ; tous savent que j'étais la concubine du Haut Dyarque. Pour eux, je ne suis qu'une veuve particulièrement dévouée... Mais ceux qui me sont proches connaissent la vérité. En fait, tout ce qui a trait aux coucheries me répugne. Je ne supporte plus l'idée qu'on puisse me posséder. Je n'appartiens à personne.

Le dernier à s'y être trompé, un capitaine que j'avais invité pour parler stratégie, a amèrement regretté son baiser volé. Les Wallattes ne sont pas réputés pour leur clémence. J'ai fait mettre le goujat sur la carène ; son agonie a duré trois jours entiers. Puis j'ai donné ses attributs à manger à mes chiens. La plupart des guerriers évitent depuis de croiser mon regard ; ils osent à peine m'adresser la parole. Je ne demande pas mieux. Peu de conversations retiennent mon intérêt, de toute façon. Trois sujets seulement occupent mes pensées, et réclament mon attention.

Le premier est l'avenir de mon royaume.

Le deuxième, le talisman qui ne me quitte pas, et les cauchemars qui y sont rattachés.

Le troisième... Il s'agit de mon fils, Keb. Il est ma principale raison d'agir. Je ne me battrais peut-être pas autant pour le pays wallatte, si ce n'était pour le lui offrir un jour. Keb est... la seule personne qui m'aime. Qui m'aime avec sincérité. La seule en qui j'ai entière confiance.

Par malheur, il est aussi le fils de Saat.

*

Gilas était gardien de phare depuis déjà quinze longues années. Son engagement n'était certes pas une vocation ; ancien apprenti tonnelier, il avait dû se trouver un autre gagne-pain après l'incendie de l'atelier de son maître... L'opportunité s'était présentée de rejoindre les hauteurs de Lorelia, et Gilas avait accepté sans réfléchir, trop heureux de ne pas aller grossir les rangs des mendiants de la cité.

Le travail n'était pas particulièrement fatigant ; en tout cas, l'homme ne s'activait pas plus que nécessaire. Il n'était d'ailleurs que moyennement apprécié de ses confrères, les onze autres gardiens des phares de Zelanos, disséminés sur ces rivages du royaume marchand. Mais Gilas s'en fichait. Il ne les rencontrait qu'en de rares occasions, de toute manière. C'était l'inconvénient majeur du métier : on s'y ennuyait à mourir. La plupart de ses collègues profitaient de leur temps libre pour lire, peindre ou s'occuper de leurs familles, mais notre homme n'avait jamais réussi à garder une épouse, ni à développer une passion. Il s'était même lassé de la tonnellerie, alors qu'il avait failli y consacrer sa vie...

Ses journées, Gilas les passait à contempler le large, accoudé à la balustrade surplombant la mer Médiane d'une bonne centaine de pas. Il suivait l'avancée de toutes les embarcations, et celles-ci étaient nombreuses, dans les parages ! Son phare était l'un des trois plus proches de la cité, et chaque navire en partance pour Ith, Yérim ou Mythr glissait obligatoirement sous son regard.

Avec ses tout premiers gages, l'homme s'était offert une puissante lunette qui ne quittait pratiquement jamais son œil. Il n'avait ainsi pas d'autre marotte que d'espionner les équipages dans leurs œuvres, et pas d'autre ambition que celle de prendre un jour le large, à son tour... Pour autant, Gilas était trop indolent pour donner corps à ses rêves. Seule la nécessité pouvait le pousser à grimper dans sa barque et rallier le continent : besoin de ravitaillement, naufrage à rapporter à la capitainerie... Sans cela, il serait resté en permanence dans sa tour fouettée par les embruns, à pester contre le destin qui l'y avait placé.

Sauf ce jour-là. Ce jour-là, il fut le témoin d'une scène extraordinaire, qui valait en émotion tout ce à quoi il avait assisté en quinze ans. Son intuition lui souffla que sa chance venait peut-être de tourner, et il passa un long moment à poursuivre une mystérieuse gabière de sa longue-vue, avant de dévaler les quatre cents et quelques marches de son phare pour gagner Lorelia à grands coups de rames.

Moins d'un décan après, il était de retour. Et un autre décan plus tard, il sut ne pas s'être trompé sur l'importance de cette affaire. Une chaloupe arrivait tout droit de la ville, vers son îlot rocailleux... Cela faisait presque quatre ans qu'il n'avait pas eu de visite !

Curieux autant qu'impatient, Gilas se crispa sur sa lunette pour détailler l'homme escorté par deux rameurs. Il portait des vêtements de qualité, finement brodés, et le gardien de phare s'imagina aussitôt reconnaître une figure de la Cour. Ou tout au moins, un riche individu... Bien décidé à profiter de ce nouvel intérêt pour sa personne, l'ancien tonnelier se cala dans son fauteuil préféré et attendit que l'inconnu accomplisse l'épuisante ascension jusqu'à son nid de goéland.

L'homme s'en tira dans un délai honorable, malgré son embonpoint et un âge déjà avancé. Gilas déchanta un peu en découvrant les traits de son visiteur... Il s'était préparé à un entretien où il vendrait ses informations au compte-gouttes, mais l'expression contrariée et impatiente du nouveau venu le ramena à un peu plus d'humilité. Même le pauvre gardien à l'écart du monde pouvait sentir l'habitude de l'inconnu à être obéi sans discussion. Il flottait comme une aura d'autorité autour de lui... Ses mains lourdes de joyaux avaient sûrement dix fois le pouvoir d'envoyer quelqu'un au gibet, et l'homme semblait tout à fait d'humeur à user de ce privilège.

— Tu es bien celui qui a vu la gabière ? vérifia le personnage, avec seulement un léger essoufflement.

Gilas s'empressa d'acquiescer, regrettant maintenant de s'en être mêlé.

— Tu as fait un rapport à la capitainerie. Ton histoire est arrivée jusqu'à mes oreilles. Je veux tous les détails. Donne-moi le récit complet de ce que tu as vu.

Le gardien s'humecta la gorge, déglutit, avec la désagréable impression qu'une mauvaise réponse allait lui coûter un peu plus cher que sa place.

— Ben... C'était juste après le gros orage, au quatrième décan... Y'avait pas beaucoup de passage... Tous les marins savaient qu'un grain se préparait, alors y'z'ont mis en panne, ou y'sont pas sortis. Mais quand y's'est arrêté de pleuvoir, j'ai vu cette gabière, qui filait à pleines voiles... J'l'ai regardée avec ma lunette, et j'ai vu des types sur le pont qui balançaient des corps dans la flotte ! Une dizaine de cadavres, au moins !

— Ça, je le sais déjà, s'impatienta l'inconnu. Mais combien étaient ces types ? Est-ce qu'ils étaient blessés ? Est-ce qu'il y avait des femmes parmi les morts ?

— Ben, heu... Des femmes, j'en ai pas vues, nan. Y'avait qu'un grand bonhomme, mais vraiment grand, vous voyez ? Et un jeune, habillé tout en noir... Mais y'z'avaient pas l'air blessés, nan. Ça les gênait pas, en tout cas, pour soulever les corps.

Le visage du visiteur se renfrogna encore. Gilas songea soudain qu'il n'avait même pas pensé à demander le nom ou la qualité de son hôte, ni à quel titre il menait cet interrogatoire... Mais il était trop impressionné pour oser seulement le questionner sur la couleur du ciel !

— J'ai le nom du bateau, se rappela subitement le gardien, en espérant complaire à l'inconnu. Le *Rubicant*. Y'a le pavillon lorelien.

— Ça aussi, je le sais déjà, maugréa l'homme avec mépris. Est-ce que tu pourrais m'indiquer leur cap, au moins ?

Gilas retrouva aussitôt le sourire. Il avait enfin une occasion de se rendre utile !

— J'peux faire encore mieux, avança-t-il en bombant le torse. J'suis sûr que j'peux trouver leur port d'arrivée !

L'inconnu afficha aussitôt un masque de scepticisme. Le gardien devinait avoir malgré tout éveillé son intérêt...

— J'ai l'habitude, reprit-il. À force de voir tous ces bateaux passer... Et puis, y'a plein de points de repère, les z'aut'phares, une paire d'îles... Suffit de r'garder à quelle distance y'passent à côté, puis d'tirer une ligne sur une carte... Avec toutes celles qu'y a ici...

— Tu te souviens de leur route ? douta le visiteur.

— Oh, sûr ! J'les ai suivis le plus loin possible. À vue de nez, j'dirai qu'y'partaient pour Yérim ou Tal Raset, mais j'vais vérifier vite fait...

Joignant le geste à la parole, il remua un paquet de parchemins, balaya du bras une table couverte de miettes et d'autres restes de repas, puis y déroula une grande carte qui devait dater de la construction du phare.

— Voyez ? s'agita-t-il, alors que l'inconnu se penchait sur son épaule. Y'sont passés à trois cents pas de *l'esquif de la poule*, puis à un bon mille de Zelanos... Si on continue en ligne droite, ça fait...

Alors que son ongle noir glissait sur la carte, son enthousiasme retomba comme un soufflé.

— J'ai dû m'tromper, commenta-t-il avec embarras. Ça peut pas être cette île, y'a rien là-bas, même pas une bicoque de pêcheur. P't'être qu'en prenant une direction un peu en dessous...

Son visiteur se pencha davantage sur le document, plongé dans une mystérieuse réflexion. Puis il retourna son regard inquisiteur sur Gilas :

— Quand tu es allé faire ton rapport, tu as demandé à être reçu par un certain Guéry. Pourquoi ?

— Ben, heu... Y'travaille à la capitainerie, comme les autres, mais... Je m'suis laissé dire qu'y'connaissait des gens dans la Légion Grise. Alors, avec cette histoire de cadavres jetés à la flotte... J'ai pensé qu'c'était important, quoi.

— Tu as bien fait, conclut sobrement l'inconnu. Tu seras récompensé.

Sans un mot de plus, il quitta les lieux en emportant la carte serrée dans son poing. De nouveau seul dans son phare, Gilas se rengorgea d'avoir été aussi malin. Bientôt, c'était certain, une vie meilleure commencerait pour lui !

C'est avec une joie profonde qu'il recolla sa pupille sur sa lunette. Et il se remit à espionner de plus belle.

*

Des voyantes thalittes m'avaient prédit, lors d'une séance de divination par les dés ithares, que je porterai un enfant de Saat. À l'époque, je n'avais pas d'autre souhait : le sorcier désirait un fils plus que tout au monde, et le lui offrir devait me permettre de partager à jamais son empire...

Je ne lui ai pas annoncé, pourtant, quand mes sangs ont commencé à se faire attendre. Je n'en ai pas dit plus, lorsque le doute est peu à peu devenu conviction. Quelque chose me retenait. Je crois maintenant que je me refusais à voir un tel homme éduquer mon enfant.

Malgré tout, je suis convaincue que Saat savait. Lui qui cultivait la raillerie comme une religion, avait soudain multiplié les allusions à une potentielle prise de poids. Son rire haut perché, quand il évoquait le sujet, résonne encore dans mes oreilles... Il semblait impossible de lui cacher quoi que ce soit. Saat perçait les secrets de quiconque lui faisait face, et s'en amusait avec une cruauté mêlée de détachement. Il s'attendait donc à être père, mais ne m'accordait aucune considération particulière. En guise de remerciements, je n'avais droit qu'à des plaisanteries ! Cela me rendait furieuse.

Le sorcier me trahit de nouveau, le soir de la bataille de la Sainte-Cité. Deux prisonnières lui furent présentées ; l'une d'elles était une certaine Maz Lana, une ithare d'une grande beauté, que je méprisai aussitôt. Alors que j'allais nous débarrasser de cette ennemie, Saat m'en empêcha, blessant ma fierté par la même occasion. Il prétendait vouloir ajouter la prêtresse à son « harem », un ramassis d'esclaves sur lesquelles il passait ses nerfs... Mais je ne fus pas trompée par son mensonge. La seule chose qui l'intéressait était l'enfant que portait la captive. Et je compris que donner un fils à cet homme ne suffirait pas à m'assurer ses faveurs...

Je devais aussi être la première, la seule à le faire.

Déterminée à tuer l'étrangère, je volai l'une des pierres que Saat considérait comme un trésor. Ce morceau de roche est devenu mon talisman ; je le porte encore aujourd'hui, et ne m'en séparerais pour rien au monde !

J'avais compris qu'il permettait d'échapper à la magie du sorcier, ainsi qu'à sa... créature. Personne ne devait m'empêcher de frapper celle que je voyais comme une rivale !

Pourtant, le destin en décida autrement. Lana parvint à s'enfuir et je la poursuivis pendant un long moment, jusqu'à nous retrouver seules dans un entrepôt. La précipitation me fit chuter, provoquant un éboulement de meubles empilés... et je me retrouvai coincée sous une lourde table, avec pour seul désir d'être achevée au plus vite par mon ennemie.

Il n'en fut rien. La prêtresse m'adressa quelques paroles de réconfort et m'encouragea à m'éloigner de Saat. Je ne lui répondis que par des jurons, mais ma surprise fut grande quand, après un moment de solitude, je compris qu'elle m'avait réellement épargnée.

Cette nuit fut peut-être la plus longue de ma vie. Malgré tous mes efforts, je me trouvai incapable de délivrer ma jambe coincée sous une charge trop lourde. Et la clameur des combats se rapprochait, engendrant mille questions sur le déroulement de la bataille, censée avoir lieu de l'autre côté de la montagne...

C'est un groupe de guerriers arques qui me découvrit, un peu avant l'aube. Alors que je les menaçais de toutes les malédictions possibles, s'ils osaient me maltraiter, ils se contentèrent de me libérer et de me laisser filer. Je pus alors constater l'ampleur du désastre. Le plan de Saat avait échoué. Notre armée était battue, refoulée hors du profond tunnel que nous avions creusé sous la cordillère. Les Wallattes survivants s'étaient éparpillés dans la nature pour échapper à la vengeance de leurs anciens esclaves. Moi-même, je dus abandonner mes atours de reine et me grimer pour rejoindre le palais du sorcier...

Un incendie l'avait partiellement ravagé. Ses portes restaient béantes, mais personne ne semblait avoir osé y pénétrer. On avait dû essayer de le détruire en y jetant quelques torches et flasques d'huiles... La terrible réputation de Saat avait sauvé sa dernière demeure. J'entrai, certaine pourtant que mes anciens alliés seraient introuvables.

Je me trompais. Dans la salle d'audience principale, je découvris mon répugnant amant. Mort. Affalé sur son trône, sa propre épée plantée dans le cœur. Il reposait dans une mare de sang noir et sec depuis longtemps.

À douze pas de là gisait l'impressionnante silhouette de Gors'a'min, mon suzerain dans la hiérarchie des clans wallattes. Le roi et chef de guerre gémissait faiblement, dans une apparente inconscience. Une énorme contusion s'étalait sur son ventre et sa poitrine ; il devait avoir quelques côtes cassées, peut-être même enfoncées dans le poumon... Sans hésiter, je dégageai l'épée du corps de Saat pour l'abattre sur le cou du guerrier.

Il ne s'agissait pas de compassion. J'avais toujours regretté l'allégeance qui me liait à Gors.

Il me fallut ensuite surmonter ma répulsion pour fouiller le cadavre du sorcier... en vain. J'eus davantage de chance avec la dépouille de l'ancien roi. Ceux qui avaient vaincu le géant avaient oublié de le délester d'une chose importante. Ce que, moi, j'étais venue chercher.

Un autre talisman. Une pierre de Dara, comme Saat les appelait. Celle-là, je la destinais à mon enfant !

Riche de ce trésor, je quittai l'ancien palais aussi rapidement que j'y étais entrée. Il me fallait m'enfuir, puis réunir mes guerriers, rebâtir un royaume, où je pourrais élever un fils.

En espérant que le démon qui servait Saat, et dont j'avais été la grande prêtresse, ne nous retrouve jamais.

*

Cet aller et retour au phare avait rongé un peu de son temps, de son *précieux* temps, mais le sacrifice ne s'était finalement pas révélé inutile. Et le Prince Alcide de Bénélia se devait d'intervenir, pour tenter de rattraper l'échec de son escouade d'assassins. Il ne lui restait plus maintenant qu'à affronter la colère de son supérieur... La seule personne qui le supplantait dans la hiérarchie de la Légion Grise... La maîtresse incontestée du plus puissant réseau d'espions du monde connu : l'archiduchesse Agénor de Lorelia.

Ceux qui la connaissaient peu la voyaient comme une vieille dame honorable, aux propos toujours modérés, et à qui l'on se confiait facilement. Un groupe très restreint était dans le secret de ses véritables responsabilités au sein de la Légion... Et seule une poignée de proches pouvait témoigner de son véritable caractère, ambitieux, retors, sans compassion pour les victimes tombant sous les coups de ses agents, ni pour les pions qu'elle sacrifiait encore récemment à la grandeur du royaume lorelien.

En cette fin de journée, Alcide devait la rencontrer dans son palais d'hiver, qu'elle avait exceptionnellement rejoint un peu plus tôt dans l'année. Le bâtiment et ses dépendances s'étendaient sur un bon tiers de l'avenue de Lermian, et le nouveau cocher du prince eut quelques difficultés à trouver la bonne entrée... Ce qui lui valut autant de menaces de bastonnade de la part de son maître, tendu comme un arc à l'approche de l'entretien.

En revanche, Alcide n'eut pas besoin d'ordonner à son escorte de l'attendre. Les légionnaires étaient des habitués des lieux, et ils connaissaient déjà la réticence de l'archiduchesse à voir traîner des spadassins dans ses couloirs, ou même devant sa porte. Les hommes de main restèrent donc tranquillement assis au fond de la calèche, tandis que le prince traversait la cour pour se faire annoncer à la douairière.

Une certaine agitation régnait dans l'armée de serviteurs rattachée au palais ; Alcide l'attribua à cet établissement dans les quartiers d'hiver. Au bout de quelques décilles à peine, il fut convié à rejoindre la dame Agénor dans le salon de musique, et il parcourut bon nombre de salles briquées par des soubrettes pour pénétrer enfin dans le boudoir.

La duchesse y était tranquillement installée dans un fauteuil, les yeux clos, bercée par une mélodie à base de lyre, de frotique et de tympanon. Elle goûta encore le silence succédant aux dernières notes jouées par le groupe, puis consentit à ouvrir les paupières et à renvoyer les artistes d'un geste gracieux. Aucun mot ne fut prononcé avant qu'ils n'aient quitté la pièce avec leurs instruments... mais le prince pouvait sentir le noir regard de la vieille dame, ses reproches, aussi clairement que s'ils étaient formulés.

— Je suppose que vous êtes déjà au courant, commenta Alcide. La mission s'est soldée par un échec.

— On m'a rapporté cela, acquiesça la duchesse avec un certain mépris. Vous fîtes une belle erreur de jugement, mon ami.

— Personne n'imaginait qu'ils seraient si coriaces, se défendit le prince. Ils ne sont qu'une poignée, et j'avais envoyé vingt hommes...

— Vingt *K'luriens*, corrigea la dame. Des fidèles qui sont d'ailleurs définitivement perdus pour notre cause, par votre faute. Leur dévouement absolu est certes un atout, mais pour cette mission vous n'auriez pas dû porter votre choix sur eux. Leurs drogues diminuent beaucoup trop leurs capacités.

Alcide encaissa l'attaque avec une soudaine aigreur à l'estomac. La douairière ne lui avait même pas proposé un siège. Refusant de se laisser humilier, il commença à arpenter la pièce.

— Je ne pouvais tout de même pas utiliser nos réseaux classiques, expliqua-t-il. Rassembler vingt légionnaires pour se débarrasser de cinq paumés et deux gamins... Les chefs de groupe se seraient posé des questions !

— C'est bien votre travail d'y répondre ! trancha la duchesse. Quant à vos « paumés », comme vous dites, il me semble que vous les avez largement sous-estimés. *Il* nous avait pourtant mis en garde.

Il. Lui. À chaque fois qu'on l'évoquait, le prince était parcouru d'un frisson glacé... Et il lui venait une irrésistible envie de vérifier si quelque chose de grand et malveillant n'était pas caché dans son dos.

— Je ne vois pas ce que ces types peuvent avoir de particulier, s'obstina-t-il. Et... je ne comprends pas pourquoi *il* ne s'en charge pas lui-même.

— *Lui* le sait, assura la duchesse. Et il a fait de ces « gamins » notre mission principale. Si nous ne sommes même pas capables de lui rapporter quelques têtes, quelle place nous donnera-t-il dans la suite de son plan ? Êtes-vous conscient qu'il pourrait nous considérer comme faisant partie de *l'autre* camp ?

L'idée seule provoqua un léger tremblement chez Alcide, qui tenta de le réprimer en serrant le poing.

— Je les trouverai, promit-il. Il semble que leur destination soit une petite île, au large des côtes... J'ignore encore pourquoi ils s'y rendent, mais je vais faire le nécessaire.

— Je compte sur vous, insista la dame avec un regard appuyé. Vous savez que j'ai mes propres tâches à accomplir, et elles sont au moins aussi importantes. Je ne voudrais pas avoir en plus à valider toutes vos décisions !

Le prince ne put qu'acquiescer, avec autant de ressentiment que de crainte d'un nouvel échec.

— J'ai peut-être trouvé un nouveau partisan, enchaîna-t-il. Un gardien de phare... Il m'a semblé assez désespéré pour suivre quiconque lui donnerait un peu d'importance.

— Nous ferons comme d'habitude, acquiesça la duchesse. *Il* ira lui parler, puis vous enverrez un de vos hommes le recruter. Et en cas de refus...

Il était inutile d'achever la phrase. Quelques dizaines de Loreliens et d'étrangers étaient déjà morts d'avoir décliné l'invitation des légionnaires ou des K'luriens à rejoindre leurs rangs. Ces fortes têtes payaient cher le prix de leur idéalisme...

Alcide, lui, n'avait pas hésité un instant à mettre sa morale de côté, le moment venu de faire un choix. Peu importait le camp dans lequel il servait. L'essentiel était de rester en vie.

Un bruit de cavalcade mit un terme prématuré à la conversation, et la porte du salon s'ouvrit bientôt sur un laquais tiré à quatre épingles.

— Dame Agénor, le roi est arrivé ! annonça le pompeux.

Le prince de Bénélia interrogea aussitôt la duchesse du regard. Il n'était pas prévenu de cette visite. Il ne pensait même pas le vieux Bondrian capable de se déplacer hors de son palais...

— Eh bien, Alcide, ne faites pas cette tête ! commenta la douairière. Allons donc accueillir mon frère, qui me fait l'honneur de saluer mon retour dans l'enceinte de la cité. C'est que le pauvre entame peut-être là son dernier hiver... ajouta-t-elle d'un air entendu.

Sans l'avoir vraiment décidé, le prince partit donc à la rencontre de son cousin. Agénor avait raison... De nombreuses choses allaient changer, dans les prochaines lunes. Et il faudrait constamment s'adapter pour rester parmi les vainqueurs.

*

Keb est venu au monde en silence, tandis que je hurlais sous la douleur du travail. Il mit quelques décilles avant de pousser ses premiers cris... J'y vis de la force d'âme. C'était un garçon de plus de huit livres, parfaitement constitué, à mon grand soulagement. L'idée qu'il puisse ressembler à Saat, hériter de son apparence repoussante, m'avait rongée pendant des lunes. L'avidité avec laquelle il buvait à mon sein eût tôt fait de me rassurer. Mon fils allait devenir un homme fort et charpenté, loin de l'image du Goranais aux membres filiformes !

Je lui donnais une éducation wallatte traditionnelle. Nos rois ne restent en place sur le trône que s'ils se montrent capables d'affronter la rudesse de nos contrées... Jamais un B'ree n'a faibli devant son peuple, et Keb se révéla un prince exemplaire, prêt à tout endurer.

Ses premières années, il les passa à travailler dans nos fermes. Aucune corvée n'était assez rude pour lui ; il en demandait toujours plus, et se serait tué à la tâche plutôt que d'accepter de l'aide ou un traitement de faveur. En cela, il n'a pas changé...

À dix ans, il en paraissait déjà quatorze. Il fut le plus jeune vainqueur de nos fêtes du pourceau. Le cochon sauvage qu'il saigna à mort, dans l'arène, armé d'un simple poignard, faisait plus de deux cent vingt livres. La bête lui avait tout de même déchiré la cuisse et enfoncé le flanc, mais mon fils n'en tirait pas une grimace. Pour lui, seules comptaient les acclamations de notre peuple.

Je ne tardai pas à lui présenter un maître d'armes. À seize ans, Keb n'avait plus rien à apprendre du maniement de la lowa. Il devint même difficile de lui trouver des partenaires d'entraînement, chacun avouant craindre la rage qui l'emportait parfois au cours des joutes... Alors, contre ma volonté, il se joignit aux patrouilles surveillant nos frontières. Il sortit victorieux d'une escarmouche, puis d'une autre, et acquit peu à peu une réputation de brave parmi nos hommes. Je lui proposai un commandement, mais Keb n'a pas d'intérêt pour la stratégie... Ce qui lui importe, c'est d'être au cœur de l'action, de prouver à ceux qui l'entourent qu'il a bien sa place à leurs côtés. Jour après jour. Bataille après bataille.

Cette soif de reconnaissance est certainement de ma faute. Je n'ai eu de cesse de critiquer Saat, depuis que Keb est en âge de m'entendre. Il sait très bien qui est son père, même si nous n'en avons jamais parlé ouvertement... Cette hérédité lui pèse. Bien qu'il s'en défende, Keb se considère comme un bâtard. Je lui ai transmis une haine que rien ne pourra apaiser, et qui le pousse à prendre des risques toujours plus grands. Je le sais fort, très fort, mais je ne peux m'empêcher de trembler pour lui. Et il aime trop sa liberté pour écouter mes conseils de prudence...

Il le faudrait, pourtant. Plus encore, depuis que l'Ancien Culte est ranimé.

Dans les décades suivant la défaite de notre armée, les Wallattes parlèrent beaucoup de Sombre. Chacun se demandait ce qu'était devenu le démon qui devait nous mener à la victoire... Pour ma part, j'espérais ne plus jamais croiser sa route. J'avais accepté le titre de grande prêtresse pour complaire à Saat, mais comment aurais-je pu imaginer que la créature marcherait *véritablement à nos côtés, comme un être de chair et de sang ? Je n'étais pas préparée à cela. Je pensais gagner du pouvoir sur plusieurs dizaines de milliers de croyants, et je me vis bientôt réduite à livrer des esclaves en pâture à un monstre... Son regard noir, ses longues périodes de silence, ses soudains accès de colère m'étaient insupportables. Et j'avais beau m'évertuer à éviter sa présence, il semblait toujours tapi dans un coin obscur, dans mon dos ou encore... dans mon esprit.*

Peu savent que Sombre et le jeune Dyarque, celui que Saat présentait comme son fils, sont une seule et même personne. J'ai longtemps craint de revoir son visage... Dans les premières années de mon règne, j'ai même interdit toute mention de son nom et de son culte. Un culte que j'avais pourtant moi-même établi ! Mes guerriers n'y ont vu que rancune : le démon devait nous mener à la victoire, il ne l'avait pas fait, on devait donc cesser de l'invoquer.

C'est toutefois la peur, seule, qui m'avait motivée. Chaque prière adressée à Sombre le rendait plus fort, je l'avais constaté de mes propres yeux. Je refusais de lui donner davantage de pouvoir. J'espérais qu'il m'oublie, qu'il oublie les Wallattes. Je souhaitais que mon fils n'ait jamais à souffrir des crimes de son père... ni des miens.

Quelques années filèrent sans que le monstre ne fasse parler de lui. La pyramide que Saat avait édifiée en l'honneur de sa créature, le Mausolée, est encore pratiquement intacte. Personne n'ose y entrer ; en tout cas, personne ne se vante de l'avoir fait.

Sombre y a peut-être passé ces deux décennies, recroquevillé sur lui-même comme une bête fauve, attendant avec une colère indicible qu'on lui livre de nouvelles proies à traquer dans son labyrinthe. Ou peut-être était-il retourné où Saat l'avait trouvé... À moins qu'il n'ait reposé dans un de ces sommeils profonds, long de plusieurs siècles, comme en sont capables les dieux. C'est ce que j'ai cru pendant longtemps. C'est ce que je voulais croire.

Pourtant, et quoi qu'il ait fait durant toutes ces années, il est réapparu.

Le premier signe de son retour a été le réveil de l'Ancien Culte. On me rapporta des réunions secrètes, où messes noires se mêlaient à plans de conquête... Ceci dans les troupes ennemies des Solenes et des Thalittes, mais j'imaginai facilement qu'il en allait de même dans mon propre camp. Mes espions racontaient qu'un homme aux yeux noirs s'invitait à tous les bivouacs pour parler aux guerriers. Parfois, il devait en tuer quelques-uns, et les autres lui prêtaient aussitôt serment d'allégeance. On disait également que l'inconnu pouvait être présent dans plusieurs lieux en même temps, ou qu'il voyageait à la vitesse de l'éclair...

Mes agents relatèrent beaucoup de choses encore, mais avec le temps je commençai à ne plus leur faire confiance. Eux-mêmes avaient peut-être déjà juré fidélité à Sombre, et je les soupçonnais de rentrer dans le jeu de cette ancienne religion ranimée en secte... Je me retrouvais seule avec mes craintes, et je refusais d'en partager le poids avec Keb. Tant que cela était possible, mon fils ne devait jamais croiser le chemin du démon !

Dans les lunes qui suivirent, les rapports se firent toujours plus troublants... ou fantaisistes. L'homme aux yeux noirs semblait se rapprocher de nos frontières. Certains prétendaient même l'avoir déjà vu sur les rives de la Miroise, errant sur la berge comme un loup en quête d'une proie facile. Vingt fois par jour, je serrais la pierre de Dara dans mon poing... Elle seule empêchait le démon de trouver mon esprit. Pour autant, elle ne me rendait pas invisible à ses yeux. Je ne pouvais pas échapper au monstre si j'étais physiquement en sa présence.

C'est ce que je compris en le découvrant au pied de mon lit, au beau milieu d'une nuit de cauchemars !

J'arrêtai de moi-même le cri qui montait dans ma gorge. J'avais toujours craint ce moment ; il ne me restait plus qu'à l'affronter dignement... Le souffle plus court encore que d'habitude, je me redressai et étudiai le visage de Sombre à la pâle clarté d'une lampe de veille.

Il n'avait pas changé d'un trait. Comment l'aurait-il pu ? Les dieux sont beaux, immortels et immuables. Tels demeurent également les démons... Seule une lueur différente dans son regard témoignait du temps passé. Une teinte plus dure, plus mature. La marque des grandes souffrances, et des fortes haines.

Il me parla longuement, comme, peut-être, il s'adressait aux guerriers qu'il visitait... Puis il finit par disparaître, déjà en route pour une autre conversion à son propre culte.

Après des décans d'angoisse, j'accueillais l'aube par des larmes brûlantes. Mais le moment n'était pas à l'apitoiement. Il me fallait préparer mon départ pour Goran, au plus vite, et envoyer Keb à la recherche de Maz Lana.

Une vie, au moins, méritait d'être sauvée.

Livre XII
Aliandra du Soleil

Le silence fut brisé par le plongeon brutal de l'ancre vers les fonds marins, puis par le cliquetis interminable de la chaîne qui le soutenait... Quand, enfin, la gabière se stabilisa, la nuit fut à nouveau accompagnée des seuls grincements du navire et de la houle paresseuse qui en caressait les flancs. Amanón bloqua le treuil et porta son regard sur la masse sombre se découpant sur les flots, à quelques centaines de brasses. *L'île Ji.* Si insignifiante, et si importante en même temps...

L'interprète avait une terrible envie de la parcourir, tout en redoutant ce qu'il pourrait bien y trouver. Une déception, des ennemis, la mort, peut-être ? Ou alors, de joyeuses retrouvailles, un dénouement heureux, après cette décade d'épreuves difficiles... Mais le jeune homme ne pouvait se forcer à l'optimisme. Les anciennes générations des héritiers ramenaient toutes les mêmes choses de cet endroit : *tourments, misères et malédictions !*

D'une manière comme d'une autre, les réponses ne seraient données que demain. Ou plus tard, encore... Keb et Cael ne s'étaient toujours pas réveillés, malgré les soins apportés à leurs blessures. Impossible d'imaginer une visite de l'île sans eux...

C'était déjà assez douloureux de penser qu'ils pourraient très bien ne jamais se relever.

Après la violente bataille contre les K'luriens, dans le port de Lorelia, ils avaient pris la mer en plein orage et affronté des vagues de plus de six brasses de haut. Les embruns avaient au moins eu pour utilité de laver le sang répandu sur le pont... Quand la tempête s'était apaisée, Bowbaq et Amanón s'étaient débrouillés pour tendre une voilure convenable. Par chance, le grand-père gardait assez de souvenirs de ses voyages sur *l'Othenor !* Leur manque de pratique et la crainte de perdre le cap les forcèrent tout de même à rester en alerte durant de longs décans... Jusqu'à ce que, enfin, ils fussent en vue de l'île Ji pour mettre en panne tout près de ses rivages.

Pendant ce temps, Eryne et Nolan s'étaient relayés au chevet des blessés... Chaque fois qu'il était descendu voir Cael, Amanón avait trouvé les Loreliens plongés dans le silence, tout comme Niss, impassible depuis la fin des combats. Ils avaient pourtant tellement de choses à se raconter ! C'était comme s'ils attendaient un signal, peut-être d'Amanón lui-même, plus ou moins devenu le chef de leur petite bande de fugitifs... Une charge dont le jeune homme se serait d'ailleurs bien passé.

Le regard toujours perdu dans les terres sombres, il songea à ses parents... Il aurait donné n'importe quoi pour avoir l'un ou l'autre à ses côtés. Avec son expérience, Corenn était sûrement deux fois plus sage qu'il ne l'était lui-même. Et Grigán était bien *dix fois* meilleur combattant... S'il avait survécu jusqu'ici, Amanón savait le devoir surtout aux réflexes de son jeune corps, et à une bonne part de chance. Et encore, celle-ci ne lui avait pas épargné une méchante blessure à l'avant-bras, fort cuisante dans cet air chargé de sel...

Définitivement, il n'était pas un guerrier. Son métier était celui des langues et de la diplomatie, pas celui des armes, ni même de la stratégie !

Pour autant, sa vie de voyageur l'avait habitué à prendre des décisions, à s'adapter, à aller de l'avant. Et il fallait bien quelqu'un pour pointer la prochaine direction à suivre... Le seul à qui l'interprète aurait pu laisser cette charge était Bowbaq, mais le grand-père était trop « poli » pour faire autre chose que suivre le mouvement. Avec un soupir, le jeune homme tourna donc le dos à la nuit et se dirigea vers la cambuse, résigné à accepter davantage de responsabilités.

Le moment était venu de discuter d'un tas de choses. Et de faire des choix, en espérant qu'ils ne mènent pas à un nouveau drame, comme celui qu'ils venaient de vivre.

En premier lieu, il fallait décider si Nolan était digne de confiance. Et s'il avait toujours sa place dans le groupe.

Dans le cas contraire, et aussi difficile que cela puisse être, Amanón était résolu à prendre toutes les mesures qui s'imposeraient.

*

Après avoir versé de trop nombreuses larmes, Eryne se sentait comme éteinte, soufflée, *étouffée* de l'intérieur. La fatigue y était sûrement pour beaucoup ; le neuvième décan tirait sur sa fin, et elle n'avait presque pas dormi de la nuit... Comment l'aurait-elle pu ? Les horribles images de la bataille ne quittaient pas son esprit ; de même que le terrible aveu de Nolan, son petit frère, qu'elle pensait pourtant si bien connaître... Il suffisait qu'elle ferme les paupières un instant pour que d'affreux cauchemars viennent aussitôt l'assaillir, montrant le novice, ou Cael, ou ces mystérieux assassins K'luriens, dans des scènes toujours plus violentes et pas forcément imaginaires.

Elle se refusait au sommeil, de toute manière. Deux des leurs étaient tombés au combat, et elle se faisait un point d'honneur de les veiller pendant toute une décade, si nécessaire. C'était la seule possibilité qu'elle voyait de se racheter... Sa culpabilité de ne pas avoir participé à la bataille était trop douloureuse. Chaque membre du groupe avait œuvré à la survie de tous, y compris Niss, une fille de treize ans à peine, alors qu'Eryne tentait de la retenir... Mais même en cela, la damoiselle avait échoué !

Cette impression d'inutilité, d'inefficacité, était nouvelle pour la jeune femme. Habituée à être écoutée et servie depuis son plus jeune âge, elle se voyait maintenant forcée de prendre en main son destin... et elle n'en ressentait que honte et inquiétude. Honte d'être ainsi une charge pour ses compagnons. Honte de ne présenter aucun talent de quelque utilité pour leur petite bande.

Et désarroi de ne rien pouvoir faire pour y remédier...

Une chose au moins était sûre : elle n'était pas cet *Adversaire*, celui appelé par une prophétie à repousser un démon. Il suffisait de voir son manque de ressources dans un « simple » affrontement avec des mortels !

Elle n'était même pas capable de panser les blessures des combattants... Nolan s'en était chargé, mettant à profit les rudiments de médecine enseignés aux futurs prêtres d'Eurydis. Eryne se contentait donc d'éponger leurs fronts parfois brûlants, et de surveiller leurs respirations, craignant que l'une ou l'autre ne s'interrompît soudain...

On les avait installés côte à côte, dans la cabine de Cael, pauvres silhouettes si différentes mais aux visages pareillement unis dans la douleur. Le Wallatte était bien le plus touché ! Une fois dévêtu et nettoyé, on avait trouvé une profonde entaille dans sa poitrine, marque des terribles poignards barbelés des assassins... Son inconscience s'expliquait par la grande quantité de sang perdu. Keb restait étonnamment pâle, et passait de la fièvre au frisson sans que l'on puisse prévenir l'un ou l'autre. Eryne ne cessait d'ôter et de remettre les couvertures sur le corps du barbare, en espérant agir pour le mieux.

Tous avaient été impressionnés par le nombre de cicatrices courant sur la peau de Kebree. Certaines étaient longues de plusieurs paumes ! Était-ce la raison pour laquelle il se couvrait de tant de vêtements ? La damoiselle ne pouvait qu'imaginer les souffrances passées du prince Wallatte, ses combats, la rudesse de son existence derrière le Rideau... Ils avaient certes le même âge, mais Keb était déjà beaucoup plus marqué par la vie qu'Eryne ne le serait sûrement jamais !

À côté, Cael semblait si innocent... Plongé dans un sommeil inexplicable, son visage reprenait parfois les traits d'une enfance pas si lointaine, naïve, insouciante... Quel contraste avec la moue haineuse, presque démoniaque, qu'il présentait lors des combats !

La jeune femme ne comprenait toujours pas ce qui s'était passé ; il était fort possible qu'elle ne le sache jamais. Cael était devenu comme fou, après sa blessure au flanc... Il avait alors déployé une énergie et une habileté incroyables, jusqu'à vaincre leurs deux adversaires avec une cruauté inattendue ! Puis Niss s'était précipitée à sa rencontre et Eryne avait cru un instant qu'il allait abattre son arme sur la jeune fille... Finalement, l'adolescent s'était écroulé comme une poupée de chiffons, sans doute épuisé par le combat et les élancements de sa plaie.

C'est ainsi que la damoiselle avait raconté la scène à Bowbaq et Amanón, en tout cas. Elle était trop bouleversée par les aveux de son frère pour s'interroger davantage sur la démence passagère de Cael... D'ailleurs, Nolan n'avait rien ajouté à ce témoignage. Niss était également redevenue impassible à tout ce qui l'entourait, et ne pouvait apporter d'éclaircissements... Les choses semblaient donc de nouveau « normales », si l'on exceptait l'étrange léthargie dans laquelle était plongé l'adolescent. Mais peut-être avait-il juste besoin d'un repos prolongé, après ces journées agitées...

Quelques coups discrets frappés à la porte tirèrent la damoiselle de ses rêveries. L'instant suivant, le buste d'Amanón apparut dans l'encadrement.

— Vous pouvez vous joindre à nous ? demanda-t-il à mi-voix. Je préférerais que tout le monde soit là...

Eryne acquiesça, posa un ultime regard sur les malheureux et prit la direction de la cambuse. On n'avait pas besoin de lui expliquer de quoi il s'agissait.

Elle était à la fois curieuse et effrayée d'entendre la confession de son frère !

*

Nolan avait attendu ce moment toute la nuit, et les décans la précédant, mais il sentit son estomac se serrer lorsque Eryne vint s'asseoir sur le banc en face de lui. Elle avait laissé la porte ouverte sur les blessés, et son regard s'y portait en permanence... À moins que ce ne fût pour éviter de croiser celui du novice. Ils ne s'étaient presque pas parlé depuis Lorelia ! Le jeune homme espérait seulement subir les conséquences de la surprise, et non pas celles de la honte ou du mépris... Même s'il méritait peut-être l'une et l'autre.

Bowbaq les rejoignit à son tour, ayant vérifié que Niss dormait d'un sommeil paisible dans le lit d'Eryne. Le géant avait les traits fatigués, comme chacun d'entre eux. Peut-être s'inquiétait-il de ce qu'ils trouveraient sur l'île... Nolan y songeait également, mais sur l'instant il était plutôt tourmenté par la manière dont les autres allaient réagir à son récit.

Quand le grand-père fut installé, Amanón quitta la paroi à laquelle il était adossé et s'approcha avec un embarras évident. Le novice n'attendit pas sa première question pour prendre la parole. Il lui tardait depuis trop longtemps de soulager sa conscience, ainsi que la douleur du remords et des souvenirs...

— Je tiens à vous assurer d'au moins une chose, commença-t-il d'une voix cassée. Il y a plus de six lunes que j'ai quitté les rangs des K'luriens. Et je ne connais aucun de ceux qui... qui nous ont attaqués. Je faisais partie d'un autre groupe, à Ith.

— Tu sais pourquoi ils s'en prennent à nous ? demanda Amanón.

L'interprète employait un ton neutre, effort dont Nolan lui fut reconnaissant. Il aurait pu être beaucoup plus accusateur, critique, agressif, même ! Mais cela risquait de venir ensuite...

— Il y a quelques jours, j'aurais dit non, avança le novice. Mais après nos dernières discussions, après les révélations des cahiers de Corenn... Je comprends mieux, maintenant. C'est évident, même. *Ils veulent éliminer l'Adversaire.*

Ces mots restèrent un instant comme suspendus dans le silence. Les héritiers parurent soudain un peu plus las, encore... Pourtant, ils devaient être eux-mêmes parvenus à cette conclusion. Quelle autre explication pouvait-on donner ? C'était pour cette raison que, deux décennies plus tôt, les Züu avaient traqué leurs parents... Leurs familles semblaient décidément marquées par le destin.

— À t'écouter, on dirait que tu t'attendais un peu à leur arrivée, commenta Amanón.

Nolan rendit un regard triste au jeune homme, puis se contenta d'acquiescer brièvement.

— Tu savais qu'ils nous attaqueraient ? insista Eryne, stupéfaite. Mais enfin, comment ? Pourquoi ne pas nous avoir prévenus ?

— Je voulais le faire, jura le novice avec toute la conviction possible. Je voulais *vraiment*, mais c'était si difficile... Et puis, il restait un doute... Je crois que... j'espérais qu'il n'arrive rien. J'attendais d'oublier toute cette histoire.

— Comment t'es-tu retrouvé embarqué dans cette secte ? enchaîna l'interprète.

Il avait raison ; mieux valait commencer par le début... Nolan ferma les yeux un instant et ouvrit son esprit à des souvenirs qu'il cherchait à étouffer, en vain, depuis des lunes. Il vit des tunnels millénaires, des narguilés, des nuits d'orgie... un visage de femme.

— Ça s'est passé il y a presque deux ans, expliqua-t-il d'une voix basse. C'était une période où... je n'avais plus tellement de goût à étudier. Je me lassais de la compagnie des Maz et des autres novices. J'en étais à me demander si je n'avais pas fait une erreur, en choisissant de rejoindre le Grand Temple.

Ce disant, il croisa le regard d'Eryne, qui ne put s'empêcher d'arrondir des yeux pourtant fatigués... Le jeune homme savait que beaucoup auraient cette réaction. Comment ? Le gentil Nolan, si travailleur, si dévoué, se laissait aller à la paresse et au doute ? Inconcevable !

— Je commençais à mourir d'ennui, poursuivit-il. J'étais dans un état de mélancolie permanent. Vous me manquiez, toi, maman et papa... J'étais sur le point de tout abandonner pour regagner Lorelia... Quand, un jour, j'ai rencontré cette fille. *Maugane*.

— C'est un nom kaulien, releva Amanón.

— Oui, mais elle est née à Bénélia, expliqua Nolan. Nous avions le même âge, et suivions quelques cours en commun, au Temple... Parler ensemble du royaume, de nos vies à l'extérieur de la Sainte-Cité, me faisait beaucoup de bien. Nous sommes vite devenus amis... puis, amants.

Le récit fut interrompu par un petit cri surpris d'Eryne, qui s'en excusa d'un geste de la main.

— Tu l'aimais ? vérifia la grande sœur, compatissante.

Le novice ne prit qu'un instant de réflexion.

— Je crois que oui. Enfin... c'était étrange. Je n'avais qu'elle, là-bas... À Ith, elle comptait beaucoup pour moi. *Elle* m'aimait sincèrement, en tout cas.

— Elle t'a pourtant entraîné chez les K'luriens, commenta Amanón un peu durement. Car c'est bien ce qui s'est passé, non ?

Nolan fut forcé d'acquiescer, pendant que les autres échangeaient des regards entendus.

— Au début, je ne savais pas qui ils étaient, se justifia le novice. Maugane m'avait seulement présenté quelques-uns de ses amis, tous élèves du Temple... Je passais de bons moments avec elle, et même avec les autres. On discutait théologie, d'une manière nouvelle pour moi. C'était très intéressant. On pouvait parler des nuits entières... Surtout que... on fumait le narguilé. Tout le monde perdait la notion du temps.

— Pauvre gosse, ils t'ont drogué ! regretta Bowbaq, sincèrement désolé.

— Personne ne m'a forcé, ni Maugane, ni les autres, démentit Nolan. La faute me revient entièrement.

— Jusque-là, il n'y a rien de bien méchant, enchaîna Amanón. Quantité de gens fument le narguilé.

— Pas comme celui des K'luriens, expliqua le novice. Le mélange qu'ils utilisent est au moins dix fois plus fort. Et leurs alchimistes savent y faire ; je l'ai compris ensuite. Ils modifient la recette selon leurs besoins. Pour le... recrutement, ils usent de plantes euphorisantes. Après avoir fumé, rien ne me semblait plus important que l'amitié qui me liait aux autres. C'est ainsi que j'ai commencé à... mettre un bandeau noir, marqué du chardon. En cachette. Chaque fois que nous nous retrouvions.

— Mais tu savais qu'ils étaient K'luriens, à ce moment-là ! s'étonna Eryne. Des adorateurs d'un *démon !*

— C'est vrai, je le savais, reconnut Nolan. Mais ça ne me semblait pas si important. On ne me demandait pas d'or, pas de prière, rien... C'était juste agréable de se retrouver avec Maugane et quelques jeunes un peu fous, et de fumer en dénigrant tout ce qu'on nous avait appris dans la journée.

— Tu portais aussi un de ces poignards barbelés ? vérifia Amanón.

Le novice sentit le rouge envahir ses joues, et en fut plus honteux encore.

— Ils ne me l'ont pas donné tout de suite. Tout ça s'est passé sur plusieurs lunes, en fait... Au début, on se réunissait chez Maugane, et c'était toujours le même bonhomme qui nous apportait le narguilé... Puis on nous a emmenés dans les caves de la ville, et là j'ai côtoyé de plus en plus de gens, parfois complètement fanatiques. À cette époque, j'ai bien remarqué que le mélange des drogues était différent... Il nous rendait agressifs envers l'autorité des Maz, de nos professeurs, et même de nos parents... Certains des anciens membres savaient comment faire grimper notre colère, par quelques discours enflammés. Et puis, une nuit... Ils nous ont envoyés tabasser un pauvre type. Et j'y suis allé.

Nolan baissa la tête sur ce dernier aveu, mais il n'en sentit pas moins le regard stupéfait, incrédule, de ses amis sur son crâne presque chauve.

— C'était qui, ce type ? finit par demander Amanón.

— Tu l'as tué ? lâcha Eryne dans un souffle.

— Non ! s'empressa de jurer le novice. On nous avait juste poussés à lui flanquer une bonne correction, et... on n'est pas allé plus loin que ça. Le lendemain, je ne savais même plus pourquoi on lui en voulait autant. J'étais rongé par de terribles remords. Et puis, trois nuits plus tard... j'ai recommencé. On nous avait lancés dans une autre bagarre. J'étais devenu un pion, sans volonté ni jugement, entièrement aux ordres des prêtres de K'lur.

— Tout ça à cause de cette méchante femme ! rappela Bowbaq.

Le novice poussa un long soupir, se demandant s'il pourrait expliquer ce qu'il ressentait vraiment. Qui pouvait comprendre ce qu'il avait vécu ?

— Je ne lui en veux pas, assura-t-il en hochant la tête. C'est elle qui me les a présentés, d'accord, mais je sais qu'elle n'avait aucune mauvaise intention. Elle s'est laissée emporter, tout comme moi, *en même temps* que moi. Si j'avais quitté le groupe plus tôt, peut-être que... peut-être qu'elle m'aurait suivi. Et elle serait toujours en vie !

Un sanglot déforma ces dernières syllabes, et Nolan essuya ses larmes d'un geste rageur, avant de cacher son visage dans le creux de son coude. Ses amis eurent la délicatesse de lui accorder un instant de répit, malgré la curiosité qui devait les dévorer... Quand le jeune homme rouvrit les yeux, il constata qu'Eryne pleurait également, en silence. Une vague de chaleur l'envahit quand elle avança la main au-dessus de la table pour saisir la sienne.

— Après quelques décades d'expéditions nocturnes, on m'a remis le fameux poignard, reprit-il. Mon esprit était peut-être étouffé par la drogue, mais je me doutais quand même qu'on me demanderait de l'utiliser... J'ai alors repensé aux Züu, à toutes les mises en garde de nos parents. Ça a été comme un choc. J'ai soudain pris conscience de ce que j'étais devenu. J'ai continué à me rendre dans les caves, mais seulement pour préparer un départ en douceur. Je suis sûr que si j'avais tout arrêté du jour au lendemain, on aurait envoyé quelques hommes me punir...

— Tu ne fumais plus ? vérifia Amanón.

— Le moins possible, juste assez pour ne pas attirer l'attention... Et je choisissais les groupes les plus modérés. En revanche, pour Maugane, c'était trop tard. À chaque fois que j'essayais de la convaincre de partir, elle me repoussait violemment. Puis elle finit par... prendre un autre amant. Dès lors, je n'avais vraiment plus aucune raison de fréquenter la secte. Je m'en suis retiré progressivement, sur la pointe des pieds... comme le lâche que je suis.

— Ne dis pas ça, refusa l'interprète. Tu as agi comme il fallait.

— Je suis sûr que non, démentit Nolan. J'aurais dû faire plus d'efforts pour Maugane, l'enlever de force, pourquoi pas ? Au lieu de ça, j'ai essayé de reprendre une vie d'étudiant normal, comme si de rien n'était. Comme si les rues d'Ith n'étaient pas, la nuit, hantées par une armée d'âmes perdues au service d'un démon...

— Tu ne pouvais pas savoir ce qui arriverait... le consola Eryne.

Le jeune homme rendit un sourire navré à sa sœur, mais aucune parole de réconfort ne pourrait effacer ses remords. Il était toutefois soulagé de constater la grande compréhension de ses amis... Il s'était attendu à des blâmes, mais on lui offrait surtout de la compassion. Jusqu'alors, en tout cas... car sa plus terrible faute envers les héritiers allait seulement être révélée !

— Deux saisons sont passées sans que je n'entende parler des K'luriens, continua-t-il. Et puis, il y a une demi-lune... Maugane est venue me voir, un matin, juste à l'aube. Elle avait vraiment mauvaise mine, semblait perdue, paniquée... Je sentais sur elle l'odeur du narguilé, plus forte que jamais. Elle était à peine cohérente, avalait la moitié de ses mots... Elle m'a tenu un drôle de discours, m'annonçant que j'étais en danger, ainsi que ma famille. Elle parlait d'une coalition avec d'autres sectes, la *Jurande*, d'une ère nouvelle dominée par les démons, de la fin d'Eurydis... Et elle n'arrêtait pas de citer un mystérieux *Ancien Culte*.

Il attendit un commentaire d'Amanón, d'Eryne ou de Bowbaq, mais tous trois gardèrent leurs réflexions pour plus tard, trop impatients d'entendre la suite.

— Je ne comprenais rien à tout ça, je me disais qu'elle avait abusé de la drogue, qu'elle me ressortait un mélange des prêches de K'lur... Je tentais de la calmer, mais elle paniquait de plus en plus devant mes doutes. Finalement, elle est partie en courant, sans que je fasse un geste pour la retenir...

Il déglutit bruyamment, de nouveau frappé par le remords.

— Elle avait réussi à me faire peur, malgré tout. Ce matin-là, j'ai mis quelques vêtements dans un sac et je me suis enfui de chez moi, bien décidé à rentrer à Lorelia. Puis je suis allé réserver une place dans un attelage... Avant de partir, j'ai tout de même voulu voir Maugane une dernière fois. Je gardais le vague espoir de la convaincre de m'accompagner... Je suis allé jusqu'à ses appartements, et... c'est là que je l'ai trouvée baignant dans son sang, lacérée de coups de poignards. Elle est morte pour avoir essayé de me sauver, conclut-il avec gravité.

— Mais ça n'a peut-être rien à voir avec toi, intervint Eryne. Les coupables ne sont même pas *forcément* les K'luriens...

— C'est ce que je voulais croire, acquiesça son frère. Malgré les signes, je m'accrochais encore à l'idée d'une coïncidence... Mais après la trahison des légionnaires... Après les révélations de Corenn sur Sombre, les Züu et l'Ancien Culte... J'étais pratiquement sûr que la secte essaierait de nous retrouver.

Il prit une grande inspiration, soulagé malgré tout d'en arriver au terme de ces aveux douloureux.

— Je regrette sincèrement de ne pas vous avoir raconté cela plus tôt. J'ai gardé des informations qui auraient pu être utiles à tous, à commencer par Keb et Cael, maintenant en train de souffrir... Je comprendrai, si vous décidez de ne plus me faire confiance. Je vous demande pardon.

Le novice s'adressait au groupe, mais son regard suppliait surtout Eryne, la sœur à qui il mentait depuis une décade... Elle était la seule famille qui lui restait, et il avait plus que jamais besoin d'un peu de commisération. Ainsi, son cœur cessa de battre quand il vit la damoiselle lâcher la main qu'elle caressait pourtant depuis un bon moment... Puis la vie revint dans ses veines lorsque la jeune femme fit le tour de la table pour serrer son cadet contre sa poitrine, en la plus douce des absolutions.

— De toute façon, on se méfiait déjà des inconnus, commenta Bowbaq avec bon sens. Même si tu avais parlé avant, on se serait quand même fait surprendre dans le port. Je ne t'en veux pas, moi, ami Nolan. Tu as été bien malheureux.

Ému, le jeune homme ne put remercier le grand-père que par un signe de tête. Ils se tournèrent ensuite vers Amanón, debout depuis le début de la conversation. L'interprète s'était montré le moins expressif de ses auditeurs, se contentant de relancer le récit par quelques questions pertinentes...

— Tu nous jures qu'il n'y a rien d'autre ? demanda-t-il après un long silence.

— Amanón ! s'offusqua Eryne.

— Je le jure, enchaîna aussitôt Nolan. Bien que... mon serment n'ait plus tellement de valeur. Après avoir constaté de l'intérieur la folie régnant dans la Sainte-Cité, j'ai... j'ai complètement perdu la foi. Les dieux, même s'ils existent comme l'écrit Corenn, me sont désormais indifférents.

Il eut un léger tremblement en entendant ses propres mots. C'était la première fois qu'il énonçait cela à voix haute. Le cœur de sa mère en serait déchiré, elle qui l'imaginait en futur grand prêtre du culte de la Sage... Cette image torturait également sa conscience. Nolan, le prodige, avait déçu tout le monde.

— Bien, je te crois, annonça enfin l'interprète. Tu me vois soulagé, avoua-t-il en lâchant un sourire. On a besoin de toi, ici.

Il ouvrit grand les bras, invitant le novice à une accolade... Nolan n'en demandait pas tant. Il plongea néanmoins contre la poitrine d'Amanón, contrôlant difficilement son émotion...

— *Moi*, j'ai besoin de toi, chuchota le Kaulien à son oreille. Je n'y arriverai pas seul. Tu dois m'aider à garder tout le monde en vie. Tu dois m'aider à retrouver nos parents. Jure-le moi, mon ami. Au nom de nos pères.

Bowbaq et Eryne n'entendirent rien de l'échange. Ils ne comprirent pas non plus pourquoi Nolan renouvelait autant le serment demandé quelques décilles plus tôt... en pleurant à chaudes larmes, et, pour la première fois depuis longtemps, sans se cacher.

*

Les explications du novice avaient amené de nombreux sujets de débat, mais les héritiers convinrent de l'importance de prendre un peu de repos, alors qu'il restait à peine un décan avant l'aube. Trop ébranlé par les derniers événements pour dormir, Nolan se proposa de veiller les blessés... Eryne tenta mollement de refuser pour le remplacer, mais la lassitude de la damoiselle était trop évidente et elle se laissa bientôt conduire jusqu'à sa cabine, où elle s'allongea à côté de Niss pour s'assoupir aussitôt.

Manó ne résista guère plus longtemps. Épuisé par la bataille et leur longue navigation, il s'effondra sur sa couchette sans même ôter ses bottillons. En revanche, il prit soin de placer sa lame courbe à portée de main... Cela n'échappa pas à Bowbaq, attristé par les difficiles épreuves supportées par ceux qu'il considérait encore comme des enfants.

Également fatigué, le grand-père s'efforça de caser sa silhouette dans l'un des étroits compartiments de la cambuse. En pliant les jambes et en laissant un bras hors du « lit », et s'il ne remuait pas trop, il pouvait espérer se reposer un peu... La position, incommode, lui fit regretter une fois de plus sa confortable maison de rondins. Et cette image était indissociable du souvenir de sa femme... Cela faisait déjà huit longues journées qu'Ispen avait disparu. Il ne se passait pas un instant sans que Bowbaq ne pense à elle, à Prad et Iulane, à leurs petites familles...

Bercé par les grincements de la gabière, prêt à débarquer sur l'île Ji, le géant se crut soudain revenu vingt-trois ans en arrière. De nouveau, ils étaient pourchassés par des assassins fanatiques... Une fois encore, une poignée d'innocents devait percer les mystères entourant leurs existences... Mais cette génération aurait à payer un prix bien plus fort.

L'un des héritiers devrait affronter un démon.

Bowbaq s'était déjà frotté à Sombre, au Château Brisé de Junine ; jamais il n'avait connu peur plus intense. Comment un humain pouvait-il espérer l'emporter contre un monstre immortel, capable de lire les pensées, de changer de forme, de se faire pousser des bras, des griffes, des crocs ? Qui, parmi Amanón, Eryne, Nolan, Cael, Ke'b'ree ou même Niss, avait la moindre chance de résister plus d'un battement de cœur aux assauts d'une telle créature ? La question tournait et retournait dans l'esprit du géant, sans qu'il puisse y apporter de réponse. La veille encore, il espérait que la foi d'un prêtre comme Nolan pourrait les aider... mais le jeune homme semblait malheureusement peu protégé par les dieux.

Le grand-père attrapa bientôt une crampe au bras et chercha à se placer sur le côté, sans y parvenir. Il fut le dernier à trouver le sommeil... Pendant tout ce temps, nostalgique, il rêva à l'idée que Corenn, Grigán, Yan et Léti, Rey et Lana, dressaient des plans pour venir au secours de leurs enfants.

Même si cela semblait impossible.

*

Zejabel se posait encore mille questions, mais la déesse n'était plus d'humeur à satisfaire sa curiosité. Elles avaient déjà beaucoup parlé, presque toute la nuit, au-dessus d'un feu couvert dont il ne restait que des braises... La fin de la conversation fut manifeste, quand Zuïa se plongea dans la méditation précédant l'état d'Esthésia. La Tueuse comprit qu'elle n'obtiendrait aucune autre réponse, et elle se leva pour prendre la direction des rivages. Quelques foulées dans le sable devaient l'aider à faire le tri dans ses idées, ce dont elle avait grand besoin, après tant de révélations !

En repérant un bateau en approche de l'île, la veille au soir, la jeune femme ne s'imaginait pas déclencher une telle avalanche de confidences. Ainsi, l'éternelle avait attendu le dernier moment pour s'expliquer sur leur mystérieux voyage... Mais quand elle s'était enfin mise à raconter, Zejabel était allée de surprise en stupéfaction. Et encore, elle était presque sûre que d'autres secrets lui restaient interdits ! Ce qui n'était pas le moins troublant...

Comment avait-on pu lui cacher toutes ces choses pendant autant d'années ? La Kahati se savait l'héritière désignée de la déesse, la prochaine femme à incarner Zuïa, le temps d'une génération. Elle avait sacrifié sa jeunesse, subi mille tortures et entraînements, vaincu des dizaines de rivales pour l'honneur suprême d'offrir un jour son corps à Celle-qui-Juge... Et alors qu'elle croyait sa prime formation enfin terminée, on lui révélait brutalement les étranges lois régissant l'univers divin. Les deux faces du Jal. Les enjeux. Les trahisons et les alliances entre éternels. Tous sujets qui semblaient bien loin de la beauté simple du culte, celle à laquelle Zejabel se référait depuis sa plus tendre enfance, et qui pouvait se résumer en une phrase : « les âmes corrompues seront châtiées ».

Oui, Zuïa était une justicière, la plus honorable de toutes. Même si certains de ses prêtres ou de ses messagers souillaient son nom par une violence excessive, ou des sentences un peu trop hâtives, la jeune femme ne trouvait pas, n'avait jamais trouvé plus bel idéal à suivre que celui de la déesse...

Jusqu'à cette nuit, en tout cas.

La Tueuse n'était pas habituée au doute, et elle courut plus vite encore dans la clarté lunaire, glissant ou bondissant sur les rochers dont elle avait fait son territoire, comme si ces efforts physiques pouvaient épuiser la perplexité qui torturait son esprit. Mais les fondements même de son monde semblaient s'être écroulés... Celle qui était entraînée à obéir au moindre battement de paupière de Zuïa venait de découvrir que même l'éternelle avait des faiblesses.

Au premier rang de celles-ci venait la peur.

Alors, fragilisée par cette idée inconcevable, bouleversée par la révélation d'un avenir dont la déesse n'était plus la seule maîtresse, la Tueuse courait sous les étoiles... Dans le sable crissant sous ses bottes, dans l'air frais glissant sur son visage, dans ses propres halètements, elle cherchait à se raccrocher à un monde d'équilibre. Un univers comme elle avait toujours connu, où les dieux n'avaient pas à composer avec les démons.

Ses errances l'amenèrent fatalement sur la plage, et son regard fut aussitôt attiré par le bateau mouillant à quelques centaines de brasses, pour ne plus le quitter... Elle resta ainsi jusqu'à l'aube, à contempler l'unique fanal éclairant le pont de la gabière, avant de se retirer avec une souplesse de chat.

Quel que soit l'équipage du navire, il ne tarderait pas à aborder ces rivages. Et quoi qu'il arrive ensuite, il ne fallait surtout pas précipiter les choses en se montrant trop tôt.

*

Pendant quelques instants, Cael fut complètement désorienté. Impossible de se rappeler où il était, et même de différencier le jour de la nuit ! Une vague d'angoisse monta en lui alors que ce moment d'égarement se prolongeait... Quelle était cette chambre étroite qu'il entrevoyait sous ses paupières mi-closes, entre deux plongeons dans l'inconscience ? Comment y était-il arrivé ? Depuis combien de temps y reposait-il ?

Le tiraillement de sa blessure le sortit du sommeil pour de bon. L'adolescent posa machinalement une main sur son flanc, découvrant le pansement qu'on y avait appliqué... Le temps d'un battement de cœur, et il reconnut aussi le plafond de sa cabine du *Rubicant*... Ainsi que la voix de Nolan, qui s'éleva doucement dans les lueurs de l'aube.

— Ne bouge pas, demanda le novice.

Malgré ce conseil avisé, Cael se dressa sur ses coudes... la douleur se répandit aussitôt dans tout son côté droit, lui arrachant une affreuse grimace. Tant bien que mal, il réussit néanmoins à s'adosser aux montants de la couchette. Pendant un bon moment, il aurait à se mouvoir différemment, à ménager ses efforts... Le *chardon*, cet ignoble poignard à dents de scie, avait laissé dans sa chair une marque cuisante.

— Je vais chercher Manó, lui glissa Nolan.

L'adolescent acquiesça distraitement, encore étourdi par la torpeur due à un si long sommeil. Quand s'était-il couché, d'ailleurs ? Mais cette pensée fut chassée par la découverte de Keb à ses côtés. Le barbare portait un large bandage sur la poitrine, et son teint était étonnamment pâle... Que s'était-il passé ? Où étaient les autres ?

Le retour brutal des souvenirs de la bataille lui fit l'effet d'un plongeon dans l'eau glacée. Il se rappelait soudain l'arrivée des assassins, puis son duel, sa blessure, et la Voix qui revenait, plus forte que jamais... Et ensuite ?

Une horrible crainte sembla peu à peu l'étouffer. Il craignait d'avoir fait quelque chose d'irrémédiable. Peut-être même à ses amis ! Son anxiété se transforma rapidement en véritable panique, alors qu'il bâtissait les plus cruelles des suppositions... Quelles horreurs la Voix l'avait-elle poussé à commettre ?

Quand Amanón et Nolan franchirent la porte de la cabine, Cael respirait excessivement fort. Les deux hommes se précipitèrent à son chevet, l'un pour éponger son front brûlant, l'autre pour lui donner à boire... Ces gorgées d'eau fraîche calmèrent un peu les angoisses de l'adolescent, qui put rassurer ses amis d'un geste de main. Ils paraissaient très fatigués ; même le cousin, que le novice venait pourtant de tirer du sommeil. Aux expressions circonspectes qu'ils lui présentaient, Cael devina leur curiosité... C'est néanmoins lui qui posa la première question d'une voix éraillée.

— Est-ce que les autres vont bien ?

L'interprète échangea un regard avec Nolan, avant de pousser un petit soupir de soulagement. Apparemment, ils avaient craint pour sa santé mentale !

— À part Keb et toi, tout le monde est sur pied, confirma-t-il. Comment tu te sens ?

— Pas terrible... J'ai mal au crâne, et ça me lance sur le flanc... Je... Qu'est-ce qui s'est passé ?

— Tu ne te souviens pas ? répliqua Nolan. Rien du tout ?

Devant l'étonnement du novice, Cael comprit qu'il s'agissait de quelque chose d'important, pour le moins ! Désolé, il confirma d'un signe de tête.

— Eh bien... C'est toi qui nous as sauvés, Eryne, Niss et moi, résuma le novice. Mais tu ne te rappelles vraiment pas ? Non ? C'est... plutôt étrange.

— C'est pareil à chaque fois, soupira l'adolescent, désabusé. Je ne garde pratiquement aucune image de ce que je fais, quand la Voix me... Quand elle me... dirige.

Un silence pesant suivit cette réplique, avant qu'Amanón ne reprenne la parole.

— Je m'en doutais, révéla tristement le cousin. Je te sais courageux, Cael, mais il n'en reste pas moins vrai que tu n'as jamais reçu aucune leçon d'escrime... Alors, quand on m'a raconté le combat... C'est donc autre chose qui guidait ta main. Par bonheur, ça t'a plutôt réussi.

— Mais qu'est-ce que ça veut dire ? s'inquiéta l'adolescent. Est-ce que ça va seulement s'arrêter un jour ? Avec ma pierre de Dara, je ne devrais plus être sensible à la magie, non ? *Je veux que Sombre quitte ma tête !* explosa-t-il, dans un soudain accès de peur et de colère.

Les deux hommes ne lui rendirent qu'une expression désolée, impuissants qu'ils étaient à lui venir en aide. Des bruits se firent bientôt entendre dans l'autre cabine, ainsi que dans la cambuse... Les cris de Cael avaient réveillé le reste des héritiers, trop tôt dans cette nouvelle journée.

— Je suis sûr que Sombre n'est pas dans ta tête, annonça Amanón. En tout cas, il n'y est plus ! Et en attendant de trouver une solution pour te... « guérir », complètement, on peut remercier cette Voix de t'avoir gardé en vie, non ? Jusque-là, elle n'a mis personne en danger...

Cael allait protester, se déclarer prêt à tout pour chasser ce parasite de son esprit, mais la porte de la cabine s'ouvrant sur une jeune fille lui coupa ses moyens.

En chemise de nuit, immobile et impassible, la pauvre Niss contemplait l'assemblée sous le voile de ses cheveux bruns... Alors, un court instant, Cael eut une vision de ce qui s'était vraiment passé. Le temps d'un battement de cil, seulement. Puis ce fut terminé.

Il n'en resta qu'une impression de peur, et le sentiment étrange que le destin de Niss et le sien étaient liés.

Étroitement et dangereusement liés.

*

Bowbaq passa également une tête hirsute dans la cabine, avant de venir plaquer un baiser très sonore sur le front de Cael... Puis Eryne s'invita à son tour, ravie de constater que l'un au moins de leurs blessés avait repris conscience. Tout ce petit monde se félicita de la bonne nouvelle, jusqu'à ce que des signes d'agitation de Keb ne poussent Amanón à mettre ses compagnons à la porte. Le soleil était peut-être levé, mais les héritiers avaient tout intérêt à aller se recoucher un moment encore. En particulier Nolan, après une telle nuit blanche !

Les cousins kauliens restèrent donc avec le Wallatte, qui délirait dans son sommeil, remuant les lèvres en répétant une poignée de syllabes incompréhensibles... L'interprète n'avait malheureusement qu'une faible connaissance de l'idiome barbare. Il ne reconnut que la traduction de « maman », mot qui semblait si incongru, dans la bouche d'un guerrier tel que Ke'b'ree !

Après l'avoir écouté un moment, et rassuré par le regain d'énergie du Wallatte, Amanón expliqua à Cael tout ce qui s'était passé depuis la bataille dans le port. L'adolescent se réjouit de la défaite des assassins ; puis il ouvrit des yeux ronds en apprenant la proximité de l'île Ji... Il voulut alors grimper sur le pont, prouva même qu'il pouvait se tenir debout, mais l'interprète insista pour que son jeune cousin reprenne le lit.

La suite fut contée à voix basse ; il s'agissait du passé surprenant de Nolan... Cael eut du mal à imaginer le novice embarqué dans cette secte de K'luriens, mais il crut Amanón sur parole. D'autant que le Lorelien avait beaucoup de circonstances atténuantes... Impossible de lui reprocher quelque chose, devant la manière dont l'interprète rapportait l'histoire !

Les Kauliens bavardèrent ainsi un moment encore, évoquant même le sort des chevaux qu'ils avaient dû abandonner dans une auberge aux portes de la cité. Ces bêtes, élevées au haras de Léti, représentaient une grande valeur sentimentale... L'argent qu'Amanón avait laissé au tenancier leur garantissait seulement une pension d'une décade. Passé ce délai, il ne restait plus qu'à espérer de la compréhension de la part de l'hôtelier ! Mais il viendrait fatalement un jour où l'homme vendrait les animaux pour se rembourser des frais avancés... alors que Lorelia se serait plus une ville accueillante pour les héritiers avant un bon moment ; et peut-être même jamais.

— Quand irons-nous sur l'île ? finit par demander Cael.

— Le plus tôt possible, promit Amanón. *Aujourd'hui*, en tout cas, même si nous devons emmener Keb sur une civière. Ce serait dangereux de rester plus longtemps près de ces côtes.

— Et... après ?

L'interprète contempla la silhouette étendue du barbare, parcourue de réflexes incontrôlables. Parfois, c'était ses paupières qui tremblaient, l'instant suivant, ses doigts qui se crispaient, ou une veine qui roulait dans son cou... Il semblait prêt à se réveiller d'un moment à l'autre, sans pourtant jamais ouvrir les yeux.

— Après... je ne sais pas, avoua Amanón. Il y a plusieurs options. Tout dépend de ce que nous pourrons découvrir à Ji...

— On va devoir aller jusqu'au bout, hein ? enchaîna l'adolescent.

L'interprète lui rendit un regard perplexe.

— Je veux dire, pour retrouver nos parents, et vivre comme avant, à Kaul... Il nous faut un plan pour tuer Sombre, c'est ça ?

Amanón en resta muet quelques instants. Certaines phrases sonnaient encore plus durement, dans la bouche d'un garçon qui n'avait même pas atteint l'âge adulte...

— C'est exactement ça, confirma-t-il bientôt. Sauf que... nous ne sommes même pas sûrs que ce soit possible. Et je ne sais vraiment pas par où commencer.

*

Après un nouveau demi-décan d'un repos bien mérité, les héritiers se réunirent peu à peu autour d'un petit-déjeuner. Même Cael prit place à table ; il lui suffisait de ménager son bras droit pour ne pas trop souffrir de sa blessure... Le garçon fut d'ailleurs gêné de voir Niss se mettre soudain à son service, sans que personne le lui ait demandé. La jeune fille s'occupa de lui couper des tranches de *pain-sciure* et de les enduire de miel ; puis elle écrasa trois gousses de *prinine* pour lui offrir un verre de jus sucré... avant, enfin, de venir s'installer à côté de l'adolescent. Bowbaq expliqua que ce genre d'attention n'était pas rare, de la part de sa pupille. Cela témoignait bien de sa conscience d'une partie, au moins, de la réalité... Le grand-père n'y voyait que matière à se réjouir, et Cael prit donc sur lui de manger toutes les friandises que la pauvrette poussait dans sa direction, même quand son estomac commença à demander grâce !

Bien entendu, la conversation dévia rapidement sur les événements de la veille. Bowbaq, le premier, ressentit le besoin de se confier.

— C'est de ma faute, si nous avons été attaqués, annonça-t-il. Avant que j'arrive, personne n'avait trouvé votre abri sur le bateau... Je suis trop grand, on me reconnaît à chaque fois. Les espions devaient me suivre depuis les portes de la ville.

— Allons, nous ne sommes sûrs de rien ! le consola Eryne. Moi-même, j'aurais dû me cacher davantage... Mon nom et mon visage sont un peu trop connus à Lorelia. Et puis, sans vous, nous n'en serions pas sortis vivants !

— De toute façon, je pense que nous étions attendus place des Repentis, annonça Amanón. Le fait qu'un dément se mette à crier « Cael » en plein tribunal a forcément été rapporté à la Légion Grise... Dès lors, il leur suffisait de mettre quelques hommes en des points stratégiques, le lendemain, pour nous repérer et nous suivre jusqu'au port. J'aurais dû le prévoir et être plus prudent.

— Dommage qu'il n'y ait pas eu d'autres « messages » de mes amis, enfin de vos parents, enchaîna Bowbaq. Mais bon, au moins, nous savons qu'ils sont en vie !

— J'aimerais avoir ta certitude... soupira Nolan.

— Mais il le faut ! affirma le grand-père. L'homme a bien dit : « Cael, nous sommes vivants ! » Et Eryne l'a entendu aussi, dans sa tête !

Tous les regards se portèrent sur la jeune femme, qui évita de développer davantage le sujet. Chacun savait que l'épisode s'était révélé particulièrement traumatisant pour elle. Voir une dizaine d'esprits s'inviter soudain dans le sien avait de quoi déstabiliser les personnes les plus équilibrées... Seul Cael pouvait comprendre l'émotion de la Damoiselle, et encore, leurs expériences au sujet de ces Voix étaient radicalement différentes.

— J'ai repensé à cette « Jurande », enchaîna Amanón. Si quelques sectes ont vraiment fait alliance, ça explique pourquoi nous avons été harcelés, *et* par les Valipondes, *et* par les K'luriens...

— Vous oubliez la Légion Grise, remarqua Eryne.

— Elle est sûrement noyautée par l'une ou l'autre, expliqua l'interprète. Peut-être même par une troisième ou une quatrième organisation... Comment deviner leur nombre exact ?

— On peut déjà y ajouter les Züu, grommela Bowbaq.

— Pour l'instant, ils n'ont pas croisé notre route, rappela Cael. Tout le monde se méfiait d'eux, mais ils n'ont peut-être rien à voir avec cette histoire...

— Ça m'étonnerait, insista le grand-père.

— Ils peuvent être impliqués et s'occuper d'un autre territoire, suggéra Eryne. Nous avons eu les

K'luriens à Lorelia, les Valipondes à Kaul... Vous voyez ? On dirait qu'ils se sont... partagé le monde. De toute façon, je n'imagine pas des fanatiques de confessions si différentes réussir à travailler ensemble au même endroit !

— C'est ce que je pense aussi, acquiesça Amanón. Mais il semble pourtant y avoir coalition, et il faut bien quelqu'un pour diriger le tout... La question est de savoir : *qui ?*

— En tout cas, plus personne ici ne doute du *pourquoi*, remarqua Nolan avec gravité. La priorité de la Jurande, c'est de tuer l'Adversaire. Et le meilleur moyen d'y parvenir est d'anéantir tout ce qui reste de nos familles.

Un silence embarrassé suivit la réplique, avant qu'Eryne ne relance le débat.

— *Qui*, c'est forcément Sombre, avança la damoiselle. Il est le seul à redouter quelque chose de l'Adversaire !

— Bien sûr, reconnut Amanón, mais il a sûrement des complices, ou plutôt des serviteurs *humains*... Une poignée d'âmes dévouées à sa cause, et travaillant au retour de l'Ancien Culte...

— Des grands prêtres, en quelque sorte, résuma Nolan.

— Ou même *une* grande prêtresse, comme la dernière fois ! renchérit Bowbaq.

La fin de sa phrase mourut dans une quinte de toux volontaire, et chacun se retourna pour comprendre la raison de l'embarras du géant...

Ke'b'ree se tenait à la porte de la cabine. Le visage encore pâle, les cheveux en bataille, son pansement rosi par le sang... mais debout.

Avec son étrange sourire aux lèvres.

*

On fit aussitôt place pour accueillir le Wallatte, dont le soudain rétablissement sidérait tout le monde. La veille encore, on le croyait entre la vie et la mort... Quelques décans plus tôt, on l'imaginait promis à une longue convalescence... Et dans les premiers moments de cette nouvelle journée, il semblait se remettre seulement d'une bonne gueule de bois !

Aucun mot ne fut prononcé avant que le guerrier ne soit installé sur le banc. Eryne entreprit de lui préparer un bon petit-déjeuner, comme Niss l'avait fait pour Cael... Keb haussa un sourcil amusé en voyant les tartines de croustade que la damoiselle posait devant lui, mais il ne tarda pas à y mordre à pleines dents.

— Incroyable ! finit par lâcher Nolan. Je suis ravi de te voir debout, mais... comment est-ce possible ?

— T'as sûrement prié pour moi, plaisanta le Wallatte, de la nourriture plein la bouche.

Personne n'eut le cœur à rire. Tous avaient l'impression d'assister à un véritable miracle. Face aux regards ébahis qu'on posait sur lui, Keb retrouva un peu de sérieux.

— J'ai toujours récupéré très vite, expliqua-t-il sobrement. C'est comme ça. C'est de naissance.

Il avala quelques nouvelles bouchées devant ses compagnons médusés... Puis il jeta un regard nonchalant par un hublot avant de se tourner vers Amanón.

— On est où, là ? demanda-t-il simplement. Plus dans le port, j'imagine ?

La question finit de dérider l'assemblée, qui se félicita enfin du rétablissement du guerrier. Lui-même n'accusa aucune surprise en apprenant la proximité de l'île Ji, pas plus qu'il ne s'étonna de l'issue de leur dernière bataille. Nolan se chargea lui-même de résumer sa confession nocturne, sans que le Wallatte ne fasse autre chose que manger et acquiescer... Puis Amanón rappela les dernières conclusions auxquelles ils étaient arrivés, en omettant volontairement la remarque de Bowbaq sur l'ancienne Emaz de Sombre. Si le barbare avait entendu l'allusion à sa propre mère, il n'en dit rien !

Quand il eut avalé au moins autant de portions que le grand-père, Keb s'étira comme un fauve... puis lâcha tout de même une grimace quand une auréole rougeâtre s'étendit soudain sur son bandage !

— Ah non, espèce d'enfant, vous ne pouvez pas vous ménager un peu ? le gronda Eryne. Retournez immédiatement vous allonger ! Nolan, viens me montrer comment on change ce pansement !

Le Wallatte se laissa entraîner dans la cabine par les deux Loreliens, avec de nouveau cette expression amusée sur le visage. Qu'il fut bravache ou réellement courageux, indéniablement, Keb supportait bien la douleur !

Un peu trop, même, songèrent les héritiers en leur for intérieur. Une telle capacité de guérison était... vraiment surnaturelle.

On ne pouvait oublier que le guerrier restait l'unique fils de Saat. Un homme que la magie avait maintenu en vie pendant plus de deux siècles.

*

Keb sur pied, les héritiers n'avaient plus aucune raison de différer encore leur débarquement sur l'île Ji. Eryne se sentait très nerveuse à cette idée, mais s'efforçait de n'en rien montrer. Chacun de ses compagnons était probablement dans le même état d'esprit... À part Niss, peut-être, mais les pensées de la jeune fille étaient difficiles à cerner.

Pendant la courte nuit qu'elles avaient passée ensemble, et depuis l'aube, la damoiselle s'était évertuée à stimuler les réactions de la pauvrette. Quelques paroles gentilles, une poignée de questions anodines, des sourires encourageants... Rien n'y faisait. Depuis son arrivée parmi eux, Niss ne semblait prêter attention qu'à deux personnes : son grand-père, bien entendu, mais aussi Cael, ce qui était beaucoup plus intrigant. Bien sûr, ils étaient pratiquement du même âge, et les seuls adolescents à bord... mais il restait le souvenir de cette scène déroutante, au cours de laquelle les pupilles du groupe avaient paru s'affronter !

Eryne ne savait qu'en penser ; toute manifestation de phénomènes étranges l'effrayait, et plus encore depuis la lecture du testament de Corenn. Elle restait déterminée, en tout cas, à veiller en personne au bien-être de la petite Niss, seule autre femme de leur bande. Ainsi, après avoir procédé à sa propre toilette, malheureusement sommaire, elle décida de s'occuper de la préparation de la jeune Arque...

Après deux bons décimes de travail, la damoiselle fut assez satisfaite pour présenter son modèle à Bowbaq, qui patientait sur le pont avec les autres. Le visage du géant s'illumina en découvrant sa petite-fille ! Nolan et Amanón complimentèrent gentiment l'adolescente sur sa grâce, et même Keb se fendit d'une moue appréciatrice. Quant à Cael, il garda un moment la bouche bée... avant d'en prendre conscience et de se recomposer une attitude, trop embarrassé pour dire quelque chose.

Eryne fut très fière de ce résultat, tout en reconnaissant ne rien avoir fait d'exceptionnel. La coiffure de Niss était certainement sa plus grande réussite : en ramenant ses cheveux en arrière, pour les maintenir à l'aide de quelques pinces et d'un mince foulard, la damoiselle révélait la douceur d'un visage jusqu'alors masqué par des mèches tombantes ! Elle avait également choisi un chemisier dans son volumineux bagage pour en parer la jeune fille. En retroussant les manches et en serrant les pans du vêtement sous une large ceinture, Niss prenait l'air d'une petite flibustière... L'ensemble était beaucoup plus féminin, en tout cas, que les gilets sombres et autres tuniques à grosses mailles que renfermait son sac de voyage.

Par petites touches judicieuses, Eryne avait ainsi transformé un véritable garçon manqué en une authentique adolescente de treize ans. Et la plus belle récompense de la damoiselle était le sourire qui ne quittait plus, depuis, le visage du papillon...

— Magnifique ! Superbe ! ne cessait de commenter Bowbaq, une grosse larme roulant sur sa barbe. Naïok, tu... tu ressembles à ta grand-mère, quand elle avait ton âge !

Ne pouvant se contenir plus longtemps, le géant saisit les épaules d'Eryne et plaqua deux gros baisers sur ses joues. Malgré le peu d'estime qu'elle portait à ce genre de manifestations triviales, la damoiselle en fut particulièrement touchée...

— Elle a décidé de devenir notre maman à tous, railla Keb, arrachant quelques sourires au passage. Vous savez qu'elle m'a *interdit* de porter ma lowa aujourd'hui ? Comme si j'allais l'écouter !

Eryne lui retourna une moue boudeuse, mais l'idée du barbare ne lui semblait pas si incongrue, en fin de compte. Pourquoi ne pas assumer son bon sens féminin, et tempérer les imprudences et les exagérations de cette bande d'hommes ? Pourquoi ne serait-elle pas celle qui calme les tensions, expose les évidences, et propose d'autres voies que l'affrontement direct ? En songeant qu'elle avait déjà forcé

Keb et Amanón à faire la paix, par exemple, la damoiselle ressentit un certain bien-être. Voilà qu'elle trouvait enfin son utilité dans le groupe ! Elle ne connaissait rien à l'escrime, avait peu voyagé et ne présentait aucun talent particulier... Mais en cet instant, elle décida qu'il lui appartenait de garder son petit monde soudé jusqu'au bout.

Soudé, et *prudent*.

Niss s'éloignant avec son grand-père, Eryne s'accouda au bastingage pour observer, à son tour, les côtes de l'île Ji toute proche. Il lui était difficile d'imaginer qu'un membre de leurs familles pouvait les y attendre... Elle avait même peine à croire que son père s'y était rendu un jour. Et pour contempler une porte magique censée mener au berceau des dieux, qui plus est ! Depuis le pont du *Rubicant*, ce bout de terre avait l'air complètement insignifiant... On devait en trouver des dizaines semblables, le long des rivages de la mer Médiane.

— Est-ce que tu as peur ?

La damoiselle sursauta ; elle n'avait pas entendu Keb prendre place à son côté. Avec sa seule pelisse jetée sur ses épaules et sa poitrine bandée, le barbare était plus impressionnant encore que d'habitude... Maintenant que chacun avait vu ses nombreuses cicatrices, il ne semblait plus se soucier de les cacher.

— Non, mentit-elle. Après tout, cette terre appartient au royaume lorelien, n'est-ce pas ? Je suis encore un peu chez moi, ici...

— Aucun des passagers de ce bateau n'a de « chez lui », répliqua le Wallatte. Du moins, tant que ce démon enverra des cinglés nous larder de coups de poignard !

Surprise par la dureté de son ton, Eryne prit le temps d'examiner le barbare plus en détail... Elle remarqua alors ses mains crispées sur le rebord, sa mâchoire contractée, et le regard d'acier qu'il promenait sur les plages noyées sous les vagues. Le guerrier se révélait beaucoup plus affecté par sa blessure qu'il ne voulait le faire croire en plaisantant... Que représentait ce combat perdu, à ses yeux ? Une faiblesse ? Un déshonneur ? La preuve qu'il n'était pas invincible, ni immortel ?

En tout cas, il ne pouvait plus nier le destin qui l'unissait aux héritiers. Pour cela, mais aussi dans l'espoir d'apaiser son esprit tourmenté... et même, *juste* pour le remercier d'être encore en vie, Eryne posa une main sur la sienne, un instant seulement.

À quelques pas de là, Amanón s'activait à détacher l'unique chaloupe de la gabière. Son visage prit soudain une teinte contrariée, sans que Nolan et Cael ne comprennent pourquoi.

*

Après une ascension triomphale, le soleil se révéla plutôt hésitant, en milieu de matinée. Tantôt caché derrière les nuages, tantôt les écartant de toute la force de ses rayons... Il n'en fallait pas davantage au vent pour se lever, et faire moutonner les flots gris-bleu de la mer Médiane. Bowbaq s'avoua d'ailleurs peu rassuré, en prenant place dans la barque étroite. Entre sa grande taille, qui déséquilibrait l'embarcation, et les remous naturels amplifiant le tangage, le vieil Arque était convaincu de finir prochainement au fond de l'eau !

Amanón regrettait presque d'avoir réclamé sa compagnie, mais c'était pourtant la meilleure chose à faire. On ne pouvait monter qu'à cinq dans la chaloupe ; deux voyages seraient donc nécessaires pour amener tout le monde au rivage... Et l'interprète tenait à débarquer d'abord les membres « costauds » du groupe, pour parer à toute mauvaise surprise. Ainsi, en plus de Bowbaq et de lui-même, Nolan et Keb commencèrent à ramer en direction de la plage, avec leurs armes à portée de main.

Même quand ils furent éloignés d'une trentaine de brasses, Amanón sentait encore le regard méfiant d'Eryne sur ses épaules. La damoiselle lui avait fait jurer de revenir la chercher ! Elle comprenait très bien l'intérêt tactique de la manœuvre, mais redoutait d'être abusée, et laissée à l'écart avec les deux adolescents. L'interprète n'avait aucune intention de diviser le groupe, mais il n'était pas facile d'en convaincre la Lorelienne...

— C'est calme... commenta Bowbaq, en examinant la plage.

— Évidemment, enchaîna Keb. Personne n'habite ici, si j'ai bien compris.

— Non... mais il n'y a pas d'oiseaux non plus. Des corioles, des faisans marins, vous voyez ? La dernière fois, même de nuit, on en avait surpris quelques-uns...

— Peut-être qu'ils dorment le jour, railla le Wallatte.

— Ou alors, c'est une question de migration... proposa Nolan. Nos parents et toi, vous étiez venus à une autre saison.

Amanón n'ajouta rien au débat, lui aussi troublé par le silence des lieux. Il se détendit à peine en repérant un couple de mouettes amouas en promenade au-dessus des rochers. L'absence, ou tout au moins la discrétion des oiseaux était certainement anecdotique, mais elle fit croître encore la tension du jeune homme, pourtant déjà suffisamment oppressé !

Quand il ne resta plus qu'une quinzaine de brasses à parcourir, Bowbaq se laissa glisser dans l'eau et tira la barque vers la plage. Keb s'apprêtait à l'imiter, mais dut y renoncer pour préserver son pansement... Tous se mouillèrent cependant les mollets pour faire les derniers pas et fouler enfin le sol de l'île Ji.

— Jetons d'abord un œil, proposa Amanón. J'irai chercher les autres ensuite.

Il tira lui-même la chaloupe sur le sable, puis saisit sa lame courbe et commença à remonter l'inclinaison de la plage... Les cris scandalisés d'Eryne ne se firent pas attendre. À une telle distance, impossible d'en comprendre la teneur exacte, mais cette dernière n'était guère difficile à imaginer ! L'interprète tenta d'apaiser la damoiselle par quelques grands gestes du bras, et l'intéressée finit par se taire, rassurée, ou alors résignée... Pour la discrétion de leur arrivée, en tout cas, c'était raté !

Keb, Nolan et Bowbaq s'étaient déjà aventurés plus avant, examinant les lieux avec beaucoup d'attention. Le paysage offrait peu de variété : outre cette petite bande sableuse, l'île ne semblait constituée que d'énormes rochers empilés sur du granite, comme si les dieux bâtisseurs avaient jeté là un surplus de matériau inutile... Quelques pêcheurs ou amateurs de solitude auraient pu s'y établir, mais l'impossibilité d'y entretenir une culture avait découragé tous les projets. On pouvait vivre sans voisins, sûrement pas sans légumes !

Malgré un décor austère, une banalité apparente et une surface modeste, l'île avait accueilli certains des plus grands sages de l'histoire du monde connu. Une délégation complète toutes les dix générations, d'après les cahiers de Corenn. Une poignée d'hommes et de femmes qui devaient à chaque fois décider si l'humanité était prête à connaître les secrets du Jal ! Certains en revenaient fous, d'autres se faisaient prophètes, mais la plupart gardaient le silence sur leur aventure... Il en avait toujours été ainsi. Seuls les trisaïeuls de Grigán, Reyan et les autres étaient rentrés chargés d'une responsabilité supplémentaire : celle d'engendrer l'Adversaire.

Quelque part, dans une grotte cachée sous ces amas rocheux, se trouvait une porte magique menant au berceau des dieux. Amanón ne pouvait y songer sans frissonner... Mais à son appréhension se mêlait l'espoir de retrouver au moins l'un de leurs proches, vivant, réfugié en ces lieux étroitement liés au destin des héritiers.

— J'ai trouvé quelque chose ! prévint soudain Keb.

Les trois hommes coururent aussitôt près du barbare, penché vers le pied d'un rocher.

— Ça, indiqua-t-il. C'est une trace de botte.

L'annonce sonna comme un coup de tonnerre dans l'esprit de l'interprète. Fallait-il bondir de joie, comme il le désirait, ou se tenir prêt à repousser une attaque ?

— Ce n'est pas évident du tout, commenta-t-il néanmoins. L'empreinte n'est même pas complète...

— Je suis sûr de moi. Quelqu'un était sur ce rocher ; il a peut-être glissé, ou alors il a reposé sa jambe un moment... Mais le bout de sa botte a marqué le sable.

— Ça pourrait être une vieille empreinte... hasarda Nolan.

— Avec l'orage qu'il y a eu hier ? Impossible, trancha le Wallatte.

— J'ai plutôt l'habitude des pistes de chasse, intervint Bowbaq, mais Ke'b'ree peut avoir raison.

— C'est même certain !

Pour donner corps à sa théorie, le barbare entreprit de se hisser au sommet de la roche... Une grimace passa sur son visage tandis qu'il malmenait son bandage et sa blessure. Il se dressa ensuite de toute sa hauteur, contemplant les environs d'un regard d'aigle.

— D'ici, on peut très bien surveiller le bateau, annonça-t-il d'un air entendu.

Puis il fit demi-tour sur lui-même et examina l'intérieur des terres, avant de lâcher un petit sifflement.

— Nom d'un pendu ! C'est un vrai labyrinthe ! T'es sûr de retrouver le chemin de la grotte, vieil homme ?

— Heu... Je ferai de mon mieux, promit Bowbaq.

— Ça ne me plaît pas, Manó, avoua soudain Nolan. Si l'inconnu était l'un des nôtres, il serait déjà venu à notre rencontre...

— Je pense comme toi, soupira l'interprète.

Il fallait maintenant prendre une décision. Derrière, la gabière, et pas vraiment d'autre route que celle de Goran... Devant, les dangers et les mystères de l'île, avec une petite chance seulement de retrouver Corenn, Grigán, ou n'importe lequel de leurs aïeux.

— Je vais chercher les autres, trancha soudain Amanón. Attendez-moi ici. On avancera tous ensemble.

Après avoir fait une dizaine de pas vers la barque, il se ravisa et confia à Nolan la corvée de cet aller-retour à la rame. Preuve était faite qu'un inconnu se promenait sur l'île... Peut-être même plusieurs. En digne fils d'un Ramgrith, l'interprète n'entendait pas fuir sa place en première ligne de défense.

*

Cael avançait en silence, sans pouvoir se débarrasser de sa honte et de sa rancune. Il comptait tellement de raisons de se contrarier... La plus récente était la manière dont son cousin l'avait laissé en arrière. Pour le coup, l'adolescent sentait bien le peu de poids de ses quatorze ans, dans une bande principalement composée d'adultes ! Il aurait pourtant aimé aborder l'île avec le premier groupe, participer à d'éventuelles retrouvailles... En se voyant relégué au second plan, consigné avec Niss et Eryne, il s'était senti plus ou moins trahi et humilié. Bien entendu, il n'en avait rien dit : on aurait traité ses protestations comme des caprices... d'enfant !

Ce n'était néanmoins qu'un moindre mal. Cael était enfin débarqué, et il cheminait dans le labyrinthe rocailleux de Ji en compagnie des autres. Il aurait même pu passer l'éponge sur cet épisode embarrassant... si Eryne et Amanón ne lui demandaient pas à chaque décille « Ça va ? » ou « Tout va bien ? »

Ils s'inquiétaient probablement de sa blessure, de sa souffrance ou de sa fatigue, mais l'adolescent ne pouvait écouter la question sans traduire : « Ça va ? Tu n'entends pas ta Voix, tu es sûr ? Tu ne vas pas redevenir fou furieux, hein ? »

Ces idées ne quittaient pas son esprit. Il était convaincu que ses compagnons avaient peur de lui, et honte, également... C'était justifié, après tout ! Lui-même nourrissait bien pareils sentiments ! Comment ne pas se méfier d'un garçon qui pouvait perdre le contrôle de ses actes ? Comment croire ce même garçon, quand il prétendait ne garder aucun souvenir de ces crises ?

Alors, tourmenté par son orage intérieur, Cael avançait sans enthousiasme dans les pas des adultes, cherchant dans le paysage un prétexte à distraire ses pensées...

L'idéal aurait été de retrouver des traces du mystérieux inconnu. Mais si Kebree et Bowbaq ne repéraient rien, l'adolescent avait peu de chances de faire une découverte ! Les deux hommes menaient la marche en progressant pratiquement le nez sur la piste...

La tâche semblait irréalisable, de toute façon. Aucune autre empreinte que celle du rocher n'avait été trouvée, et le tapis d'herbe rebelle qui couvrait les trois quarts du sol ne gardait même pas trace de leur propre passage. À moins d'arracher les végétaux à pleines mains, ce que l'étranger ne s'était certainement pas amusé à faire !

Par moments, une bourrasque filait à travers le labyrinthe, porteuse de sable piquant et de longs sifflements. Cael frissonnait à chaque fois, tant le bruit lui paraissait lugubre... Impossible d'oublier que la porte de Ji était hantée par Reexyyl, le Léviathan, monstre légendaire cité dans les cahiers de Corenn ! Comment ne pas imaginer que cette plainte aiguë montait de la gorge de l'Éternel Gardien ? Même si la créature avait jusqu'ici ignoré les sages et leurs héritiers, rien ne garantissait qu'elle en ferait autant avec cette génération !

L'adolescent n'était pas le seul à se montrer tendu. Tous étaient aux aguets, prêts à bondir en arrière ou à lever une arme, selon les cas... Tous, sauf Niss. La jeune fille avançait sagement à côté d'Eryne, sans afficher la moindre inquiétude, comme s'ils faisaient une simple promenade !

Cael n'en finissait pas d'être décontenancé par la petite Arque. Il devait bien avouer la trouver fort jolie, surtout avec cette coiffure... mais son étrange caractère était plus que déroutant. Parfois, elle semblait jouer la comédie ; puis ses « absences » devenaient trop évidentes et l'adolescent regrettait aussitôt ses soupçons. Mais le plus troublant, à ses yeux, était les nombreux sourires qu'elle lui adressait ! Incapable d'y répondre autrement que par un rictus forcé, l'adolescent préférait encore éviter de croiser son regard... D'autant que, avec elle plus qu'avec tous les autres, il ressentait une désagréable impression de culpabilité.

Perdu, et même noyé dans ses réflexions, Cael ne se voyait donc pas d'humeur à lancer une discussion. D'ailleurs, chacun des héritiers se montrait économe en paroles... Ils se contentaient de suivre Bowbaq, qui s'efforçait lui-même de retrouver un chemin compliqué, parcouru voilà trop longtemps.

Aussi, quand le grand-père s'arrêta finalement en écartant des bras impuissants, il n'eut pas besoin de s'expliquer : tous comprirent qu'ils s'étaient égarés !

— Ça, c'est un vrai problème, commenta sobrement Amanón.

— Corenn n'a pas laissé d'indications dans ses cahiers ? vérifia Nolan.

— Trop peu, malheureusement, soupira l'interprète. Aucun de nos parents n'est revenu ici après la bataille d'Ith, et la route est impossible à décrire de mémoire... Preuve en est faite, d'ailleurs.

— Il reste peut-être des signes de piste ? suggéra Eryne.

— Il n'y en a jamais eu, expliqua Bowbaq, désolé. Les anciens ne voulaient pas que quelqu'un trouve la porte par hasard !

— Magnifique ! railla Keb. Et qu'est-ce qu'on fait, alors ? On creuse un peu partout en espérant tomber sur la bonne grotte ? Sans compter qu'on en a déjà dépassé une dizaine !

— Ce n'était pas une de celles-là, assura le grand-père. Ça, je l'aurais reconnue, c'est sûr.

— On peut toujours continuer vers le centre de l'île, proposa Amanón. Avec un peu de chance, tu retrouveras le chemin...

— Dans les cahiers de Corenn, il est dit que le fond de la grotte baigne dans la mer, rappela Nolan. On devrait peut-être plutôt se rapprocher des falaises.

— Oui, mais il y a plusieurs salles à franchir avant de parvenir à la porte... L'entrée peut donc être très éloignée des rivages. Et les sages se sont toujours enfoncés au cœur du labyrinthe...

— J'ai l'impression qu'on n'est pas arrivés, en tout cas, râla le Wallatte. Dites, si on abandonnait tout de suite pour mettre le cap sur Goran ?

— Laissons Niss passer devant, demanda soudain Cael.

À part la principale intéressée, tout le monde tourna des yeux surpris vers l'adolescent ! Cette idée lui était venue brusquement, et il l'avait formulée sans réfléchir... Maintenant, il se trouvait à court d'arguments.

— Heu... ça ne sera pas pire que suivre n'importe quel chemin, bredouilla-t-il. Et puis... je ne sais pas. J'ai comme un pressentiment, avoua-t-il enfin.

— Mais... Pardonne-moi, Bowbaq, prévint Nolan. Mais la pauvre ne sait même pas ce qu'on cherche !

— C'est malheureusement vrai, acquiesça tristement le grand-père. Parfois, elle sort de son silence... Mais je crois qu'aujourd'hui n'est pas le bon jour, pour ça.

— Et bien moi, je trouve que Cael a eu une excellente idée ! intervint Eryne. Allez, jeune fille ! Nous prenons la tête du bataillon !

Sous les yeux surpris des hommes, la damoiselle entraîna donc la cadette au centre du carrefour rocheux ! Elle l'encouragea ensuite à choisir une direction... Après une longue hésitation et plusieurs regards lancés à Bowbaq et Cael, Niss s'aventura doucement entre deux parois de granite, mi-poussée par Eryne, mi-tirant la main de la jeune femme. Le géant s'empressa de coller sa silhouette, et surtout sa lourde pognée, au pas des éclaireuses... et les autres en firent naturellement autant.

— Un *pressentiment ?* répéta Amanón, en arrivant près de son cousin. Quel genre ?

— Je n'en sais rien ! rétorqua l'adolescent. Ça ne me semblait pas plus stupide qu'autre chose, voilà tout !

Il regretta aussitôt ce ton un peu sec, mais comment ne pas comprendre « Ça ne serait pas la Voix qui t'aurait soufflé cette idée, par hasard ? » Cael lui-même n'en était pas sûr, et le doute le mettait d'humeur ombrageuse... Devant la mine dépitée de l'interprète, il reconnut néanmoins être trop susceptible. Après tout, Amanón se montrait simplement curieux ! L'adolescent s'excusa d'une tape amicale sur l'épaule de son cousin, puis courut à la suite de Nolan, Keb et les autres.

Ainsi, leur errance entre les massifs rocheux de l'île Ji prit une tournure bien différente... Niss avançait à pas hésitants, en se retournant fréquemment. À chaque fourche, elle attendait un petit moment avant de se décider pour une direction... L'allure du groupe en était fortement ralentie, mais seul Keb se permit de manifester son impatience par quelques soupirs exaspérés, s'attirant ainsi, à chaque fois, un noir regard de la part d'Eryne.

Plusieurs cavernes furent découvertes, mais Bowbaq ne reconnut aucune d'entre elles comme l'entrée des fameux souterrains. Malgré l'estime qu'il portait au géant, Cael commençait à douter de sa mémoire... Après tout, le grand-père n'était venu sur l'île qu'une seule fois, des années auparavant, et au cœur de la nuit, qui plus est ! Devait-on vraiment se fier à ses souvenirs ? N'avaient-ils pas déjà dépassé le chemin vers la porte, sans le savoir ?

Le doute s'installa pour de bon quand Niss s'attarda plus longuement encore à un nouveau croisement. Malgré tous les encouragements qu'on lui prodiguait, la jeune fille semblait ne plus pouvoir, ou vouloir, se décider à choisir une route. Elle paraissait prête à rester là toute la journée, si personne ne l'entraînait quelque part.

— Ça devait finir comme ça... regretta Nolan.

— Pour en arriver là, j'aurais pu aussi bien prendre la tête du groupe, râla Keb.

— Mais vous faites déjà cela très bien ! piqua Eryne, agacée. Laissez-lui donc un peu de temps !

— Nous la suivons depuis un demi-décime, rappela Amanón. Rendons-nous à l'évidence ; la pauvre ne comprend pas ce que nous attendons d'elle... Essayons de repartir vers le centre.

— Ah, non ! se fâcha la damoiselle. Si vous voulez tenter la chance, donnez-vous au moins les moyens d'y parvenir ! C'est *par là* qu'il faut aller !

Chacun étudia la direction désignée par la jeune femme, sans comprendre en quoi ce choix était si incontestable.

— Explique-moi, amie Eryne, demanda Bowbaq.

— Mais enfin... C'est pourtant simple, non ? C'est... c'est par là, c'est évident ! Je...

Cael reconnut aussitôt le trouble de la damoiselle. Elle n'était pas plus capable de s'expliquer sur sa certitude, que lui sur l'idée de laisser Niss les mener ! Sans attendre les décisions des adultes, il s'engagea dans le chemin indiqué... Évidemment, après quelques instants, tout le monde en fit autant.

Eryne passa donc en tête, avec beaucoup plus d'assurance que la petite Arque. En trois décilles, ils parcoururent autant de distance que dans le dernier décime... Niss se tenait toujours accrochée à la main de la damoiselle, enchaînant parfois de petits pas rapides pour suivre son allure. C'en était à se demander laquelle des deux avait vraiment menée l'autre, pendant la première partie de l'expérience !

— Elle... elle a raison, annonça bientôt Bowbaq. Je crois que je reconnais un peu cet endroit...

Encouragée par la remarque, Eryne se faufila toujours plus loin dans le labyrinthe... Le cœur de Cael se mit à battre plus fort. La porte de Ji était peut-être proche ! Qu'allaient-ils trouver à son pied ? Un allié ? Un ennemi ? Ou rien du tout, si ce n'est une preuve matérielle des récits de Corenn ?

— C'est sûr, maintenant ! renchérit le grand-père. Nous sommes près de la caverne ! Il faut continuer tout droit, puis à gauche, et... et on y sera !

— Comment as-tu fait ? demanda Nolan à sa sœur.

— Aucune idée ! répondit la damoiselle d'un sourire.

Son visage exprimait bien sûr de la fierté, mais sa voix trahissait aussi de la crainte... Sentiment que Cael ne comprenait que trop bien. Comment se réjouir d'une chose inexplicable, et mettant en cause son propre esprit ? Comment ne pas redouter une certaine... folie ?

Suivant les indications de Bowbaq, Amanón fit s'arrêter le groupe pour modifier l'ordre de marche. Le grand-père et l'interprète se retrouvèrent donc en tête, suivis de Cael et Nolan, Niss et Eryne, et enfin Kebree, chargé de veiller à l'arrière-garde... Ainsi, quand les héritiers débouchèrent en face de la caverne, l'adolescent fut l'un des premiers à voir l'étrange femme qui attendait là.

Une vieillarde vêtue de rouge, aux airs de prêtresse, et sur laquelle Bowbaq se rua en brandissant sa pognée !

*

En voyant le grand-père se précipiter à l'attaque, le premier réflexe d'Amanón fut de l'imiter ! Un cri soudain lancé par Nolan incita cependant l'interprète à retenir le géant par sa ceinture. La force de Bowbaq était telle que le jeune homme manqua de perdre l'équilibre, entraîné par le sexagénaire déchaîné... L'assaut fut néanmoins interrompu et Amanón put découvrir, en même temps que les autres, la raison de l'alerte donnée par le novice : les héritiers se trouvaient sous la menace d'un archer !

Il s'agissait même d'une archère, postée cinq pas plus haut, sur le rocher abritant l'entrée de la grotte. La jeune femme portait également des vêtements couleur rouge sang, et semblait tout à fait prête à user de ses flèches... L'interprète maudit l'imprudence qu'il avait montrée. Le groupe ne possédait même pas une simple fronde à opposer à cette arme !

Sans en avoir jamais rencontré, Amanón sut qu'ils faisaient face à deux Züu. Ou plutôt, deux *Züue*. Il ignorait même qu'il existait des femmes dans les rangs de la secte d'assassins... Cela ajoutait encore à la surprise. Que fabriquaient-elles ici ? Y en avait-il d'autres ? Combien ? Allaient-elles passer à l'attaque ?

— Reculons, suggéra Nolan à voix basse.

Amanón ne répondit pas. Son regard allait de la jeune archère à la vieillarde, guettant le signe qui lui permettrait de prendre une décision. Il devait bien s'avouer fasciné par les personnages... D'autant que leur présence sur l'île n'était sûrement pas le fruit du hasard. C'était peut-être l'occasion ou jamais d'apprendre quelque chose sur le sort de leurs parents, même si la vérité devait s'avérer cruelle !

— Keb a disparu ! murmura Eryne, paniquée.

L'interprète ne risqua qu'un rapide coup d'œil en arrière, surpris par l'absence du Wallatte. Quand s'était-il défilé, au juste ? Avait-il seulement été repéré ? L'idée qu'il puisse contourner le rocher pour désarmer la Züe était séduisante... À moins que le guerrier n'ait finalement décidé de montrer sa traîtrise au grand jour ! Ils avaient beau s'être battus dos-à-dos, Amanón ne pouvait oublier la terrible ascendance du barbare. Peut-être même était-il de mèche avec les adorateurs de Zuïa, pourquoi pas !

Alors que l'archère et la bande des héritiers restaient sur leurs gardes, la vieillarde quitta sa position assise à l'entrée de la caverne. Sa large cape pourpre cachait à peine la maigreur de ses membres, de même que le capuce sur ses cheveux grisonnants ne masquait rien de ses rides... Pourtant, malgré ces blessures de l'âge, la prêtresse dégageait une étonnante impression de force. Son regard, sans cesse en mouvement entre les membres du groupe, était difficile à supporter plus de quelques instants. Et l'énorme lance qu'elle saisit avant de s'avancer ne laissait aucun doute sur sa capacité à donner la mort... La vieille dame était une tueuse, comme tous les autres « messagers » du culte assassin !

Bowbaq trépigna à son approche, mais la parfaite position de tir de l'archère interdisait toute tentative de vengeance. Amanón n'imaginait pas le grand-père abattre froidement sa pognée sur l'inconnue, de toute façon, mais nul doute qu'il l'aurait secouée comme un prunier pour obtenir des informations sur sa famille !

L'interprète lui-même en mourait d'envie... Il n'en fut que plus déconcerté par l'attitude de la Züe. Elle s'arrêta devant eux sans crainte, ni haine apparente, sa lance passivement pointée vers le ciel.

— Vous êtes là, commenta-t-elle d'une voix calme. Je vous attendais.

— Vous savez qui nous sommes ? demanda Nolan.

— Bien sûr. Vous portez les pierres de Dara, expliqua la vieillarde avec un sourire énigmatique. Vous êtes donc les héritiers des sages émissaires.

Amanón ne put dissimuler sa surprise ; tout comme ses compagnons, il s'effrayait d'être si facilement reconnaissable !

— Comment en êtes-vous si sûre ? répliqua-t-il, mal à l'aise.

— Il m'est impossible d'atteindre vos esprits, révéla la Züe. Je devine donc que chacun d'entre vous porte du gwele... Et seule une poignée de mortels possède quelques fragments du Jal. *Vous*.

Le jeune homme en eut des frissons. Le silence consterné des autres membres du groupe fut, de même, aussi éloquent qu'un discours ! La vieillarde connaissait beaucoup de choses, et elle disposait de pouvoirs exceptionnels... Et cette façon qu'elle avait d'employer le mot « mortel »... Tous étaient parvenus à la même conclusion !

— Seriez-vous... également... issue du Jal ? osa demander Amanón.

Il lui semblait pourtant déjà connaître la réponse. Une avalanche d'émotions déferla sur lui, alors que la Züe acquiesçait lentement... Comment ne pas être bouleversé, pris de vertige, dans une telle situation ? Comment ne pas se sentir en même temps privilégié par la Connaissance, et insignifiant au regard de l'univers ? L'interprète faisait face à une véritable *déesse !*

— Je suis Zuïa, Celle-qui-Juge, confirma solennellement l'éternelle.

Presque dans le même instant, les bottes de l'archère grincèrent sur le rocher... Chacun leva les yeux pour voir la Züe dévier son arme vers Ke'b'ree, qui bondissait sur elle comme un fauve !

Une brève lutte les opposa et un corps chuta bientôt devant la caverne, mais Amanón avait déjà porté son attention ailleurs. Sans être sûr de bien agir, poussé par la peur, la tension, et la haine qui liait sa famille à la secte des assassins, il ceintura la déesse contre lui et plaqua le tranchant de sa lame sur le cou ridé.

En se demandant s'il allait faire glisser l'une sur l'autre.

*

Nolan n'avait pas quitté l'archère des yeux. Son cœur s'était donc emballé quand Keb avait soudain surgi derrière la Züe, et il avait été difficile de n'en rien montrer... jusqu'à l'attaque ! Le novice se plaça alors devant Niss et Eryne, offrant son dos comme bouclier. Sa sœur aînée réagit aussi vite en entraînant la petite Arque sous le couvert des rochers... Mais à peine le jeune homme se retourna-t-il, que la bataille était déjà terminée.

Le Wallatte gisait à terre, les mains crispées sur son bandage, une grimace de douleur lui déformant les traits. Cinq pas au-dessus, la Züe tendait une flèche vers celui qu'elle avait fait chuter... Tandis que Manó menaçait d'égorger Zuïa *elle-même !*

— Tu ne peux pas faire ça ! paniqua le novice. C'est tout de même une *déesse !*

— Lâchez-la, ou vous mourrez tous ! cria l'archère.

Elle se montrait nerveuse, pointant son arme tantôt vers Keb, tantôt vers Amanón, mais l'interprète prenait garde de s'abriter derrière sa prisonnière.

— Si c'est une déesse, alors elle n'a rien à craindre de moi, gronda-t-il.

— Ce n'est qu'une Züe comme les autres ! renchérit Bowbaq. Elle ne nous veut que du mal !

— Vous pouvez détruire ce corps, intervint Zuïa, mais je renaîtrai aussitôt dans celui de ma Kahati. La jeune femme qui tient l'arc...

— Sale putain, garce... grommelait Keb, entre deux gémissements.

— Lâchez-la tout de suite ! s'impatienta l'autre Züe, impuissante.

— ... à moins que vous ne soyez l'Adversaire, reprit calmement la vieillarde. Dans ce cas, il est possible que je ne renaisse jamais !

La tension monta encore d'un cran, tandis que les héritiers encaissaient le choc de cette nouvelle révélation. Nolan ne se souvenait pas d'avoir lu quoi que ce soit de semblable, dans les cahiers de Corenn ! Le destin de l'Adversaire n'était-il pas *uniquement* lié à celui de Sombre ?

— Personne ne tuera personne, si vous posez enfin cet arc, finit par décider Amanón. Lancez-le dans le sable devant moi, et je jure d'ôter ma lame de cette gorge !

— Obéis, Zejabel ! demanda la déesse.

Après une longue hésitation, la Züe consentit enfin à relâcher la tension sur son arme. Keb en profita pour se relever et s'adosser à la paroi, et Eryne accourut aussitôt pour vérifier son bandage... Enfin, Bowbaq se plaça devant Niss, qui revenait à petits pas. Tous se crispèrent en voyant la Kahati tirer soudain une dague fine comme une aiguille.

— Je pose donc mes flèches, annonça-t-elle. Mais ne croyez pas prendre l'avantage pour autant ! Si vous osez seulement blesser la déesse... Vous le regretterez. *Tous*.

L'avertissement lancé, elle tint parole en se désarmant, puis en bondissant au bas du rocher. Elle se réceptionna aux pieds mêmes de Nolan, fort impressionné par la souplesse féline de la jeune femme... Quel âge pouvait-elle avoir ? Dix-neuf ans, vingt ? À peine moins que lui... Et un corps parfait, le teint exotique, le visage délicatement maquillé... Sur l'instant, alors que la Züe se dressait devant lui, le novice en oublia même que ces symboles rouges étaient ceux d'une secte meurtrière ! Il la trouvait tout simplement... attirante.

Après une courte attente, Amanón enleva doucement sa lame courbe de la gorge de Zuïa, qui commença par ramasser sa lance en un geste digne. Pendant toute la scène, l'éternelle n'avait montré ni peur, ni résistance... Le novice la jugeait aussi fascinante, mais pour de tout autres raisons. Il avait peut-être perdu la foi en Eurydis et déclaré ne plus se soucier des dieux, il n'en ressentait pas moins un étrange respect pour l'immortelle ! Il n'aurait pas même osé la frôler, alors que Manó l'avait carrément ceinturée...

Les héritiers se rassemblèrent naturellement devant les Züue, conscients de l'importance de l'instant. Maintenant que l'affrontement était évité, quelle tournure allait prendre cette rencontre ?

— Comment... doit-on vous appeler ? demanda Nolan.

— « *Votre divinité* » *!* répondit sèchement Zejabel.

— Et pourquoi pas plutôt « espèce de folle » ? cingla Eryne. Pointer un arc vers des enfants innocents ! Vous êtes à la hauteur de votre réputation !

— Essayons de nous passer des insultes, tempéra Manó.

— Ouais, intervint Kebree, faudrait pas blesser l'amour-propre de ces sales garces, putasses, galeuses...

— Tu me hais, parce que je t'ai vaincu, répliqua fièrement la Züe.

— À d'autres ! se défendit le Wallatte. Si je n'avais pas eu ce trou dans la poitrine...

— Bon, ça suffit, oui ? s'impatienta l'interprète.

— Nous ne devons pas parler avec ces femmes, insista Bowbaq. Je suis sûr qu'elles nous tendent un piège ! Comme au Petit-Palais, il y a vingt ans !

— Comment saviez-vous que nous viendrions ? enchaîna Nolan.

— Et pourquoi nous attendre ? renchérit Cael, très intéressé.

— Mais enfin, elle ne vous le dira pas ! s'emporta Eryne. Pour quelle raison nous livrerait-elle ses secrets ? Et même dans le cas contraire, pourquoi lui faire confiance ?

— Parce que je suis de votre côté, annonça l'éternelle d'une voix assurée. Je *veux* vous aider.

Aucune déclaration n'aurait davantage surpris les héritiers ! Ils échangèrent quelques regards indécis, avant que Kebree ne traduise le sentiment général.

— Mais bien sûr ! ricana-t-il. C'est tellement évident ! Pourtant, il n'y a pas trois décilles encore, *celle-là* menaçait de tous nous tuer !

— C'est toi qui m'as sauté dessus en premier, rappela Zejabel. Et si la déesse avait voulu votre mort, j'aurais eu largement le temps de lancer mes flèches !

— Elle a raison... acquiesça Amanón.

— Mais enfin ! Ce sont des *Züue !* insista Eryne.

— Écoutons au moins ce qu'elles ont à dire, proposa Nolan. Peut-être savent-elles quelque chose sur nos parents ?

Ce disant, le novice s'adressait aussi bien à sa sœur qu'aux deux prêtresses rouges... Ses espoirs s'effondrèrent quand la déesse hocha négativement la tête.

— J'ignore tout de leur sort. C'est la vérité. Mes messagers ne sont pas responsables de leur disparition.

— Ses *messagers*, répéta Bowbaq avec mépris. Des assassins, oui !

— Mais que savez-vous, exactement ? reprit Amanón. Pourquoi nous avoir attendus ici ?

Zuïa dévisagea chacun des héritiers, d'un regard étrange, avant de répondre...

— Je suis venue vous proposer une alliance, expliqua-t-elle. Nous avons un ennemi commun. *Sombre*.

— Vous êtes pourtant dans le même camp ! railla Eryne, malgré sa surprise. Vous faites autant de mal l'un que l'autre !

— Je ne fais qu'appliquer une Justice, telle qu'elle m'est inspirée par les fidèles, avança la Züe. Sombre, lui... Il veut régner sur toute la création. Les mortels. Votre monde. Le Jal. Et même nos frères et sœurs.

— Vous voulez dire... les autres dieux ? releva Nolan.

L'expression subitement grave de l'éternelle lui donna un petit frisson.

— Exactement. Il veut être le dernier. L'Unique !

— Un monde avec un seul dieu ? répéta Eryne, intriguée. Une... drôle d'idée, vraiment !

— Je ne comprends pas, avoua Cael. Vous êtes, heu... *immortelle*, non ? Qu'avez-vous à craindre ?

— Un enfant du Jal peut très bien souffler l'étincelle d'un autre, révéla Zuïa. Les immortels ne sont ce qu'ils sont que par rapport aux humains... Nous pouvons effectivement nous détruire les uns les autres. Seulement, ça n'était jamais arrivé.

— *N'était ?* releva Amanón.

La déesse acquiesça lentement ; son trouble semblait sincère, ce qui n'était en rien rassurant !

— Il y a environ deux décades, Sombre a tué celle que vous appelez Aliandra du Soleil. Elle n'est plus. Comprenez-vous ? Elle ne sera *jamais* plus, même si les mortels l'ignorent. Les prières qui lui sont adressées résonneront dans des temples vides pour l'éternité.

— Celle-qui-Songe... laissa échapper Nolan. Ce n'est... pas possible...

Le novice avait plusieurs amis chez les Maz d'Aliandra, et il songea aussitôt à leur détresse... Alors qu'ils n'avaient aucune conscience du malheur qui les frappait ! Lui-même, quelques jours plus tôt, doutait encore de la seule existence des dieux. Comment penser que les êtres suprêmes pouvaient ainsi disparaître ? Comment accepter l'idée d'une telle perte, lorsqu'on connaissait le secret du Jal ? Nolan se sentit soudain aspiré dans un grand vide, et il dut s'appuyer contre un rocher pour reprendre ses esprits. Sombre voulait devenir l'Unique, le maître absolu de toute chose... La vision d'un monde gouverné par le seul démon était si effroyable qu'il n'osait l'imaginer plus avant.

Tous les héritiers étaient ainsi plongés dans pareilles méditations. Même la jeune Züe ne pouvait masquer son trouble... Il fallut une intervention grossière de Ke'b'ree pour briser le silence.

— Vous n'avez qu'à tous vous mettre sur son dos ! suggéra le Wallatte. Les Mishra, Odrel, Eurydis et compagnie, là... Vous êtes aussi puissants les uns que les autres, non ? Battez-vous à cent contre un et bottez-lui les fesses !

— C'est impossible, réfuta Zuïa à regret. De par la volonté des hommes, il est Celui-qui-Vainc. Même groupés, nous connaîtrions la défaite...

— Seul l'Adversaire a une petite chance, termina Manó avec amertume. Voilà où devait nous mener la prophétie des Ondines...

— Exactement. Et voilà pourquoi il faut nous allier !

— Mais si vous ne pouvez rien faire contre le démon, je ne vois pas l'intérêt de supporter votre compagnie ! cingla Eryne. Et cela, bien sûr, en *supposant* seulement que votre histoire soit vraie !

La déesse toisa longuement la damoiselle insolente, le visage fermé... Nolan redouta bientôt un nouvel échange de rancœur, un affrontement, même, mais l'éternelle prit ensuite le chemin de la caverne, Zejabel sur ses talons. Les deux silhouettes ne s'arrêtèrent qu'à l'entrée de la grotte, avant de se tourner vers les héritiers.

— Je peux vous être d'une aide inestimable, révéla Zuïa. Je peux vous aider à trouver *l'identité* de l'Adversaire, aujourd'hui même, dans les profondeurs de cette île !

Sur cette annonce, elle s'avança dans les ténèbres du tunnel, tandis que sa complice ramassait son arc et allumait une torche... Après un moment de flottement, et quelques échanges de regards, Nolan prit l'initiative de lancer un « Allons-y » mal assuré. Peu après, les héritiers entamèrent donc la dernière étape vers la porte du Jal... Avec, comme guides, une véritable déesse à la « justice » expéditive, et une femme-assassin qui montrait de forts signes de nervosité.

*

Ils descendirent un long couloir en pente douce, exactement comme le décrivait Corenn dans ses cahiers. Cael ressentait une telle émotion qu'il en avait la gorge nouée. Ainsi, voilà le chemin emprunté par Yan et Léti, des années auparavant, alors qu'ils étaient à peine plus âgés que lui... À quoi pouvaient bien penser ses parents, à cette époque ? Aux Züu qui les pourchassaient ? Au secret qui devait leur être révélé ? En tout cas, ils ne se doutaient certainement pas que le fils qu'ils auraient un jour finirait par suivre leurs traces ! En compagnie de leur plus grande ennemie, qui plus est...

L'adolescent peinait à croire qu'il côtoyait une véritable déesse, Zuïa *en personne*. Enfin, si elle ne mentait pas sur son identité ! L'éternelle n'avait donné aucune preuve de sa puissance, après tout. Malgré un port digne et l'énergie qu'elle dégageait, sa silhouette restait celle d'une femme marquée par le temps... Et cette histoire de renaissance dans un autre corps ajoutait encore à la confusion. Pourtant, s'il oubliait les apparences pour n'écouter que son instinct, Cael se voyait convaincu de la nature divine de leur guide. Comme ses compagnons n'élevaient pas plus d'objection, il supposait que tout le monde partageait son sentiment !

Cette plongée dans les entrailles de la terre facilitait ce genre de fantasme. Un décime plus tôt encore, l'adolescent patientait sous un soleil fatigué, les tympans agacés par un vent sifflant... et il se trouvait maintenant cerné par les ténèbres, avec une température chutant pratiquement à chaque pas. La galerie résonnait de la progression du groupe, du crépitement des torches, et parfois d'un petit ruissellement cristallin... Au terme de la descente, ils devaient trouver un lac souterrain, puis une faille étroite, d'après le testament de Corenn. Un secret que les sages émissaires conservaient depuis des siècles... mais Zuïa ?

— Comment connaissez-vous le chemin ? ne put-il s'empêcher de demander. Ce n'est pas votre première visite ?

L'éternelle lâcha un petit rire étrange, puis répondit sans même se retourner.

— Je ne suis jamais venue sur cette île. Mais les enfants du Jal peuvent deviner l'emplacement de toutes les portes. Il nous suffit d'être assez proches de l'une ou l'autre pour en connaître naturellement la direction.

L'explication appelait une dizaine de nouvelles questions, mais le regard de Cael s'était plutôt porté sur Eryne, soudain très pâle dans la lueur des torches. Amanón et Nolan la dévisageaient également, la mine grave. Personne n'avait oublié la facilité désarmante avec laquelle la damoiselle avait orienté le groupe, mais mieux valait ne pas en débattre devant les Züue !

— Comment avez-vous su qu'Aliandra était morte ? enchaîna Nolan. Vous avez assisté au combat ? Ou bien vu son corps ? Si tant est que ce soit possible...

— Ni l'un, ni l'autre, réfuta l'éternelle. Mais elle n'est plus, c'est une certitude. Nous avons tous ressenti sa disparition.

— Comment ça ?

— Dieu ou démon, nous venons tous du Jal. C'est cet endroit qui nous unit. Même lorsque nous le quittons, nous gardons une conscience permanente de l'existence de nos semblables. Quand Aliandra s'est éteinte, nous avons ressenti comme un *manque* dans la création, là où elle aurait dû être...

— Comme quelqu'un à qui on coupe un doigt, quoi, résuma Keb d'une voix amusée.

— Et avec cette « conscience permanente », s'emballa Amanón, vous seriez capable de trouver Sombre ? Vous pourriez nous dire où il est en ce moment ?

Zuïa s'arrêta presque aussitôt et ferma les yeux, tandis que les héritiers se regroupaient avec un mélange d'espoir et d'effroi... Heureusement, l'attente fut brève.

— Pour l'instant, il est à Thallos, révéla-t-elle. Mais je sais qu'il se déplace continuellement.

— Au moins, il n'est pas près d'ici ! se réjouit Bowbaq. J'aime autant le savoir de l'autre côté du Rideau !

Les autres acquiescèrent, avec tout de même un regard compatissant pour Ke'b'ree. Thallos était proche de son royaume natal, et cela lui donnait de bonnes raisons de s'inquiéter... Le Wallatte prit d'ailleurs sa tête des mauvais jours, alors que le groupe se remettait en marche.

— J'imagine que vous ne pouvez pas lire dans son esprit et deviner ses plans ? hasarda Eryne. Ce serait trop beau !

— Je ne peux pas, tant qu'il continuera à s'y refuser. Et Sombre s'est toujours montré fermé à ses frères et sœurs... Il n'y a pas de raison que cela change.

— Ben voyons, maugréa Keb.

Quelques instants plus tard, ils s'arrêtaient au bord du lac souterrain. La salle qui l'abritait devait mesurer plus de cent pas de diamètre, au moins, si l'on se basait sur l'arrondi de la paroi. À la seule lueur des torches, impossible de voir l'autre côté... L'odeur mélangée de limon et de salin, la noirceur des flots, les petites formes imprécises qui s'y agitaient rendaient l'endroit beaucoup moins charmant que Cael ne se l'était imaginé. En fait, il mourait d'impatience de contempler la fameuse porte !

— Et si Sombre n'avait rien à voir avec la disparition d'Aliandra ? songea soudain Amanón. Est-ce possible ?

— En aucun cas, réfuta l'éternelle. Ils étaient à proximité l'un de l'autre, quand cela s'est produit...

— Vous savez donc où est tombée la déesse ? interrompit Nolan. Quelques-uns de ses Maz pourraient honorer la dépouille...

— Et comment tu leur présenterais la chose ? ironisa Keb.

— Des mortels se sont déjà chargés d'un rite funéraire, révéla Zuïa. Aliandra avait forme humaine, tout comme moi, ainsi qu'un certain nombre de nos frères et sœurs. Les hommes qui ont trouvé le corps ne pouvaient rien déceler de particulier... Ils l'ont traitée comme une malheureuse d'origine inconnue.

— Vous voulez dire que... elle a été... jetée à la *fosse commune* ? s'offusqua Eryne.

Cael connaissait peu de choses du culte d'Aliandra, mais l'image de cette déesse sacrifiée lui était tout aussi révoltante. Pendant un instant, les ténèbres de la salle parurent plus denses encore, et l'adolescent eut une vision cauchemardesque de la caverne transformée en un gigantesque charnier... Le froid était mordant, à cette profondeur, mais la peau du Kaulien se couvrit de sueur.

— Comment a-t-elle été tuée ? articula difficilement Nolan.

— Oh, mais peu importe, que tout cela ! éclata soudain Zejabel. Finissons-en !

Tous furent surpris par sa colère, même Zuïa, qui la toisa d'un regard de braise. La jeune archère n'avait pas prononcé un mot depuis le début de leur descente, mais sa tension était finalement ressortie ! Par quoi était-elle tourmentée ? Leur situation confinée ? La menace de Sombre ? Ou quelque chose dont les héritiers n'avaient même pas connaissance ?

— J'ignore comment le démon s'y est pris, répondit enfin l'éternelle. Mais il est vrai que ça ne présente guère d'importance. Ses pouvoirs de destruction sont sans limites. Il a pu briser Aliandra de mille façons.

— Peut-être qu'il s'en tiendra là... suggéra Cael. Il peut s'agir d'une sorte de... dispute divine, qui a mal tourné ?

— *Non*, trancha fermement Zuïa. Sombre nous avait prévenus, voilà déjà un an. Il ordonnait que chacun lui prête allégeance. Très peu l'ont seulement écouté... Alors, il est passé aux actes. Il revendique cette exécution comme un exemple. Quiconque ne rejoint pas son camp est considéré son ennemi !

— Il... Il déclenche une guerre dans les rangs des dieux... murmura Nolan, horrifié.

— Mais on ne peut pas le laisser faire ! se révolta Bowbaq. Il pourrait même s'en prendre aux enfants du Jal !

— Si vous ne mentez pas, c'est la création *entière* qui est en danger, résuma Amanón d'une voix blanche.

Une boule d'angoisse monta dans la gorge de Cael. Ces derniers temps, les héritiers avaient vu leurs responsabilités grandir toujours davantage... Cette fois, la limite était atteinte. On ne pouvait imaginer de destin plus écrasant !

De tout son cœur, l'adolescent espérait ne pas être celui dont dépendait l'avenir du monde. Il se sentait même prêt à prier pour cela ; mais le lieu et l'instant étaient certainement mal choisis.

*

Au moment d'emprunter la petite corniche bordant le lac, Eryne se fit un point d'honneur de refuser l'aide de ses compagnons. Tout d'abord, parce qu'elle s'était promis de ne plus être une charge pour le groupe, ou en tout cas le moins possible... Et ensuite, parce qu'il était hors de question de se laisser humilier par ces folles en habits rouges ! Surtout par la plus jeune, Zejabel, qu'elle avait immédiatement prise en grippe. Son arrogance, ses postures de garçon manqué, et cette façon particulière de les regarder comme de la viande froide lui déplaisaient fortement. Nolan et les autres avaient peut-être décidé de faire confiance à ces « prêtresses », mais *pas* Eryne de Kercyan. Elle fréquentait assez de courtisanes pour savoir démasquer les sournoises, et cette aventure avec les Züue sentait l'embuscade à plein nez !

Elle devait bien admettre, pourtant, le caractère impressionnant du récit de la soi-disant « Zuïa ». L'histoire était assez horrible pour être réelle... Ou alors, le mensonge résultait d'une excellente préparation. La jeune femme était néanmoins convaincue d'y trouver bientôt des failles. Elle se concentrait justement sur ce point, évitant par la même occasion de trop songer à ce chemin d'à peine une coudée de largeur !

La peur revint tout de même au moment de franchir la partie effondrée, telle qu'indiquée dans le journal de Corenn. Amanón avait souhaité passer en tête, redoutant une traîtrise, et il s'acquitta du bond nécessaire avec aisance. Puis les deux Züue passèrent l'obstacle à leur tour, la plus jeune aidant son aînée... Keb et Cael ne connurent pas plus de difficulté, et la damoiselle se lança bientôt, en s'interdisant d'être la pauvre idiote qui finit seule dans l'eau !

Contrairement à ses craintes, l'épreuve se révéla aisée. Bowbaq clôtura même l'exercice en portant Niss à bout de bras, et le groupe put reprendre sa progression silencieuse, les torches jetant des lueurs hésitantes sur les parois humides. Enfin, Amanón se coula dans une faille d'environ trois pas de haut... Eryne tremblait à l'idée de rester coincée dans un couloir si étroit, mais elle trouva encore le courage de s'y glisser sans protester. Son angoisse augmenta pourtant quand le grand-père s'y faufila à son tour. Au regard de sa taille, si *lui* restait bloqué dans le goulet, c'est tout le monde qui en subirait les conséquences dramatiques !

Le géant pensait probablement la même chose, car sa respiration se fit beaucoup plus bruyante, sifflante même, jusqu'à voir le couloir s'élargir enfin. Eryne put alors se tourner vers un Bowbaq au visage et à la barbe trempés de sueur, mais éminemment soulagé.

— Je pensais que ça irait mieux cette fois-ci, avoua-t-il en s'essuyant avec un mouchoir épais, mais c'est toujours aussi effrayant ! Je ne suis pas fait pour vivre sous terre...

Au contraire du grand-père, Niss semblait parfaitement à l'aise dans ces cavernes ; mais avait-elle vraiment conscience de son environnement ? La damoiselle en doutait. Elle adressa un sourire encourageant aux deux Arques, puis s'empressa de rattraper Keb, redoutant de voir s'éloigner la torche du Wallatte !

La galerie prit davantage d'ampleur, se transformant en un véritable tunnel... Avant même de s'en rendre compte, les héritiers débouchèrent dans une nouvelle salle. Eryne s'avança doucement, le souffle court, tandis que ses compagnons se dispersaient le long de la paroi. Cette grotte était la dernière. Celle où ils devaient trouver la porte !

Sans tarder, Amanón, Cael et Nolan se détachèrent du groupe pour rejoindre une petite étendue liquide, où ils s'engagèrent en se mouillant les chevilles. Tous trois gardaient le nez collé à la roche, le regard porté haut, et la découverte ne se fit pas attendre...

— Là ! triompha Cael. Je vois les symboles !

Malgré sa réticence à entrer dans l'eau, Eryne ne put résister à la curiosité. Elle se déchaussa et retroussa sa jupe longue, tandis que Zejabel la précédait sans montrer aucune gêne à tremper ses vêtements... La damoiselle n'en fut que plus empressée de s'avancer franchement dans la mare glacée, ce qu'elle regretta aussitôt ! Transie de froid, elle tint juste assez longtemps pour vérifier la présence de signes géométriques tout en courbures, gravés dans la pierre depuis les siècles des siècles, avant de regagner prestement la berge.

Zuïa exceptée, tous se rendirent ainsi devant les mystérieux symboles qui marquaient l'emplacement de la porte. Les dessins couraient jusqu'au plafond, invisible car trop élevé, avant de redescendre sur l'autre paroi en formant une arche. L'ensemble s'avérait difficile à repérer pour quiconque n'était pas dans le secret... Exactement comme l'avait décrit Corenn. C'était une preuve matérielle et indiscutable de la véracité du récit de la Mère, même si Bowbaq avait déjà confirmé son témoignage !

— Aucune trace de nos parents, soupira Nolan. J'espérais trouver un message, ou au moins un indice... Où peuvent-ils bien être ?

— Mais il suffit de demander à la « déesse », après tout ! bondit la damoiselle, soudain certaine de confondre l'hypocrite.

— J'ai dit que j'ignorais tout de leur sort, rappela Zuïa.

— Eryne a pourtant raison, intervint Amanón. Vous êtes censée atteindre l'esprit de n'importe quel mortel, n'est-ce pas ?

— Certes. J'ignore pourquoi ils échappent à ma conscience. Peut-être portent-ils du gwele, comme vous le faites.

— Trop facile ! accusa la jeune femme. Et où auraient-ils trouvé ces pierres ? Ils nous ont transmis celles qu'ils possédaient !

— Je n'ai aucune réponse à cela. Beaucoup de choses sont devenues incompréhensibles, même pour moi, depuis que Sombre s'est déclaré notre maître.

Un bruit de plongeon résonna soudain dans la caverne, et tous se retournèrent sur Zejabel, seule avec sa torche à l'autre bout de la salle. Eryne savait qu'un gouffre s'ouvrait à cet endroit, sur la mer en contrebas... La Züe avait probablement jeté un rocher dans le vide, pour l'une ou l'autre obscure raison. Elle resta penchée sur le précipice quelques instants, puis revint lentement vers le groupe, la mine renfrognée.

— Vous prétendez que tous les dieux sont en danger, reprit la damoiselle, soudain stimulée par une idée. L'Adversaire serait le dernier espoir de ceux qui refusent de se soumettre à Sombre... Alors, pourquoi seriez-vous la *seule* à venir nous proposer de l'aide ? Et par la Sage, n'insultez pas mon intelligence en répondant que les autres vous ont choisie comme ambassadrice ! Ou alors, le panthéon est tellement stupide qu'il ne mérite pas d'être sauvé !

Le regard acide que lui retourna la vieillarde manqua de la déstabiliser, mais Eryne tint bon et garda le front haut. La jeune femme n'avait jamais cédé, que ce soit devant péronnelles, courtisanes ou douairières, et elle n'entendait pas commencer à baisser les yeux en ce jour, déesse ou pas !

La réponse de Zuïa se fit d'ailleurs attendre, réveillant les tensions de chacun... Autour des deux ennemies, on se crispait sur des armes, on surveillait ses arrières, on se préparait à l'action. Mais la damoiselle ne bougea pas d'un pouce, jusqu'à ce que la prêtresse en rouge consente enfin à parler.

— À cause du gwele, mes frères et sœurs sont incapables de toucher vos esprits. Ils pourraient venir *physiquement* à votre rencontre, mais pour la même raison, ils ne savent pas où vous trouver. Tout comme Sombre et ses alliés, justement, et par chance ! C'est à la fois votre avantage et votre faiblesse...

— Mais vous, alors ? s'étonna Cael. Comment avez-vous fait ?

Un fin sourire se dessina sur le visage de la vieillarde, tandis que sa complice faisait les cent pas autour du groupe, portant à vif les nerfs de chacun.

— Moi, c'est différent, expliqua Zuïa. Mon destin est lié à vos familles depuis déjà deux générations, précisa-t-elle en désignant la petite-fille de Bowbaq. Je connais les détails de votre histoire. Je savais que vous finiriez par venir ici.

— Beau discours, mais vous venez de vous trahir ! rétorqua Eryne. Comment même avons-nous pu oublier cela ? Vos soi-disant prêtres ont traqué nos parents pendant des lunes ! Vous êtes la première complice de Sombre, peut-être la seule à avoir rallié son camp !

— Vous vous trompez. Ces notions échappent évidemment aux mortels, mais chacun de nous se considère comme l'Unique. Nous n'œuvrons, séparément, qu'à un seul but : celui qui nous a été inspiré par les croyants. Je suis Celle-qui-Juge. *Les hommes*,

mes fidèles, avaient décidé que vos parents devaient être châtiés. Il y a eu une bataille, beaucoup de morts, et les hommes ont ensuite oublié leurs désirs... Donc, moi aussi. Depuis cette époque, d'ailleurs, aucun de mes messagers ne s'est attaqué à vos aïeux.

— Vous avez quand même aidé Sombre, remarqua Nolan.

— Certes, mais pas par volonté d'alliance. Lui et moi avons joué un rôle dans la marche du monde, mais sans nous occuper l'un de l'autre. Nos desseins auraient même pu être contraires. Le démon est le premier à obliger ses frères et sœurs à composer ensemble. Sans lui, je le répète, chacun de nous agirait encore comme s'il était l'Unique.

— Tout ça m'embrouille, commenta Bowbaq, renfrogné. Pour moi, les méchants resteront toujours les méchants !

— Mais puisque vous êtes là, en face de nous, vous pourriez avertir d'autres dieux ? réfléchit Amanón. Nol, par exemple... ou même Eurydis, pourquoi pas ! Leur aide serait précieuse !

Eryne estimait l'idée splendide ; elle porta aussitôt son regard sur son frère... Évidemment, Nolan avait pris un teint cireux ! L'idée de se trouver face à la Sage elle-même devait bouleverser le novice, malgré sa récente perte de foi.

— Je regrette, mais ça m'est impossible, annonça la vieillarde. Ce qui se trouve au Jal est hors de ma portée, Nol y compris. Quant à Eurydis... son esprit reste fermé au mien. Les mortels ne nous ont pas appris les notions de *confiance* et *méfiance*. Depuis la mort d'Aliandra, beaucoup de mes frères et sœurs se sont simplement repliés sur eux-mêmes, impuissants à réagir, et sourds à tout dialogue.

— Je ne peux pas croire que la Sage se contente de se cacher, déclara Nolan, profondément touché.

— Je n'ai rien dit de tel. Elle refuse seulement de m'entendre.

— Ça ne m'étonne pas, reprit Eryne. Elle se méfie, et sûrement avec raison ! Rien de ce que vous avancez n'est suffisant pour vous disculper !

— Une chose au moins devrait vous convaincre, répliqua Zuïa avec gravité. Sombre m'interdit effectivement de lire ses pensées... En revanche, il se montre toujours prêt à *m'écouter*. Il me suffirait d'un instant, un bref contact avec son esprit, pour vous trahir et le faire apparaître dans cette caverne. Et le sort du monde serait joué. Nous serions tous fixés !

Un silence tendu tomba sur la scène. Eryne ne put s'empêcher d'imaginer l'horrible Mog'lur décrit par Bowbaq faire une soudaine irruption dans leurs rangs, déchirant les corps, arrachant membres et viscères, se repaissant de peur et de cris dans les ténèbres des entrailles du monde...

— Ne le faites pas, trouva bon de demander Nolan, d'une voix blanche.

— Je suis Celle-qui-Juge. Les hommes ne m'ont pas créée joueuse. Pour mettre toutes les chances de notre côté, nous devons *d'abord* connaître le nom de l'Adversaire. Je suis là uniquement dans ce but.

— Et... comment comptez-vous faire ? demanda Amanón.

— Je vais ouvrir la porte vers le Jal, annonça Zuïa en s'avançant. C'est bien pour cela que nous sommes descendus jusqu'ici.

Le cœur d'Eryne frappa soudain contre sa poitrine, si fort que c'en était douloureux. En abordant l'île Ji, jamais il n'avait été question de ça ! Personne n'avait prévu d'assister à un phénomène surnaturel, à un déploiement de magie, à une rencontre avec des enfants-dieux !

En voyant ses compagnons emboîter le pas de la vieillarde, la damoiselle reconnut qu'elle avait peut-être fait erreur sur un point. Si le miracle avait effectivement lieu... Alors, ils étaient bel et bien en présence d'une véritable déesse. Une éternelle à qui elle ne cessait de tenir tête !

*

Zejabel avait vraiment hâte d'en finir. Elle subissait, en ce jour, la pire expérience de sa vie. En quelques décans, c'est tout un univers qui s'était vu chamboulé, jeté à terre, piétiné : le sien. Son monde, son enfance, ce qui faisait d'elle *Zejabel la Kahati*, ce pour quoi elle s'était battue, venait d'être écorché vif, puis traîné dans la boue et la poussière. C'est une jeune femme à l'âme vide qui suivait le groupe des héritiers vers le fond de la caverne, sans autre désir que de voir les choses enfin terminées... pour sortir de cet endroit, pour se défouler par une longue course jusqu'à la plage, pour ne plus réfléchir !

Elle avait déjà tenté pareille évasion, la nuit précédente, après son long entretien avec Zuïa. Mais la fuite n'avait rien donné, à part le vague espoir que la rencontre connaîtrait un autre déroulement... Attente désormais contrariée. Le plan de la déesse fonctionnait parfaitement, point après point, étape après étape. Zejabel songeait qu'elle aurait dû s'en réjouir, se féliciter du succès de l'éternelle, mais ça lui était impossible. Le regard qu'elle portait sur Zuïa avait changé. Et cela était *infiniment* traumatisant...

La jeune femme comprenait mieux, alors, le secret entourant leur voyage jusqu'à l'île. La raison de cette expédition en comité restreint était d'une triste simplicité. La déesse ne cherchait qu'à limiter les témoins de ses *faiblesses !* Et ces dernières se révélaient malheureusement aussi nombreuses que décevantes... À commencer par la peur. Cette peur inextinguible du démon, qui semblait ronger l'éternelle au plus profond de son âme. Cette peur du néant que Zejabel ne pouvait concevoir !

En tant que Kahati, elle était prête à abandonner son corps, le moment venu... C'est-à-dire renoncer à tout ce qui faisait d'elle une mortelle à la personnalité définie. Pourquoi la déesse ne montrait-elle pas pareille abnégation ? Inévitablement, une autre question revenait sans cesse ronger les barrières que la jeune femme avait dressées dans son esprit : cela était-il *juste ?*

Le doute était un sentiment nouveau pour elle, et elle subissait ses attaques comme de véritables brûlures. Souffrances encore aggravées par la désillusion : Zuïa n'était pas la toute-puissante que les Judicateurs du Lus'an adoraient depuis des siècles... L'éternelle pouvait trembler devant un simple démon, et s'abaisser au rang d'une maraîchère peu scrupuleuse si cela pouvait servir ses intérêts. Voilà probablement ce que la Tueuse trouvait le plus choquant : depuis leur rencontre avec les héritiers, la déesse *mentait !*

Dès qu'un des mortels tentait de la percer à jour, Zuïa se tirait d'affaire en mélangeant vérité et mystification. Zejabel se sentait à chaque fois profondément humiliée... et trahie. Comment supporter le spectacle de l'éternelle, adorée depuis la plus lointaine enfance de la jeune femme, réduite à marchander sa vie par manigance, traîtrise et bassesse ? Comment ne pas remettre en cause un enseignement qui menait à pareille indignité ?

Enfin, comment ne pas songer que Zuïa pouvait *peut-être même* mentir à sa Kahati ?

Le bouleversement de la Tueuse était profond, mais elle continuait à participer à cette déchéance, incapable d'agir autrement. N'avait-elle pas toujours été au service de la déesse ? Sa place se trouvait à ses côtés, quoi qu'il advienne... Et *cela* n'allait justement plus tarder. Le groupe avait atteint le bout de la caverne, où béait l'énorme gouffre donnant sur un bras de mer souterrain, quelques dizaines de pas plus bas.

— Vous devriez vous rassembler contre la paroi, indiqua sobrement l'éternelle.

— Heu... Vous n'allez quand même pas... s'effraya le grand Arque.

— C'est indispensable, assura Zuïa. Sans le Gardien, on ne peut pas ouvrir la porte. Vous savez que pendant toutes ces années, vos parents n'ont contemplé que les résonances d'anciens passages...

— Dites, à part moi, qui ne comprend *rien* à ce qu'elle raconte ? intervint le Wallatte.

Aucun de ses amis ne se manifesta, et le guerrier haussa les épaules d'un air renfrogné. Zejabel devait reconnaître avoir eu de la chance, un peu plus tôt, quand l'homme était soudain apparu dans son dos... Seul un réflexe lui avait permis de le pousser au bas du rocher, mais il s'en était fallu de peu.

— Il y a une sorte de monstre qui protège la porte, résuma l'adolescent. Tante Corenn a tout expliqué dans ses cahiers... Pour que la magie fonctionne vraiment, il faut que le Gardien soit présent. Sinon, on n'a qu'une espèce de... d'image, qui s'estompe. On peut voir le Jal, mais on ne peut pas y aller.

— Ah bon. Merci, conclut le Wallatte sans manifester le moindre trouble.

— Vous pouvez vraiment appeler le Léviathan ? vérifia le Ramgrith.

— Tous les enfants du Jal en sont capables, répondit Zuïa. Seulement, nous n'avons que rarement besoin de le faire.

Sans plus d'explications, elle se tourna vers le vide et commença à parler... Même Zejabel ne reconnut pas la langue étrange, aux sonorités singulières, alors employée par la déesse. On y devinait cependant assez de pouvoir pour ressentir le besoin de se mettre à l'abri ! La Tueuse choisit de s'adosser à la paroi opposée à celle des héritiers. Elle songea soudain qu'elle aurait pu également se tenir au côté de l'éternelle, comme d'habitude... Cette fois, elle n'en avait pas eu le courage, ni même l'envie.

Zuïa parla et parla encore, appelant un monstre marin dont la Kahati ignorait jusqu'à l'existence, quelques décans plus tôt. La déesse n'avait pas besoin d'élever la voix ; ses mots semblaient se répandre dans le monde comme un vent indomptable, chaque syllabe marquant les battements de cœur de la jeune femme... Pendant un instant plein de nostalgie, elle repensa même aux chants des novices, dans leur palais du Lus'an. Puis l'éternelle se tut, aussi brusquement qu'elle avait commencé son invocation.

Le silence fut de courte durée. Un énorme bruit de succion monta soudain du gouffre ; celui d'un corps gigantesque qui s'arrache à la force de la mer ! Une puissante expiration suivit presque aussitôt, donnant un frisson glacé à la jeune femme... Elle eut alors envie de fuir, très loin, ou au moins de jeter la torche qui la montrait seule au cœur des ténèbres, mais elle n'osait pas faire le moindre geste. Pas plus que les héritiers, d'ailleurs, qui brandissaient leurs flambeaux dans l'attente du monstre...

Le Léviathan commença son ascension de la falaise, emplissant la caverne d'un écho de ruissellements, de raclements de griffes, de râles inhumains... La Kahati avait beau être prévenue, elle n'en trouvait pas moins la scène cauchemardesque ! Son regard ne quittait pas le bord du gouffre, où la créature allait apparaître d'un instant à l'autre. Seule Zuïa osait se pencher vers les profondeurs, contemplant le Gardien avec un sourire énigmatique. Et quand la déesse fit enfin trois pas en arrière, ce fut pour laisser place à une énorme patte aux écailles bleu sombre, et aux griffes longues comme des cimeterres !

Une tête disproportionnée surgit aussitôt après, ses petits yeux noirs reflétant la lumière des torches avec une colère incompréhensible à l'échelle humaine ! Pour la première fois de son existence, Zejabel connut la véritable peur. Jamais une rivale pour le titre de Kahati, aussi douée fut-elle, n'avait réussi à l'effrayer assez pour qu'elle craigne pour ses jours... Mais devant cette créature des abîmes, la jeune femme se rappelait à quel point elle était *mortelle*. Elle n'avait pas encore la puissance de Zuïa, et ne l'aurait peut-être jamais : ce monstre pouvait briser tous ses os en une seule frappe brutale !

La déesse se remit à lui parler, l'apaisant avec des mots inconnus, tandis que chacun contemplait l'indicible. Le Léviathan n'avait pas de nez, ni d'oreilles... Plus étrange encore, l'absence de paupières, qui donnait à son « visage » un air de démence ! Son regard passait nerveusement d'un humain à l'autre, tandis que des râles montaient en continu de sa gorge. Plusieurs rangées de branchies s'ouvraient et se refermaient dans son cou, en un bruit écœurant de succion. Enfin sa bouche démesurée, même pour sa taille, donnait l'image d'un tapis de dents où s'agitait une langue avide de chair à capturer !

Après de longs, trop longs instants d'incertitude, Zuïa se tut et le monstre finit de se hisser sur la corniche, dévoilant son corps dans toute son horreur. Sous l'abdomen, la créature n'avait même plus forme humaine ! Huit pattes fortement articulées soutenaient une gigantesque carapace de crustacé... En se dressant brusquement sur ses quatre membres inférieurs, le Léviathan révéla la double paire de pinces qu'il portait en plus de ses griffes. Il resta ainsi un moment qui parut une éternité, toisant les mortels de quatre fois leur hauteur, avant de se baisser pour s'éloigner vers le centre de la caverne. Le cliquetis de ses pattes sur la roche trahissait une dureté comparable à l'acier... Zejabel eut soudain la vision de son propre corps transpercé par un de ces aiguillons monstrueux. Quoiqu'il advienne à présent, il faudrait aller jusqu'au bout : par sa masse imposante, la créature barrait le passage vers la sortie !

Un bourdonnement singulier monta alors dans la grotte, sans que l'on puisse en deviner l'origine... Presque aussitôt, le son s'intensifia pour se muer en sifflement strident, douloureux pour les tympans des mortels. Mais le temps que la Tueuse prenne conscience de la gêne, le bruit s'acheva sur une sorte de hoquet.

Le silence qui suivit cet instant parut plus profond que jamais. Soudain, juste derrière le Léviathan arrêté, les ténèbres connurent une étrange agitation... Elles parurent se rassembler en un point unique, à une dizaine de pas d'altitude, puis donnèrent naissance à une lueur qui grandit à la vitesse de l'éclair ! Partiellement aveuglée, Zejabel discerna l'immense silhouette de la porte, véritable écran de lumière occupant toute la hauteur de la caverne... Elle remarqua les milliers de symboles qui marquaient l'arche surnaturelle... Puis l'éclat diminua progressivement, laissant place à une vision trouble, comme perdue dans un brouillard qui s'estompait peu à peu.

Le paysage qui se dessinait derrière était... *digne d'un cauchemar* ! La porte d'arrivée semblait plantée au fond d'une énorme cuvette, dans un décor volcanique. Le cratère était cependant enfoui sous terre, car nulle lumière naturelle ne se reflétait sur les pierres incandescentes et les roches coupantes qui composaient le sol... Mais surtout, Zejabel trembla d'effroi devant les créatures impossibles qui hantaient ces lieux ! Des centaines de formes serpentines, composées de feu vivant, qui glissaient, sautaient, et s'entredévoraient en grossissant toujours davantage...

— Les Ondines ! s'écria le vieil Arque, sidéré. C'est... c'est le Jal'karu ! Le pays des démons !

— Qu'est-ce que ça veut dire ? enchaîna le Ramgrith, en pointant sa torche vers Zuïa. Vous n'imaginez tout de même pas nous envoyer là-bas ?

— C'est la seule solution, répondit la déesse. Les Ondines pourront vous livrer une Vérité sur le nom de l'Adversaire. Il n'y a qu'elles à pouvoir le faire.

— Vous mentez ! C'est un piège, s'emporta la Lorelienne. À peine aurons-nous franchi cette porte que nous serons aussitôt brûlés vifs par ces monstres !

— Je ne veux pas retourner là-bas, renchérit l'Arque. Et Niss n'y mettra pas les pieds non plus !

— Justement... suggéra Nolan. Nous ne sommes peut-être pas obligés de *tous* y aller. Je veux bien prendre le risque...

— Je te l'interdis formellement ! annonça sa sœur. Cesse de penser que tu dois te faire pardonner quelque chose ! Personne ne te demande de te sacrifier !

— De toute façon, les Ondines ne diront rien si nous ne sommes pas tous ensemble, se souvint le géant. Et ça, c'est hors de question !

— C'est pourtant votre seule chance d'obtenir de précieux renseignements sur l'avenir, avança Zuïa. Cela vous aidera peut-être à retrouver vos familles et à défaire Sombre.

— Heu... Les Ondines avaient prédit que d'autres héritiers iraient les voir, rappela l'adolescent. Tante Corenn l'a indiqué dans son testament... D'autres héritiers, c'est peut-être nous ?

Le petit groupe de mortels prit un instant de réflexion, tandis que Zuïa les observait avec intérêt. Zejabel n'en pouvait plus de constater la déchéance et la bassesse de l'éternelle. Elle préféra porter son regard ailleurs, mais le spectacle du monstrueux Léviathan agitant ses pinces à côté d'une porte vers l'enfer n'était guère plus agréable...

— C'est vrai, je me souviens qu'elles avaient dit ça, reconnut l'Arque à regret.

— Mais enfin, nous n'allons tout de même pas plonger dans cette fournaise ! tempêta la Lorelienne. Nous ne savons pas s'il est possible d'en revenir !

— Vos parents l'ont bien fait, eux, remarqua le Wallatte en haussant les épaules. Même Saat a réussi à sortir de là.

— Nous n'aurons peut-être pas cette chance ! Enfin, suis-je donc la seule à sentir le piège ?

— Votre méfiance ne me blesse pas, intervint Zuïa. Vous ne craignez pas de me traiter comme une égale, et il y a d'autres signes qui jouent en votre faveur... D'après moi, l'Adversaire, *c'est vous !* Mais pourrez-vous vivre sans savoir *vraiment ?*

— Oh, je vous en prie, répliqua la Lorelienne en hochant la tête.

Malgré tout, l'annonce avait fait son petit effet... Les héritiers se montraient de plus en plus troublés et indécis. L'éternelle pourrait-elle parvenir à ses fins ? Il semblait bien que oui...

— Pourquoi ne pas aller d'abord au Jal'dara ? proposa l'adolescent. Nous commencerons par parler avec Nol. Et nous verrons bien s'il est prudent de descendre ensuite à Karu !

Tous les regards se tournèrent vers la déesse, à la mine soudain soucieuse...

— Il m'est impossible d'ouvrir la porte de Dara, annonça-t-elle sobrement.

— Et pourquoi donc ? insista le Ramgrith. Nol l'a fait ici même, et à plusieurs reprises !

— Oui. Mais l'Étrange est lui-même un enfant de Dara. Pas moi.

Des expressions horrifiées apparurent sur les visages des héritiers, mais leur surprise était encore en deçà de la profonde consternation de Zejabel ! Ainsi, la déesse était... Depuis toujours, elle était...

— Un *démon !* clama la Lorelienne. Vous êtes issue de ce maudit Jal'karu, tout comme Sombre ! J'aurais dû m'en douter ! Et vous espérez vraiment avoir notre confiance ?

— Mes origines ne changent rien à la situation, répliqua Zuïa. Sombre ne fait aucune différence entre les enfants de Dara et de Karu. Il veut être notre maître, et n'hésitera pas à anéantir tous ceux qui lui résisteront. Moi y compris.

— Ouais, c'est juste dommage qu'il ait commencé par l'autre camp, grinça le Wallatte.

— Réfléchissez, insista l'éternelle. Si je voulais vraiment vous nuire, j'aurais mille façons de le faire. J'aurais pu emmener mes meilleurs messagers et vous traquer dans le labyrinthe de l'île. J'aurais pu demander à Zejabel de vous cribler de flèches. Et je pourrais encore inviter Sombre à se joindre à nous, maintenant, sans que vous ne puissiez m'en empêcher.

— Ça, ça reste à voir ! grogna le guerrier.

— Mais seriez-vous prête à nous accompagner derrière la porte, jusqu'à Karu ? demanda le Ramgrith.

Zuïa réfléchit un instant avant de répondre, croisant distraitement le regard de sa Kahati... Ce fut trop rapide pour y lire le mépris, la peur, peut-être même la haine que Zejabel venait de développer à son encontre. *Un démon*. Celle-qui-Juge était un démon !

On avait donc trompé, bafoué, manipulé la jeune femme depuis toujours, et elle venait seulement de le découvrir de manière brutale...

— Je ne puis retourner au Jal, refusa l'éternelle. Aucun d'entre nous n'en est capable, une fois qu'il est né des hommes. Je suis venue jusqu'ici pour vous ouvrir la porte et vous accorder mon toucher divin ; je ne peux faire davantage.

— Beau cadeau, en vérité ! commenta la Lorelienne. Vous nous expédiez tout simplement à la mort !

— Nous ne franchirons pas cette porte sans une garantie supplémentaire, décida le Ramgrith. Vous êtes peut-être sincère, mais le risque à prendre est trop grand. Nous trouverons une autre solution.

— *Zejabel* pourrait vous accompagner.

Les héritiers se tournèrent vers la Kahati, qui sentit comme un gouffre s'ouvrir sous ses pieds. *Cela* n'était pas prévu dans le plan. À moins que Zuïa ne lui ait également menti sur ce point ? La panique de la jeune femme crût encore, quand la voix de l'éternelle s'imposa soudain dans son esprit !

° *C'est un sacrifice digne de ton rang*, susurrait le démon. *Peut-être même pourrais-tu en revenir vivante... Et si le nom de l'Adversaire était effectivement révélé, ta plus grande gloire serait de me le rapporter !*

° *Non*... gémit la Züe, dans une détresse intérieure.

Elle laissa tomber sa torche et se pressa les tempes des deux mains, comme pour chasser l'intruse de sa tête ; cette voix qu'elle avait si souvent accueillie, mais qui lui faisait maintenant horreur... Son regard troublé lui montrait les visages surpris des héritiers et, surtout, la sourde colère de celle qui n'était pas une déesse, mais une noire créature ennemie des hommes !

— Non ! hurla Zejabel, éperdue et le visage en larmes. Je ne veux pas mourir ! Pas pour *vous !*

Elle n'avait pas consciemment choisi le camp des héritiers, mais ces derniers ne se trompèrent pas sur le sens de cet aveu ! Plusieurs lames furent brandies devant l'éternelle, dont le masque tomba alors pour exprimer toute sa fureur. À côté de la porte, le Léviathan gronda de plus belle, faisant claquer ses pinces et ses mâchoires dans une rage divine... Mais la Kahati ne voyait tout cela que par fragments, depuis que son crâne résonnait d'une terrible douleur !

Celle-qui-Juge avait décidé de châtier immédiatement la traîtresse, employant tout son pouvoir à torturer l'esprit de la jeune femme. Zejabel tomba bientôt à genoux, incapable de repousser l'attaque démoniaque, certaine de perdre rapidement la raison, puis la vie... Une fraction de souvenir la montra promise à la damnation des marais du Lus'an, avant qu'elle ne rejette cette croyance d'un culte basé sur le mensonge !

Aveugle, déjà, et pratiquement sourde au reste du monde, elle s'écroula sur le flanc, les mains toujours crispées sur les tempes... Ce n'était plus qu'une question d'instants. Il suffisait que l'éternelle accentue la pression, juste encore un peu, pour que celle qui fut sa Kahati sombre à jamais dans l'oubli et la disgrâce.

Zejabel crut même ce moment arrivé, quand la douleur s'estompa soudain. Qui, à part la mort, pouvait mettre un terme à ses souffrances ? Mais sa vue recouvrée lui montra un tout autre spectacle que l'au-delà.

Le nommé Nolan était penché sur elle et maintenait un objet serré contre ses propres doigts... Elle n'avait pas même senti qu'on lui prenait la main. Désorientée, elle contempla le petit bijou que le jeune homme avait placé dans sa paume. Et elle comprit.

Ses forces revinrent aussi rapidement que Zuïa les avait étouffées. Elle remarqua enfin les héritiers, placés en cercle défensif autour d'elle. D'un côté, le Léviathan, déchaîné comme jamais. De l'autre, Celle-qui-Juge, marmonnant quelque obscure malédiction en brandissant la lance *Zaya'nat*...

Sans réfléchir, la Tueuse bondit sur ses pieds et fit glisser son arc de son épaule. En encochant la première flèche, elle serrait toujours la pierre de Dara dans son poing. La pierre qui lui permettait d'échapper au démon. La pierre qui lui avait sauvé la vie.

Elle allait rembourser au centuple cet inestimable trésor.

*

Quand la jeune Züe s'était soudain rebellée, Amanón s'était senti comme traversé par un vent glacé. Ainsi, il s'agissait bien d'un piège ! Fébrile, l'interprète avait aussitôt saisi sa lame courbe, de même que Keb et les autres brandissaient leurs armes... Les grognements furieux du Léviathan avaient rapidement souligné leur erreur. Aucun acier ne devait être tiré devant le Gardien ! Corenn l'indiquait plusieurs fois dans ses cahiers !

Ne sachant quel ennemi était le plus à craindre, les héritiers se partagèrent naturellement sur deux fronts, au milieu desquels Eryne maintenait Niss auprès d'elle... Au moins, Zuïa avait renoncé à les abrutir de mensonges ! L'éternelle affichait ce qui devait être sa véritable expression : un masque de haine et de vilenie, alors entièrement concentré sur la silhouette gémissante de Zejabel !

— Bowbaq ! appela l'interprète, par-dessus le vacarme du Léviathan. Donne-moi une de tes pierres !

— Quoi ? fit répéter le géant.

Le Léviathan avait entamé une sorte de danse furieuse, claquant des pinces et des mâchoires, griffant la roche, fermant et ouvrant ses branchies comme deux soufflets de forge... Un seul assaut lui aurait probablement apporté la victoire, mais le monstre se contentait pour l'instant d'entretenir ce tapage d'intimidation.

— Prête-moi un gwelom, vite ! répéta Amanón, alors que la Züe s'écroulait. Nolan !

D'un signe de tête, l'interprète indiqua successivement la pierre tendue par Bowbaq et la jeune femme allongée... Le novice comprit aussitôt ce qu'on attendait de lui. Sur les indications d'Amanón, le groupe avança prudemment vers la silhouette de Zejabel pour faire cercle autour d'elle...

— Est-ce vraiment une bonne idée ? demanda Eryne. Nous ne savons rien de cette fille !

— Tant pis ! répondit Amanón. On verra bien ; on ne peut quand même pas...

Il s'interrompit en voyant le Léviathan se lancer brusquement sur eux ! Le monstre était parti à la vitesse de l'éclair, franchissant dix pas avant de s'arrêter puis de reculer doucement, sa haine intacte... La menace était désormais beaucoup plus proche !

Encore deux fausses attaques comme celle-là, et la créature marcherait sur leurs corps !

— On devrait plonger dans le gouffre ! lança Cael.

— Je ne sais pas nager ! rappela Bowbaq. Et il nous suivrait sûrement !

Zuïa poussa soudain un hurlement où l'on devinait toute sa frustration. D'un rapide coup d'œil, Amanón constata que la jeune Züe reprenait ses esprits... Il ne s'était pas trompé ; l'éternelle voulait sacrifier son ancienne complice ! Maintenant que sa vengeance était contrariée, Celle-qui-Juge se montra plus furieuse encore. Elle agitait sa grande lance en direction du Léviathan, lui parlant de nouveau en cette langue inconnue, mais en employant des sonorités beaucoup plus dures, cette fois ! Le monstre réagissait à chacune de ces syllabes par des grognements déchaînés, avançait de cinq pas, reculait de trois seulement, et lançait ses pinces vers les mortels sans être assez près pour les tailler en pièces... ce qui n'allait malgré tout plus tarder.

— Nous ne savons même pas si ce truc peut mourir, commenta Keb en jonglant nerveusement avec sa lowa.

Comme pour lui répondre, une flèche siffla soudain dans les airs et perça l'œil du Léviathan ! Le monstre battit en retraite avec un hurlement à glacer les sangs, si fort qu'on devait l'entendre sur toute l'île. Ses pattes griffues se crispèrent un temps sur son visage, étalant les liquides jaunes et noirâtres qui suintaient du globe perforé... Le temps qu'Amanón se retourne sur l'archère, elle tirait déjà une deuxième fois et faisait mouche en aveuglant définitivement la créature !

De furieux, le Léviathan devint complètement hystérique. Avec des cris de haine et de souffrance, il lançait ses dix membres de tous côtés, frappant, lacérant, poignardant, sans traverser autre chose que le vide ou la roche... Les héritiers suivaient ses mouvements avec une extrême tension, espérant pouvoir échapper à cette débauche de violence en se jetant du bon côté, au moment décisif ! Derrière eux, Zuïa poursuivait ses malédictions d'une voix acide, exhortant probablement le monstre à déchiqueter ses ennemis... Amanón redouta le pire en constatant que la créature avançait bien sur eux. L'éternelle lui servait de guide !

L'interprète fut tenté de courir droit sur la perfide, mais la jeune Züe elle-même ne tournait pas son arme vers son ancienne maîtresse, et il était certainement de bonnes raisons à cela. En revanche, l'archère se montrait sans pitié avec le Léviathan ! Après lui avoir crevé les yeux, elle concentra ses tirs sur sa gorge, le blessant de cinq nouvelles flèches sans pour autant l'arrêter... Alors que le monstre s'éloignait de la porte, la vision du Jal'karu s'estompait. Elle devint bientôt opaque, avant de se muer en une lumière un instant éblouissante. Puis l'éclat diminua progressivement, rendant place à la pénombre... Le passage était refermé. Les héritiers n'avaient plus aucune chance de rencontrer les Ondines par ce biais.

— Jetez vos torches ! cria alors Amanón.

Lui-même projeta la sienne en direction de Zuïa, avant de saisir la main d'Eryne dans les ténèbres qui les avalaient déjà... L'éternelle perdit de sa concentration quand Keb, Bowbaq, Nolan et même Zejabel ramassèrent leurs flambeaux pour les lui lancer, malheureusement sans l'atteindre ! Dans le noir, les râles frustrés du monstre parurent plus effrayants encore, si c'était possible. Le cœur battant à tout rompre, l'interprète lança un bref : « Dehors, tous ! » pour se plaquer sur la paroi, les doigts de la Lorelienne crispés sur les siens... Il avança de trois pas, à tâtons, espérant que Niss reste bien accrochée à leur chaîne humaine... Un bruit de pierre roulante attira soudain le Léviathan sur l'autre côté et Amanón s'empressa de s'éloigner, priant pour que les coups déchaînés de la créature ne soient pas en train de s'abattre sur ses compagnons !

Il tressaillit en pénétrant dans la petite mare glacée, mais se souvint qu'elle était à mi-parcours. Alors, le souffle court et l'esprit en feu, il tira toujours plus Eryne vers une sortie qu'il espérait proche, trébuchant contre la roche, se cognant parfois, tandis que la silhouette du monstre se déchaînait au fond de la caverne, à la lueur des torches rassemblées... Sans ce point de repère, Amanón aurait juré s'être égaré dans la pénombre. La grotte ne lui paraissait pas si étendue, quelques décilles plus tôt encore !

Enfin, son bras contourna une aspérité, puis s'enfonça dans ce qui devait être la galerie vers le lac... Transporté d'espoir, il y entraîna Eryne et tous ceux qui s'étaient raccrochés à eux ! Dans le tunnel résonnaient déjà des pas aveugles ; certains héritiers avaient également pu rejoindre la sortie... Combien ? Qui ?

L'écho de la course du Léviathan renvoya ces questions à plus tard : le Gardien venait d'être remis sur la piste des mortels ! Amanón fit passer Eryne et les autres devant lui, crispé sur sa lame courbe et guettant l'arrivée de la créature furieuse. Le passage se resserrant, les fugitifs ne pouvaient malheureusement pas aller plus vite ! Chacun entendit bientôt la patte du monstre se faufiler vers eux, raclant la pierre avec frustration, tandis que son râle continu faisait vibrer les cœurs et les esprits... L'interprète connut un sursaut d'angoisse en percevant les bruits se rapprocher toujours plus près. Le membre inhumain était-il si long, qu'il pouvait ainsi glisser jusqu'à eux ?

La réponse ne se fit pas attendre. Dans le noir absolu, le jeune homme surprit le son des griffes ébréchant la roche à trois pas de lui ! Amanón s'abandonna à la panique en frappant à l'aveuglette, dos contre la pierre, cherchant à retrouver la faille où ses amis avaient déjà disparu... Sa lame heurta soudain quelque chose et le Léviathan poussa un hurlement haineux ! Égaré dans le ventre du monde, l'interprète sentit peu après un frôlement sur sa poitrine ; aussitôt suivi par un coup beaucoup plus violent qui lui arracha un cri de terreur !

Il se vit perdu. Le temps d'un battement de cœur... Le temps qu'une énorme main ne le saisisse soudain par le col et ne le tire en arrière, dans le passage étroit où Bowbaq pensait être le dernier à s'engager !

Amanón retrouva suffisamment de lucidité pour pousser le grand-père en avant, quitte à rester coincé avec lui. Derrière, les griffes du Gardien fouillaient le tunnel, grinçaient contre la pierre, trouvaient la faille et s'y aventuraient nerveusement... Pour aller aussi loin, le monstre avait dû jouer les contorsionnistes, engonçant la moitié de son corps dans un espace minuscule en proportion ! Mais tel était peut-être son repaire dans les fonds marins... La seule question importante restait : pouvait-il s'avancer *plus loin encore* ?

L'interprète n'était pas prêt à mourir pour satisfaire cette curiosité-là, et il ne recommença à respirer pour de bon qu'en débouchant sur la petite corniche autour du lac. La raison lui jura alors qu'il était tiré d'affaire, mais *non*, ce n'était pas suffisant, les héritiers se trouvaient toujours perdus dans les ténèbres oppressantes, et le jeune homme s'inquiétait alors du sort de tous ses compagnons ! Angoissé, il tendit l'oreille aux bribes de paroles échangées par ceux qui franchissaient déjà l'éboulement, un peu plus loin... Il reconnut successivement les voix haletantes de Nolan, Kebree, Eryne et enfin Cael, ressentant une bouffée de joie et de soulagement à chaque fois... Peut-être certains étaient-ils blessés, mais au moins, vivants !

— Et Niss ? vérifia-t-il d'une voix tendue.

— Elle est devant moi, annonça Bowbaq. Je ne la lâche plus avant d'être enfin sorti d'ici !

Alors seulement, Amanón s'abandonna à un grand soupir, et il put se concentrer sur la dernière partie du périple... Après leur fuite sous les assauts du monstre, cette progression dans l'obscurité, le long d'une mince corniche, parut presque facile. Même franchir l'obstacle d'un bond en aveugle ne présenta pas de réelle difficulté. Un par un, les héritiers contournèrent le lac et s'engagèrent dans la galerie remontant à l'air libre.

Au bout de la pente douce se dessina bientôt la lueur du jour... Malgré son désir d'y courir à toutes jambes, l'interprète suivit encore la voix de la sagesse.

— Attendez un peu, demanda-t-il aux ombres qui le précédaient. Je vais m'assurer que tout va bien.

— J'y vais aussi, lança la voix de Keb, quelque part dans le noir.

Deux silhouettes se glissèrent donc entre les autres, toujours à tâtons, sans même reconnaître celles qu'elles dépassaient... Rejoindre le petit cercle de lumière se révéla une longue et fatigante étape, mais les hommes surgirent enfin sous le soleil de l'apogée, armes à la main, s'attendant presque à trouver Zuïa et le Léviathan en guise de comité d'accueil.

Une rapide patrouille prouva qu'il n'en était rien. Le monde de la surface était inchangé... La seule preuve matérielle de leur cauchemar souterrain était la longue entaille qu'Amanón découvrit dans sa veste de cuir noir. Si le monstre s'était avancé, ne serait-ce que de deux pouces supplémentaires, le jeune homme n'aurait jamais revu la lumière du jour !

Soulagé malgré tout, Amanón prévint le reste du groupe et les héritiers se montrèrent les uns après les autres, éblouis par l'astre céleste, et heureux de sortir indemnes de cette épreuve. Les derniers à réapparaître furent Bowbaq et Niss, main dans la main... Mais ils n'étaient pas seuls.

La petite Arque ramenait également Zejabel !

*

La Züe semblait des plus embarrassées, mais comment pouvait-il en être autrement ? Moins d'un décan plus tôt, elle menaçait de mort quiconque s'en prendrait à sa maîtresse... Et après des aveux inattendus, après avoir combattu et fui aux côtés des héritiers, elle prenait seulement conscience de sa difficile situation. Elle avait trahi les siens, renié sa foi, perdu tous ses repères, se condamnant à la solitude... Cela rappelait trop de mauvais souvenirs à Nolan, qui s'empressa d'aller à la rencontre de la jeune femme.

— Jamais archer ne fut plus doué, jura-t-il en lui serrant la main. Tu nous as probablement tous sauvés !

— C'est *Amanón* qui nous a sauvés ! objecta Eryne. Celle-là était prête à tous nous tuer, te souviens-tu ?

— Elle était sous le pouvoir de Zuïa, minimisa Nolan. Reconnais qu'elle nous a bien aidés...

— Oui, mais seulement quand elle s'est vue menacée ! Si nous avions passé la porte sans faire d'histoire, si nous étions tombés dans le piège, elle n'aurait même pas levé le petit doigt ! Osez un peu prétendre le contraire, vous !

La question s'adressait bien sûr à Zejabel, qui fuyait tous les regards...

— Vous avez raison, avoua-t-elle d'une voix morne. Je vais partir.

— C'est ça, bien sûr, on va te laisser partir avec la pierre, s'interposa Keb.

— Où espères-tu aller ? demanda Nolan, plus civilement. Tu as un bateau, au moins ?

La Züe réfléchit un instant, une ombre sur le visage... Cette soudaine liberté d'action semblait bien perturbante.

— Notre barque... Elle est cachée près de la plage. Je pourrais ramer jusqu'au continent...

— Et ensuite ? s'en mêla Amanón.

— Je... je ne sais pas, soupira la tueuse rouge. Je ne peux plus rentrer chez moi. Plus jamais.

Elle se retourna pour essuyer son visage d'un revers de manche, tandis que Nolan toisait ses compagnons d'un air sévère. Ils avaient pardonné les fautes du novice ; ils arriveraient bien à s'accommoder de la Züe !

— Tu vas venir avec nous, décida-t-il. Nous te déposerons où tu voudras.

— Quoi ? râla Keb. Et pourquoi pas prendre aussi la vieille, tant que tu y es ?

— *En échange*, poursuivit Nolan, tu nous diras tout ce que tu sais des plans de Sombre. C'est un *marché* que je te propose. Tu es d'accord ?

— Nous devrions peut-être tous en discuter... avança Bowbaq.

— Moi, je trouve que c'est une bonne idée, annonça Cael.

— Ah non, ne t'y mets pas aussi ! protesta la damoiselle. Deux confiances mal placées en une seule matinée, c'est beaucoup trop à mon goût !

— Mais que voulez-vous faire d'autre, Eryne ? soupira Amanón. Vous parliez de prudence... Nous ne pouvons justement pas prendre le risque de laisser quelqu'un derrière nous.

— Je ne serai *jamais* votre prisonnière, prévint la Züe en se raidissant. Jamais !

— Il ne s'agit pas de cela, promit l'interprète. Faisons simplement un bout de route ensemble... Passons un accord, comme le propose Nolan.

— Je ne veux pas qu'elle monte sur le bateau avec cette maudite dague à la ceinture ! se fâcha soudain Bowbaq.

— Je partage cet avis, annonça la damoiselle. S'il lui prenait l'envie subite de se racheter aux yeux de sa maîtresse, elle pourrait très bien tous nous empoisonner !

Personne ne se prononça contre cette précaution, pas même Nolan... Il connut tout de même un instant de doute en voyant Zejabel tirer doucement la mortelle *hati* de son fourreau. Et si elle décidait de mettre en application l'idée d'Eryne, justement *maintenant ?*

Pendant un moment, la Züe ne fit que contempler l'arme-symbole du culte assassin, une expression désabusée sur le visage... Puis elle se retourna brutalement et lança la dague de toutes ses forces, au-dessus du labyrinthe de l'île Ji, où l'objet se perdit après un rebond métallique. Tout le monde en fut aussitôt soulagé, sauf la principale intéressée, dont la mine était grave.

— En me confiant une de vos pierres, vous m'avez sauvé la vie, concéda-t-elle. Je vous en suis reconnaissante, et je ferai de mon mieux pour le prouver. Mais n'essayez pas de me donner des ordres. Je ne l'accepterai pas. Plus jamais.

Elle parlait à la cantonade, mais s'adressait plus particulièrement à Eryne et Amanón... L'un et l'autre eurent l'intelligence d'acquiescer.

— Personne n'aime obéir, approuva l'interprète. Traitez-nous en égaux et nous ferons de même.

— Ouais, railla Kebree. *Œil pour œil*. Pointe une fois encore ton arc vers moi, et je te jette à l'eau avec les bras en moins.

Le Wallatte était probablement sérieux, mais d'un sourire, Nolan tenta de faire passer la menace pour une plaisanterie... La Züe ne réagit ni à l'une, ni à l'autre.

— Si on est tous d'accord, on devrait partir, maintenant, proposa Bowbaq. Le monstre est toujours là-dessous, et... et Zuïa aussi.

— Avec un peu de chance, il a coupé la tête de cette sale garce, enchaîna Amanón.

Sa remarque était volontairement brutale, et chacun guetta la réaction de Zejabel... La jeune femme ne témoigna guère d'émotion.

— Je suis sûre qu'elle est en vie, commenta-t-elle simplement, le regard absent.

Personne n'y trouva à redire. Nolan supposa que chacun partageait cette idée... Lui-même n'imaginait pas Zuïa s'éteindre de cette manière, ni même s'éteindre tout court. D'ailleurs, n'avait-elle pas promis de « changer de corps » si cela devait malgré tout arriver ?

En marchant vers la plage, le novice songea même qu'il avait peut-être eu tort d'intégrer la Kahati à leur petit groupe... Il rumina la question un bon moment, jaugeant des chances de voir Zejabel se transformer soudain en démon justicier, sans pouvoir choisir entre sa crainte du danger et le charme envoûtant de la jeune tueuse.

*

De leur « aventure » sur l'île, Cael retenait au moins un point positif : la Voix ne s'était pas manifestée pour le rendre fou furieux ! Mais l'adolescent avait largement eu son compte d'émotions. Comme celle de marcher sur les traces de ses parents et de leurs ancêtres, par exemple, partageant leur histoire au point de voir la porte magique en activité... et même le Jal'karu, terrible endroit s'il en était ! Bien sûr, le plus intense restait leur confrontation avec Zuïa et le Léviathan. Le Kaulien avait vraiment cru son dernier jour arrivé, même après que le monstre se soit retrouvé aveuglé.

Les héritiers avaient eu beaucoup de chance de tous s'en tirer. De la chance, et aussi un peu d'astuce ! Quand les ténèbres avaient envahi la caverne, l'adolescent s'était précipité vers la paroi, brisant par hasard un piton rocheux avec sa botte... Il avait aussitôt ramassé le morceau pour le projeter du côté opposé, chassant le monstre dans cette direction ! Peut-être avait-il ainsi sauvé leurs vies à tous, au même titre que Zejabel ou Amanón, mais sans voir encore l'intérêt ou l'occasion de le raconter.

Sa seule hâte était de regagner enfin le *Rubicant* pour entendre les confessions de la Züe, et discuter de leur prochaine destination. La jeune femme avait peut-être des renseignements utiles sur leurs parents... Zuïa pouvait très bien mentir sur son ignorance ! Cael mourrait d'envie de poser la question, mais Amanón avait demandé le silence dans le groupe, sur les conseils de Bowbaq. Le géant ne se rappelait que trop l'attaque des *frères* de la Grande Guilde, dans ce même labyrinthe, à une époque où aucun d'entre eux n'était né. Et personne ne souhaitait se faire surprendre encore par un archer embusqué, ou quoi que ce soit d'hostile !

Les huit fugitifs avançaient donc avec prudence, les sens en éveil. Étrangement, c'est Zejabel elle-même qui menait la marche. Elle prétendait bien connaître la géographie de l'île, après y avoir passé une bonne décade... Ils la suivirent d'abord avec méfiance, pour se détendre ensuite en reconnaissant effectivement le chemin de la plage. Ils y parvinrent les jambes fatiguées et la faim au ventre, en tout cas pour Cael, à qui les émotions n'avaient pas coupé l'appétit.

— Où est cachée ta barque ? demanda Nolan.

La Züe se contenta de désigner une direction, avant de comprendre que le novice attendait davantage. Elle guida alors le groupe jusqu'à un amoncellement rocheux assez éloigné, puis ôta trois ou quatre des pierres les plus hautes... Un morceau de bois incurvé se révéla bientôt à la vue de tous.

— Tu as élevé ce tas toute seule ? s'étonna le novice.

La Züe répondit d'un haussement d'épaule, avant d'aider Bowbaq et les autres à dégager le canot de sa gangue de rocailles. Même Eryne voulut participer, la damoiselle s'essuyant toutefois les paumes après chaque manipulation... Avec un tel déploiement de force, la chaloupe fut bientôt libre d'être tirée jusqu'à la mer, à côté de celle du *Rubicant*. Au moins, songea Cael, ils n'auraient pas à faire deux voyages pour ramener tout le monde à bord ! Et Zuïa serait peut-être assez longtemps coincée sur l'île pour éviter de leur causer des ennuis...

Pendant que les adultes se répartissaient entre les barques, l'adolescent contempla la gabière qu'ils allaient rejoindre, puis promena son regard sur la mer caressée par le vent. Le monde semblait si paisible... Dire que là-bas, à Lorelia, comme dans tous les royaumes, personne n'avait idée des événements dramatiques qu'affrontaient les héritiers ! Un instant, Cael envia ces ignorants, mais aussitôt après il les prit en pitié. Aucun d'entre eux ne possédait de pierre de Dara. *Pas un* ne pourrait échapper à Sombre, s'il prenait l'envie au démon d'annoncer son règne parmi les hommes !

On poussa bientôt les canots à l'eau... Et c'est au moment d'embarquer que l'adolescent vit son attention attirée par un détail sur l'horizon. Ce n'était peut-être rien, mais...

— Il y a deux bateaux là-bas, annonça-t-il. On dirait qu'ils viennent par ici.

Ses compagnons levèrent aussitôt la tête, repérant sans mal les grandes voiles blanches qui se dessinaient sur les flots gris-bleu... Il fallut un certain temps avant que quelqu'un ne brise le silence.

— Ça pourrait être des *escadrats*, annonça Amanón.

— Et ils viennent de Lorelia, ajouta Nolan.

Il suffit aux héritiers de se consulter du regard pour décider soudain d'accélérer la manœuvre. En deux temps et trois mouvements, ils investirent les chaloupes et commencèrent à ramer avec énergie.

— Ils n'enverraient quand même pas *deux* navires de guerre pour nous capturer, réfléchissait Nolan. C'est impensable.

— Ils ne m'ont pas donné l'impression de vouloir *capturer* qui que ce soit, hier, grimaça Kebree.

— Mais les K'luriens n'ont jamais eu autant de moyens, expliqua le novice. J'en suis presque sûr.

— La Légion Grise, *si*, rappela Eryne d'une voix tendue. Ils peuvent sûrement nous envoyer toute la flotte royale !

Ils ne discutèrent pas davantage, concentrés sur leurs efforts. Les barques avançaient à quelques brasses de distance l'une de l'autre, et elles parvinrent au *Rubicant* presque en même temps. Amanón grimpa à bord le premier, procédant à une rapide inspection, pendant que les autres le rejoignaient et attachaient les canots en remorque. Ces corvées effectuées, chacun chercha à se poster le plus haut possible pour observer les mystérieux navires...

— Ce sont bien des escadrats, soupira l'interprète. J'en ai souvent croisé sur la route des Bas-Royaumes.

— Alors, partons tout de suite, proposa Bowbaq. On ne gagnera rien à affronter ces hommes-là.

Cael et Keb n'avaient pas attendu cette sage réflexion pour commencer à tirer les voiles ! Mais l'exercice se montra trop douloureux pour l'adolescent, sa blessure ayant déjà été suffisamment malmenée depuis le début de la journée. Constatant qu'Amanón et les autres s'en tiraient sans son aide, il chercha une autre manière de participer à la manœuvre... avant de repérer la silhouette de Zejabel, seule au bastingage. La jeune femme contemplait l'île Ji avec une expression indéchiffrable. Elle n'avait même pas déposé son arc et son sac... Devinant son trouble, Cael décida de lui changer les idées.

— Tu veux que je te montre les cabines ? proposa-t-il. Enfin, il n'y en a que deux, mais... Je te laisserai la mienne, promit-il sur une impulsion. Si tu restes au moins une nuit...

La Züe lui retourna un regard morne, comme si elle n'avait rien écouté, ni même entendu. Embarrassé, l'adolescent s'apprêtait à s'éloigner quand elle le retint doucement par l'épaule.

— Qui êtes-vous, au juste ? demanda-t-elle sérieusement.

Perplexe, Cael ne put que hausser les sourcils !

— Comment vous retrouvez-vous ainsi au cœur d'une guerre entre les dieux ? reprit Zejabel. Pourquoi *vous ?*

— J'aimerais bien le savoir, soupira l'adolescent. C'est comme ça... Si les Ondines n'avaient pas fait cette prophétie de l'Adversaire, on mènerait tous des vies normales. Même nos parents auraient été tranquilles. Et l'histoire du monde serait peut-être différente... Enfin, on peut seulement l'imaginer.

— Mais pourquoi justement *vous ?* répéta la jeune femme. Qu'est-ce que vous avez de particulier ? Quelle est la chose qui vous distingue des autres, au point d'être craints de puissances comme Sombre, ou... ou Zuïa ?

— Je ne sais pas, avoua Cael. Je ne m'étais jamais posé la question de cette manière... Mais de toute façon, il est possible *qu'aucun* d'entre nous ne soit l'Adversaire. Peut-être qu'il naîtra seulement dans un siècle ; enfin, si on survit assez longtemps pour qu'il y ait une nouvelle génération... Peut-être que nous sommes tous aussi insignifiants les uns que les autres, à bord de ce bateau. C'est comme ça, refit-il naïvement.

Il ne voyait pas d'autre réponse à donner. Les héritiers en avaient assez discuté entre eux ; aucun ne se sentait l'âme d'un tueur de démon, investi d'une mission sacrée et disposant de pouvoirs extraordinaires. Ils essayaient juste de sauver leur peau et de retrouver leurs familles... En cela, ils semblaient n'être qu'au début du voyage. Un voyage ponctué d'étapes mortelles ! Il suffisait de poser les yeux sur les escadrats approchant à pleines voiles pour s'en convaincre encore.

— Tu... tu as parlé d'une guerre entre les dieux, reprit l'adolescent. Est-ce que ça veut dire que... Zuïa disait la vérité ? Sombre a *vraiment* tué Aliandra du Soleil ?

Zejabel acquiesça tristement, tandis que Cael ouvrait de grands yeux horrifiés.

— Elle m'a confié tout ça cette nuit, expliqua la jeune femme. Et elle n'avait aucune raison de mentir... Sombre veut régner sur les dieux et les hommes, et il semble pouvoir y arriver. Même Celle-qui-Juge a peur de lui. Si elle vous a tendu un piège, c'est parce qu'elle s'est déjà *inclinée devant lui !*

Au ton employé par la Züe, on devinait toute sa rancune et son mépris... L'adolescent resta quelques instants à ses côtés, l'estomac noué, puis décida qu'il serait sage de prévenir Amanón et les autres. Trois décilles plus tard, tout le monde était rassemblé sur le pont, autour de Zejabel.

Le *Rubicant* filait doucement vers l'est. Dans son sillage, les deux navires de guerre se profilaient toujours davantage.

*

Eryne n'avait pas caché son antipathie pour Zejabel, mais elle était suffisamment intelligente pour reconnaître l'intérêt du témoignage de la jeune femme. *Qui mieux qu'une Züe pouvait s'y connaître en démons assassins ?* songeait-elle avec cynisme. Restait à vérifier la véracité de son discours, mais la damoiselle devait bientôt être rassurée sur ce point... Ainsi qu'elle avait deviné la traîtrise de Zuïa, elle fut rapidement persuadée de la franchise de la nouvelle venue. Même la plus rusée des courtisanes n'aurait pu mentir aussi bien, avec un mélange réaliste de retenue et d'émotion !

Cela commença par quelques questions d'Amanón sur les jours précédant leur rencontre. Sombre s'était-il manifesté en sa présence ? Que savaient les prêtres züu des plans de leur maîtresse ? Fallait-il s'attendre à croiser bientôt la route de « messagers » aux dagues empoisonnées ? Zejabel s'efforça d'y répondre au mieux, mais elle savait finalement peu de choses sur ces sujets. Zuïa avait gardé ses secrets jusqu'au dernier moment... Les héritiers pouvaient donc tabler sur l'indifférence des fanatiques rouges. Du moins, tant que Celle-qui-Juge ne regagnait pas son royaume pour les lancer à leur poursuite !

— Zuïa t'a tout raconté cette nuit, quand nous nous sommes approchés de l'île, résuma Nolan. Mais comment avait-elle deviné notre arrivée ? Nous portons des pierres de Dara ; elle ne pouvait pas surveiller nos esprits !

— C'est ce qu'elle m'a expliqué, acquiesça la jeune femme. Si vous n'êtes pas physiquement en sa présence, elle est incapable de vous trouver... Par contre, en se concentrant, elle peut facilement sonder tous les bateaux du monde connu. À ses yeux, le vôtre ressemblait à un vaisseau fantôme, sans personne pour le manœuvrer... C'est comme ça qu'elle vous a repérés. Si près de Ji, ça ne pouvait être que vous.

— Si j'ai bien compris, *encore maintenant*, cette catin sait où nous sommes ? insista Keb. Fichu gwelom ! Tu parles d'un porte-bonheur !

— Elle perdra notre trace dès que nous descendrons à terre, tempéra Amanón. Ce n'est qu'un moindre mal.

— Pas si elle décide de prévenir l'autre imbécile de démon ! répliqua le Wallatte. D'ailleurs, pourquoi ne l'a-t-elle pas déjà fait ? Elle en a assez parlé comme ça !

— Elle a peut-être essayé, hasarda Zejabel. Mais elle était sûre que Sombre ne viendrait pas. Elle disait que... qu'il a peur de vous.

Eryne crut un instant à une mauvaise plaisanterie, mais la jeune tueuse n'avait guère témoigné de son sens de l'humour, jusque-là. On se demandait même si elle pouvait seulement sourire.

— Ça, c'est la meilleure nouvelle de la journée ! décida Keb. Tant mieux s'il a peur, qu'il reste le plus loin possible ! Ce n'est pas moi qui m'en plaindrais !

— Il ne veut pas de cet affrontement avec l'Adversaire, poursuivit la Züe ; mais il veut vous détruire... Il a demandé à tous ses alliés de vous traquer. Il a même promis la vie sauve à celui qui tranchera la tête du dernier d'entre vous... Du moins, c'est ce *qu'elle* m'a dit, ajouta-t-elle comme pour s'excuser.

Un silence de deuil tomba sur le petit groupe, en même temps que le vent faiblissait... La gabière perdit bientôt la moitié de sa vitesse, mais les héritiers n'avaient pas le cœur à la manœuvre.

— Ça, c'est une *moins bonne* nouvelle, commenta gravement Bowbaq.

— Ça explique pourquoi ces sectes se liguent contre nous, songea Amanón. Les démons ne peuvent pas nous trouver, mais ils envoient tous leurs fidèles sur notre piste... Sûrement par la voix des grands prêtres.

— C'est tout à fait affolant ! s'écria Eryne, bien malgré elle. Vous rendez-vous compte ? Nous pensions avoir *un* seul ennemi immortel, et ils sont peut-être une dizaine !

— Zuïa pourrait même guider un autre que Sombre vers nous, réfléchit Cael. Et l'Adversaire serait impuissant, contre ce démon-là...

Inévitablement, tous ressentirent le besoin de fouiller l'horizon du regard... mais les vaisseaux de guerre représentaient la seule menace visible. Eryne frissonna en songeant que les escadrats bénéficiaient de plusieurs rangs de rameurs, alors que la gabière était soumise aux seuls caprices du vent ! Si ce dernier ne reprenait pas rapidement un peu de vigueur, avant un décime, les trois bateaux seraient à portée de flèches les uns des autres. Il ne restait plus qu'à espérer que leur proximité ne soit qu'une coïncidence...

— Celle-qui-Juge pense que l'Adversaire a une chance de l'emporter contre *n'importe quel* éternel, révéla la Züe. Les démons n'essaieront jamais de vous attaquer de front.

— Et si elle se trompait ? railla le Wallatte. Qui a envie d'essayer ?

— Ça se tient, après tout, acquiesça Nolan. Si l'Adversaire peut gagner contre Sombre, et Sombre étant Celui-qui-Vainc *tous* les autres...

— C'est quand même un peu léger ! jugea Eryne.

— C'était suffisant pour Zuïa, reprit Zejabel. Elle vous redoute, tout autant que Sombre vous craint. Voilà pourquoi elle a cherché à vous perdre au Jal'karu, plutôt que de vous affronter en personne...

— Dans une lutte, l'Adversaire aurait pu l'anéantir pour de bon, comprit Amanón.

— Je regrette même de ne pas avoir essayé, grommela Bowbaq. Enfin, je sais que ça n'est pas moi, mais... Ça aurait vengé pas mal d'amis, morts il y a vingt ans.

— Mais pourquoi n'a-t-elle pas amené trente assassins avec elle ? demanda Eryne. Pourquoi même ne pas *vous* avoir lancée contre nous ?

— J'ai... j'ai posé la même question, avoua l'archère. Mais Zuïa ne voulait prendre aucun risque. Si vous aviez survécu à une embuscade, elle n'aurait plus jamais eu la possibilité de vous tromper. Et elle a trop peur de déplaire à Sombre.

— Trente hommes avec des lames empoisonnées... siffla Nolan. J'imagine mal comment nous aurions pu en réchapper...

— Moi aussi, acquiesça Zejabel. Du moins, c'était le cas, jusqu'à ce que je vous retrouve à la sortie de la caverne. *Comment* avez-vous pu *tous* survivre ? C'est un prodige. Il y a forcément quelque chose en vous. Zuïa était certaine que même *deux cents* messagers ne pourraient vous détruire... Je crois qu'elle avait raison.

— Nous avons seulement eu de la chance, tempéra Bowbaq. Et pour ma part, j'ai eu très peur !

— Elle a tout de même poussé le Léviathan à nous attaquer, rappela Amanón. Elle voulait une victoire.

— C'était son plan de secours... Si les choses tournaient mal, elle espérait que la peur du monstre vous inciterait à fuir vers Karu. J'étais... J'étais censée, moi aussi, tout tenter contre vous, à ce moment-là. Et l'Adversaire m'aurait sûrement vaincue.

Cet aveu lui coûtait visiblement, mais Eryne n'arrivait pas à prendre la Züe en pitié. Elle n'avait pas trahi par idéalisme, mais seulement pour sauver sa peau !

— Vous auriez tué tous les autres, accusa-t-elle. Moi, Niss, Cael... Ne niez pas ; vous avez pointé votre arc sur ces enfants !

— Je ne savais pas, s'excusa Zejabel. Je ne savais pas que je servais un *démon*. Je croyais en... sa justice. Je me trompais.

— Elle n'a rien dit du tout sur nos parents ? vérifia l'adolescent.

La Züe hocha négativement la tête, désolée.

— Et sur le nom de l'Adversaire ? enchaîna Amanón.

Elle ne répondit pas davantage, mais le regard indéchiffrable qu'elle posa sur Eryne lui déplut aussitôt !

— Ne prétendez pas également que *je* suis au centre de cette prophétie, s'emporta la damoiselle. Ce n'était qu'un mensonge de plus pour brouiller nos esprits, et nous attirer vers les flammes de Karu !

— Peut-être, admit Zejabel. Mais peut-être pas.

— Oh, assez de bêtises ! tempêta la Lorelienne.

Elle tourna le dos au groupe et s'éloigna de l'autre côté du pont, furieuse... Mais elle eut du mal à contenir le tremblement de ses mains sur le bastingage. *Elle*, l'Adversaire ? Ridicule ! Et pourquoi, d'abord ? Pourquoi serait-elle ainsi maudite, *elle*, parmi tous les autres ?

Les raisons ne manquaient pas, mais la damoiselle refusait d'y réfléchir. Elle avait été conçue au Jal ? Et alors ! Des voix s'invitaient dans son esprit ? Bien, ce n'était arrivé qu'une fois, après tout ! Elle trouvait naturellement le chemin de la porte ? Un coup de chance ! Et les allégations d'un démon ? Aucune valeur !

Trop fière pour montrer plus longtemps son trouble, elle se recomposa une attitude et s'apprêta à retourner parmi les autres... quand un coup d'œil machinal aux escadrats la poussa à s'exécuter plus vite encore !

— Ils tombent les voiles ! alerta-t-elle. Ils... ils se préparent au combat !

*

Le cœur de Bowbaq bondit aussitôt dans sa poitrine ! Sa première pensée fut qu'il détestait se battre sur l'eau, mais après un instant de réflexion, il songea qu'il n'en aurait peut-être même pas l'occasion. Les bâtiments de guerre étaient monstrueux, comparés à la gabière, et ils pourraient sûrement la couler sans même un abordage en bonne et due forme !

Après la consternation, les héritiers connurent un moment de forte agitation. Chacun fit de son mieux pour aider à la manœuvre, prenant des initiatives ou suivant les consignes de Cael et d'Amanón... Mais avec un vent aussi timide, il n'y avait pas grand-chose à tenter pour regagner de la vitesse. En revanche, les escadrats avaient gardé juste assez de voilure et de rameurs pour finaliser une approche toute en stratégie. Une fois l'île Ji dépassée, ils s'étaient placés sur une même ligne de front, de part et d'autre du sillage de leur proie... Ainsi, le *Rubicant* ne pouvait même pas compter sur sa maniabilité pour s'échapper. À peine aurait-il viré de bord qu'il exposerait son flanc au dangereux éperon de l'un de ses poursuivants ! La seule chose à faire était de filer tout droit, en espérant que le vent se relève bientôt...

— Les chaloupes nous freinent, constata Keb. Faudrait s'en débarrasser !

Il exprimait là ce que chacun pensait déjà, mais certaines décisions n'étaient pas faciles à prendre.

— On pourrait en avoir besoin, hésitait Amanón. Si jamais ils réussissaient à nous couler...

— Et alors ? répliqua le Wallatte. Tu crois que ces types nous laisseraient regagner la côte à la rame ? Sérieusement ?

Personne n'élevant d'objection, le guerrier dénuda son poignard et trancha les cordes retenant les barques. La gabière y gagna bien un peu de vitesse, mais peut-être pas assez, au regard du sacrifice ! Bowbaq observa les canots abandonnés pendant un moment, jusqu'à ce que le passage des escadrats les fasse danser dans les remous... Le géant songea alors qu'une de ces chaloupes pouvait très bien dériver jusqu'à l'île encore proche. Et Zuïa réussirait finalement à s'échapper !

C'était d'une telle injustice que l'humeur du géant s'assombrit encore. Le pire était de se sentir complètement impuissant... À quoi lui servaient sa force et sa grande taille, dans cette situation ? Il n'avait aucun moyen d'aider le bateau à avancer plus vite, de ralentir les poursuivants, ou de les empêcher de faire du mal aux enfants ! Même les gweloms ne pouvaient rien pour eux... Dans un trop proche avenir, les navires de guerre allaient fracasser la coque du *Rubicant*, et les héritiers qui ne savaient pas nager mourraient en quelques décilles. Bowbaq espérait, au moins, être le seul dans ce cas tragique... Le moment était mal choisi pour poser la question aux autres.

Comme à chaque fois qu'ils affrontaient un danger, le grand-père s'inquiéta de sa petite Niss. Enfin, depuis deux décans, il ne pouvait plus vraiment l'appeler « petite » Niss. L'amie Eryne l'avait transformée en une véritable jeune fille, belle telle la première fleur après les neiges... Avec ses cheveux remontés et son chemisier de corsaire, la cadette du groupe prenait un certain air mutin qui aurait fait fondre de tendresse ses parents et sa grand-mère ! Malheureusement, ils ne semblaient pas destinés à se revoir un jour. Et la pauvrette gardait toujours cet air absent, impassible, si attristant... Aucun des moments qu'ils vivaient ne paraissait marquer son esprit. Niss marchait quand les autres avançaient ; elle mangeait et dormait quand le moment en était venu ; et se contentait d'attendre sagement tout le reste du temps... Comme en cet instant précis, où elle se reposait, immobile, sur l'un des bancs adossés au bastingage.

Bowbaq songea à la conduire dans l'entrepont, mais y serait-elle vraiment plus en sécurité ? Si la gabière était touchée, il valait sûrement mieux sauter à l'eau que risquer de rester coincé dans la cambuse ! Tous les héritiers demeurant sur place, le grand-père s'en tint à cette réflexion. De toute manière, il n'avait pas le cœur à isoler la jeune fille, et cela *même si* elle n'y voyait aucune différence.

La tension grimpa toujours davantage, de décille en décille, alors que les escadrats s'approchaient. Zejabel encocha bientôt une flèche, mais la distance était encore longue, et l'attaque dérisoire, face aux dizaines d'hommes embarqués dans ces navires ! Malgré tout, Bowbaq prit sa pognée en main, Nolan tira sa canne-épée, et les autres saisirent lame courbe, lowa et rapière...

Ils n'auraient pas l'occasion d'en donner un seul coup, songeait le grand-père. L'un ou l'autre des éperons de métal allait enfoncer le *Rubicant* par la poupe, déchirant sa structure dans toute sa longueur, tandis que le deuxième navire se chargerait des éventuels rescapés du naufrage... Ils n'avaient pas la moindre chance !

Le géant était tellement concentré sur la menace des escadrats qu'il sursauta violemment, lorsqu'un bruit sourd retentit dans la coque ! Avaient-ils heurté un rocher ? Une épave à la dérive ? Les héritiers affichaient la même surprise teintée d'inquiétude, en se penchant vers les flots sombres. Bowbaq ne vit rien, et aucun de ses compagnons ne donna l'alerte... Leur anxiété restait pourtant intacte, et elle doubla même quand la cale résonna d'un autre coup violent !

Un horrible soupçon s'insinua alors dans l'esprit du grand-père. Le temps qu'il lui donne un nom et une forme... cette dernière se dessinait à quelques brasses sous la surface ! Une silhouette d'un bleu foncé, ombre glissant entre les flots troubles... Créature longue comme le cabotier, pourvue de cinq paires de membres et d'une lourde carapace... Monstre furieux guidé par Zuïa jusqu'à ses ennemis !

— *Reexyyl !* cria-t-il, glacé d'effroi.

Sa peur grandit encore quand le Léviathan disparut de son champ de vision. Pendant que les héritiers se rassemblaient autour de lui, Bowbaq scrutait fébrilement l'étendue marine, certain de voir bientôt la créature remonter des profondeurs pour une nouvelle attaque... Mais un sifflement emplit soudain ses oreilles, et la voile principale se déchira en un sursaut, arrachée par un projectile qui alla se perdre à trente brasses de là !

— Des balistes ! alerta Amanón. Les escadrats sont armés de balistes !

Les héritiers baissèrent naturellement la tête, tandis que le grand-père courait jusqu'à Niss pour la faire s'asseoir à même le pont... Vu la véritable *poutre* ayant fendu les airs, il n'imaginait que trop bien les dégâts que pouvaient causer ces arbalètes-catapultes au bateau, et surtout à ses passagers !

La gabière encaissa bientôt un nouveau choc ; Bowbaq, serrant sa petite-fille contre lui, ne parvenait même plus à en deviner la provenance... Le soudain déséquilibre du *Rubicant*, puis le bruit de griffes raclant la coque lui fournirent la réponse : le Léviathan montait à l'assaut ! Sa patte écailleuse apparut brusquement à bâbord avant, tandis que son râle se mêlait au ruissellement et au souffle de ses branchies... La tête monstrueuse, mutilée, se montra bientôt au-dessus du bastingage, alors que la créature commençait à se hisser à bord. Mais sa masse était telle que le bateau menaça aussitôt de chavirer, jetant sur le pont tous les héritiers encore debout !

Après un moment de désespoir, Bowbaq fut peu à peu envahi d'une sourde colère, comme il n'en avait eu que trois ou quatre dans sa vie. Il vérifia que sa petite-fille s'accrochait, puis marcha droit sur leur ennemi en se maintenant à tout ce qui était à sa portée ! C'est à peine s'il baissa la tête lorsque l'air siffla de nouveau, juste avant qu'un lourd projectile ne plonge à quelques brasses devant eux... L'instant d'après, il déboulait sur le Léviathan en levant bien haut sa pognée !

L'arme massive s'abattit sur la patte de la créature avec une rare violence, brisant deux des griffes en lames de faux. Par réflexe, le monstre retira le membre blessé en lâchant un cri terrible, mais il reprit place aussitôt pour balayer le pont de la sénestre ! Le grand-père s'y était heureusement attendu, et il para l'attaque d'un coup puissant qui arracha plusieurs couches d'écailles. Avec un nouveau hurlement, le Léviathan lâcha prise pour s'enfoncer dans les flots, faisant tanguer le navire à l'équilibre soudain retrouvé...

La colère de Bowbaq n'était pas assouvie pour autant : c'est *pour de bon* qu'il aurait voulu se débarrasser de la créature ! Il savait cependant en être incapable. Il n'était pas l'Adversaire, ne le serait jamais, et même la plus puissante de ses frappes ne pouvait ôter la vie à l'Éternel Gardien de la porte de Ji. Le grand-père venait seulement de repousser l'inévitable...

Comme pour répondre à son pessimisme, un troisième projectile fusa soudain pour venir éclater un bon morceau du bastingage ! Par chance, personne ne se trouvait assez près de l'impact pour être blessé par le vol des débris... Ce tir était néanmoins plus précis que les autres, ce qui n'était guère étonnant, songea Bowbaq en avisant les escadrats désormais tout proches. On n'avait aucun mal à discerner les Loreliens groupés sur les ponts des vaisseaux, ni même les fameuses balistes ! Si les machines de guerre avaient été plus rapides à recharger et à ajuster, le *Rubicant* aurait déjà coulé sous une pluie d'énormes poutres taillées en pointes...

Zejabel commença à user de ses flèches, mais il lui en restait trop peu, et leurs agresseurs se protégeaient efficacement. Eryne avait rejoint Niss ; Cael, Nolan et Amanón scrutaient la surface d'un air concentré ; et Keb lançait des injures wallattes à l'intention de leurs ennemis... Le grand-père ne voyait pas comment se rendre utile. D'un moment à l'autre, le Léviathan allait revenir, ou alors la coque serait fracassée par les escadrats... Seule une action désespérée donnerait au géant une chance de mourir l'arme à la main. Sans réfléchir davantage, il saisit la voile principale et finit de la déchirer, l'arrachant même de ses attaches !

— Mais que faites-vous ! s'écria Eryne. Ils vont nous rattraper !

— Pardon, mon amie, mais *il faut* que je monte dans ces bateaux ! expliqua Bowbaq, le visage sombre. Je ne peux pas attendre de couler sans rien faire !

— Tu veux qu'on les aborde ? T'es encore plus cinglé que moi, le vieux ! commenta Keb. *D'accord*, ajouta-t-il avec son sourire carnassier. On y va !

— Ils vont nous éperonner avant, rappela Nolan.

— Pas si on baisse toutes les voiles maintenant ! s'agita Cael. Ils ne s'y attendent pas, ils sont trop près, ils n'auront pas le temps de manœuvrer !

Ils s'attelèrent aussitôt à la tâche, faute d'autre choix... À deux reprises, Reexyyl vint frapper leur coque avec une violence accrue. Le monstre cherchait probablement à ouvrir une brèche, mais ses énormes pinces ne trouvaient pas prise sur le bois épais ! En désespoir de cause, il réessaierait sûrement de faire chavirer la gabière... Bowbaq aurait voulu ne plus être à bord à ce moment-là, mais c'était impossible. Jamais il ne partirait sans Niss, et la jeune fille ne pourrait grimper à bord d'un des vaisseaux de guerre qu'une fois celui-ci vidé de ses occupants !

Les combattants se rassemblèrent à tribord, Bowbaq en tête. La manœuvre avait effectivement surpris les Loreliens, dont les navires filaient tout droit... Les officiers lancèrent des ordres, on tomba les voiles, on tira les rames, mais il était trop tard pour espérer éperonner le *Rubicant*. La gabière dérivait juste entre les deux vaisseaux !

Passé ce moment de confusion, les équipages se réveillèrent et songèrent à lancer quelques grappins... Le grand-père ne demandait pas mieux. Quand le premier crochet se planta dans le pont, le géant choisit même de le saisir pour le fixer à un meilleur endroit ! Les Loreliens ne devaient pas en croire leurs yeux, mais ils s'en tinrent à ce succès. Surtout parce que Zejabel punissait d'une flèche tout matelot qui s'exposait trop longtemps à leur vue !

Pendant qu'un des escadrats tirait le *Rubicant* vers lui, l'autre poursuivait sur sa lancée, forcé de virer de bord à l'écart de la mêlée pour y revenir ensuite... Mais la bataille serait sûrement déjà terminée. Les héritiers, blessés, fatigués, s'apprêtaient à mener un combat des plus difficiles. Au moins trente hommes les attendaient de pied ferme, se découvrant juste le temps de brandir sabres, couteaux et épées de natures diverses... Et cela ne devait même pas représenter la moitié de l'équipage ! Sans compter que ces membres présumés de la Légion Grise n'étaient pas drogués et maladroits comme les assassins K'luriens. Sans compter, non plus, la position haute des Loreliens, deux pas au-dessus du pont de la gabière... Réussir à *seulement* grimper sur le navire de guerre semblait impossible, mais Bowbaq se contentait de pouvoir au moins essayer.

Les deux coques n'étaient plus qu'à quelques brasses l'une de l'autre... quand l'escadrat prit soudain une étrange inclinaison, se couchant du côté opposé aux héritiers ! L'équipage se lança aussitôt dans un concert de cris alarmés, tandis qu'un râle issu d'une gorge inhumaine confirmait ce que Bowbaq avait déjà pressenti : le Léviathan s'en prenait au bâtiment lorelien !

— Il ne sait pas où nous trouver ! lança Amanón, avec un début d'espoir. Les deux bateaux sont trop proches, Zuïa ne peut pas deviner sur lequel nous sommes réellement !

— Donc, le monstre va couler tout le monde... acheva Kebree. Réjouissant, vraiment !

— Il est même possible que Zuïa ne le contrôle plus, avança Nolan d'une voix blanche. Vous... Vous l'entendez ? Il paraît plus furieux encore que dans la caverne...

Bowbaq était d'accord avec le jeune novice ; le monstre était déchaîné, sûrement las d'encaisser coups et blessures de la part de simples mortels ! Les légionnaires avaient dû empirer les choses, car le Gardien ne semblait pas vouloir lâcher prise, pesant de tout son poids sur le flanc de l'escadrat... Un terrible craquement se fit soudain entendre et le navire se redressa brutalement, projetant quelques hommes saisis dans les flots ! L'un d'eux nagea même jusqu'à la gabière pour essayer de s'y accrocher, mais la lowa qui s'abattit sur son crâne dissuada les autres de tenter leur chance. Les héritiers eurent ensuite la surprise de voir des légionnaires plonger volontairement... Ils en comprirent la raison aussitôt après : le Léviathan avait réussi à grimper ; il faisait un carnage sur le pont de l'escadrat !

— Mais qu'attendez-vous donc pour enlever ce grappin ? cria Eryne, depuis l'autre côté du bateau.

Après un instant d'hésitation, Nolan abattit sa canne-épée sur la corde ennemie. Le *Rubicant* s'éloigna doucement, libre de toute attache... tandis que les Loreliens qui n'osaient pas se jeter à l'eau se voyaient transpercés, coupés en deux, ou mâchés vivants par un monstre marin dont ils n'imaginaient même pas l'existence, encore un décime plus tôt.

— Essayons de retendre une voile ! proposa Keb. On a peut-être une chance de se tirer d'ici !

— Surtout pas, jugea Amanón. Il faut nous laisser dériver. Nous devons faire croire à Zuïa que nous sommes tous morts, ou en tout cas plus présents sur la gabière !

— Mais... et le Léviathan ? demanda Bowbaq. Même s'il est aveugle, il peut sûrement repérer le bateau, comme un dauphin gyole !

— Justement... Il nous trouvera, de toute façon. Mais peut-être qu'il ne s'attardera pas si nous restons immobiles.

— Le risque est énorme, commenta Zejabel. Nous pourrions fuir, au moins jusqu'à l'île...

— Amanón sait très bien ce qu'il fait, s'en mêla Eryne.

La damoiselle avait quitté sa position en retrait, laissant Niss assise seule sur le pont. Bowbaq adressa un petit signe de main à la pauvrette, sans obtenir plus de réaction que d'habitude...

— Vous pensez bien que le monstre nous suivrait sur la plage, poursuivit la Lorelienne. Retourner à Ji n'est pas une bonne idée !

— Nous serions en meilleur terrain pour combattre, insista la Züe.

— Et combattre *comment* ? Vous n'avez même pas utilisé votre poison, tout à l'heure. C'est bien la preuve que vous ne croyez pas à la victoire !

— Les éternels sont insensibles au poison, s'échauffa Zejabel. Ce n'est pas une raison pour...

— Il n'est plus sur l'escadrat ! alerta soudain Cael.

Tous se tournèrent vers le vaisseau ravagé, en train de s'enfoncer doucement dans les flots... Le craquement entendu plus tôt devait correspondre au déchirement d'une grande portion de coque. Autour du bâtiment en détresse, une poignée de Loreliens hurlaient leur peur du monstre disparu et de la noyade, mais leurs alliés ne paraissaient pas décidés à venir à leur secours. L'autre navire prenait plutôt le cap opposé, fuyant les lieux du drame !

Les voix apeurées se turent une à une, dans un hoquet, un cri de douleur ou quelques remous... parfois les trois. Bowbaq ne pouvait décrire l'horreur et le dégoût que lui inspirait la scène, mais le mutisme de ses compagnons trahissait de semblables sentiments. Émotions auxquelles s'ajouta une profonde angoisse, quand le dernier légionnaire poussa son ultime soupir, et que chacun s'interrogea sur les déplacements de la créature...

La décille qui suivit alors fut d'une rare intensité. Après tant de cris, de bruits et d'agitation, le silence était si pesant que personne n'osait faire le moindre geste. Tous les regards étaient concentrés sur l'escadrat en train de disparaître, et les flots sombres qui séparaient les héritiers du naufrage... Où pouvait bien être ce Léviathan ? Était-il reparti vers ses profondeurs marines, comme ils l'espéraient ?

Un violent coup dans la coque fournit soudain la réponse, ravivant la peur de chacun... Et à peine Bowbaq avait-il encaissé la surprise que le monstre surgissait brusquement à la poupe, appuyant de toute sa masse sur le cabotier ! Le bateau s'inclina selon un angle impensable, déséquilibrant ses passagers qui s'accrochèrent à toutes les prises possibles. Le grand-père lui-même trouva refuge contre le mât principal, et son premier réflexe fut de s'inquiéter du sort de Niss ! Il fut soulagé de voir la jeune fille se retenir au bastingage, avec une expression absente qui était tout aussi perturbante pour son entourage.

Le monstre garda un moment cette position, dents découvertes et branchies gonflées, paraissant renifler ou écouter les alentours... Par quelques signes, Amanón supplia ses compagnons de rester immobiles, mais chacun en avait déjà compris la nécessité !

Après de trop longs instants d'incertitude, leur angoisse grandit encore lorsque la créature promena sa patte griffue sur le pont arrière. Keb et Cael étaient les plus proches ; ils rampèrent littéralement pour s'éloigner de trois ou quatre précieuses coudées !

La patte du monstre découvrit soudain la porte de la cambuse, où elle s'enfonça violemment. Les héritiers l'entendirent alors semer un tel désordre qu'ils ne pouvaient que se féliciter d'être restés sur le pont ! Le spectacle de la face haineuse du Léviathan, ses yeux suppurants, les hampes de flèches qui dépassaient encore de sa gorge écailleuse devait à tout jamais rester gravé dans leurs mémoires. Et c'est finalement l'impatience de la créature qui les sauva d'une mort certaine... Frustré de ne trouver aucune chair à meurtrir, le monstre aveugle retira son membre et plongea dans les flots, laissant retomber la gabière avec une extrême violence !

C'est à ce moment que la tête du grand-père vint heurter le pont. Certes pas au point de l'assommer, non ; mais juste assez pour lui donner quelques vertiges... Keb l'aida à se relever tandis que les autres se regroupaient en massant leurs bosses. Bowbaq jugea préférable de se rasseoir, le temps de récupérer complètement ses esprits... Le cri aigu soudain poussé par Eryne fut une véritable torture pour ses tympans.

— Niss a disparu ! alerta la damoiselle avec une panique extrême.

Ces trois mots frappèrent le géant comme la foudre. Le pas encore mal assuré, il se précipita au bastingage et le parcourut sur toute sa longueur, bousculant même ses compagnons épouvantés ! L'anxiété du grand-père était à son comble, alors qu'il faisait une deuxième fois le tour de la gabière. Tous les héritiers se seraient également blessé les yeux, à vouloir scruter sans ciller au plus profond des eaux sombres... mais cela ne donna aucun résultat.

La jeune fille s'était perdue dans les flots.

*

La dernière fois qu'elle s'était réveillée, elle se trouvait sur un cheval... Elle avait oublié beaucoup de choses, comme son propre nom, par exemple, mais elle se rappelait très bien le doux balancement de l'animal. Elle se croyait même toujours bercée par l'allure monotone de la monture... À la différence qu'il faisait nuit, maintenant. Enfin, pas tout à fait, mais le ciel semblait s'éloigner... C'était une drôle d'impression, mais qui trouverait bientôt une explication. Sûrement. En tout cas, si elle ne repartait pas dans le Rêve *avant*... Elle en était encore si proche ! Il lui suffisait de fermer les yeux et de se laisser emporter, mais elle n'arrivait pas à bouder ce ciel étrange, ni même l'espèce d'amande noire qui y était suspendue.

Pas encore.

Elle avait froid, mais ne sentait pas le vent de la plaine. Peut-être était-elle *au cœur* du vent ? Son corps paraissait si léger, et si pesant en même temps... Elle se demandait pourquoi bouger était si difficile. Et où se cachait donc le cheval ? Ah, il faisait partie du Rêve... De toute façon, il n'aurait pas su courir dans ce vent. Et on avait tant de mal à y respirer ! Elle commençait à trouver cela... ennuyeux. Désagréable.

Ses vêtements la gênaient, aussi. Surtout ses bottillons, beaucoup trop lourds... Dès que le Rêve l'aurait laissée, elle ôterait ses bottillons. Mais ça semblait si long ! D'habitude, elle retrouvait la réalité en quelques instants... Elle était certaine de cela, même si elle ne comprenait pas le sens de ce souvenir. Et pourquoi n'y avait-il aucun bruit dans cet endroit ?

Son grand-père devait s'inquiéter de la savoir toute seule en pleine nuit. Il fallait peut-être le prévenir... mais chaque fois qu'elle ouvrait la bouche, elle replongeait un peu dans le Rêve. Et grand-mère Ispen... elle risquait d'être désolée, en voyant sa petite-fille préférée trempée jusqu'aux os ! *Pauvre naïok, c'est le meilleur moyen pour tomber malade*, dirait-elle sûrement.

La jeune fille ne voulait pas tomber malade, mais ce n'était pas de sa faute si le vent se révélait être en réalité un fleuve. Pas de sa faute si elle s'y trouvait plongée. Et pas de sa faute si le ciel s'éloignait toujours plus, alors qu'elle sombrait peu à peu dans un Rêve qui promettait d'être sans fin...

Elle n'avait pas envie de rester là. Il y faisait froid, noir, et le manque d'air devenait vraiment trop pénible. Et puis, elle avait des choses à faire. S'occuper de ce garçon, tout d'abord, et des autres qui comptaient sur elle... Et grand-père Bowbaq, qui serait si malheureux si elle mourrait...

Le mot éveilla quelque chose en elle. Mourir. Le Rêve. L'écureuil. Elle ne voulait plus... Pas *encore une fois !*

De nouveau, l'eau salée envahit sa gorge, alors qu'elle ouvrait la bouche en un grand cri d'horreur. Enfin, elle commença à se débattre. La mer. La noirceur des fonds. La pâle lueur de la surface. De toutes ses forces, elle agita bras et jambes en direction du salut ! Elle s'appelait Niss. Elle avait treize ans, et quantité de gens qui l'aimaient. Elle ne pouvait pas mourir là, si loin de chez elle, dans ces flots sombres et glacés !

Elle luttait et luttait encore, terrifiée, nauséeuse, mais le ciel semblait hors de portée... Le peu d'air qui lui restait ne la soutiendrait pas jusqu'en haut. Alors, elle ouvrit une nouvelle fois la bouche, incapable de s'en empêcher, avant de s'étouffer violemment avec l'eau qui envahit ses poumons... Malgré le bourdonnement de ses oreilles, malgré le sang appauvri qui affluait dans ses membres et son cerveau, il fallait nager, nager toujours, le plus loin possible, vers ce bateau qui s'éloignait déjà, vers un endroit où respirer enfin...

C'était trop tard. Le Rêve vint la reprendre, alors qu'elle n'était plus qu'à quelques brasses de la surface. Ses forces l'abandonnèrent... Elle se vit de nouveau couler vers les ténèbres. Puis son esprit ne lui montra que des choses impossibles, insensées. Comme un homme au crâne rasé qui la retenait soudain par la main.

*

— Eurydis ! Eurydis ! ne cessait d'invoquer Eryne en sanglotant. Oh, par pitié, faites que ce ne soit pas *vrai !*

La détresse de la jeune femme était déchirante, presque autant que celle de Bowbaq... Le géant ne prononçait pas un mot, mais son visage et sa barbe ruisselaient de larmes, alors qu'il achevait un énième tour du cabotier en scrutant les flots sombres. Si Amanón et Nolan ne l'en avaient empêché, le grand-père se serait déjà jeté à l'eau... Peut-être même finirait-il par s'abandonner à cette folie. Mais qu'y avait-il à tenter ? Cela faisait déjà trop longtemps. Niss ne réapparaîtrait plus.

Le novice nourrissait une rage aussi profonde que la tristesse de ses compagnons. Malgré la disparition de leurs parents, malgré la puissance et le nombre de leurs ennemis, le jeune homme avait tout juste commencé à reprendre espoir... Ce que prétendait Zejabel, sur la nature particulière des héritiers et les pouvoirs présumés de l'Adversaire, l'avait plus ému qu'il ne voulait bien l'avouer. Il en était presque venu à croire que rien ne pouvait leur arriver, qu'ils sortiraient de cette mauvaise aventure avec autant de chance et de bonheur que leurs aïeux, vingt et quelques années plus tôt... Et maintenant...

Maintenant, les dieux avaient définitivement fait la preuve de leur insensibilité. Ils venaient de prendre la plus jeune, la plus vulnérable, la plus inoffensive des âmes de leur petit groupe. Comment pardonner cela ? Comment ne pas en arriver à *souhaiter* que Sombre mette ses plans à exécution, en massacrant tous ses frères et sœurs éternels ? Comment même ne pas ressentir l'envie de l'y aider ? Les héritiers n'avaient qu'à signer un pacte avec le démon ! Chacun jurait de ne jamais défier l'autre, et tout le monde rentrait à la maison !

Bien sûr, Nolan ne songeait pas réellement à de telles extrémités... ou alors, juste à moitié. Mais la disparition de Niss était trop injuste, trop inacceptable pour ne pas susciter de réaction violente ! La jeune fille n'était même pas morte de la main du Léviathan... Elle avait dû passer par-dessus bord, quand le monstre avait brutalement relâché la gabière. Un accident stupide ; voilà ce qui venait peut-être de tuer l'Adversaire !

Le novice se sentait en partie responsable, comme chacun d'entre eux. S'il avait tourné la tête au bon moment... S'il avait vu la petite Arque s'enfoncer dans les eaux... Ils auraient eu une chance de la sauver. Et maintenant, qu'allait-il arriver ? Qui se souciait encore des portes, du Jal'dara et de tout le reste, en cet instant ? Certainement pas Bowbaq. Nolan était convaincu qu'avant un décan, le grand-père ne parlerait que de rentrer chez lui... pour y attendre une famille qui ne reviendrait sûrement jamais. Qui d'autre quitterait le groupe, ensuite ?

Le jeune homme était tellement amer que, pour la première fois, il songea *avec regret* aux narguilés des K'luriens. Le monde des hommes et des dieux était trop laid. Mieux valait s'enfermer dans une bulle de fumée, songeait-il en s'asseyant tristement... L'instant d'après, il cachait son visage dans ses mains.

Il ne rouvrit les yeux que sous l'insistance d'Eryne, qui murmurait son nom d'une voix alarmée... Sa sœur avait l'air plus bouleversée que jamais. Son expression était si désespérée que le novice voulut la prendre dans ses bras, mais elle le repoussa d'un air perdu !

— Nolan, je l'entends dans mon esprit ! sanglotait-elle à mi-voix. *J'entends Niss qui appelle !* Je ne sais pas quoi faire, est-ce que je dois le dire à Bowbaq ? Est-ce que je suis folle ? Réponds-moi, mon frère...

Le jeune homme se dressa d'un bond, le corps parcouru de fourmillements, avant de relever Eryne en lui saisissant les poignets !

— *Où ?* Où est-elle ? pressa-t-il.

— Mais... je ne sais pas !

— Concentre-toi ! insista le novice.

Sa sœur lui retourna un regard vaguement effrayé, mais elle s'efforça de lui complaire en se taisant et en fermant les yeux... L'instant d'après, elle les rouvrait en affichant une totale stupéfaction !

— Par là ! cria-t-elle en pointant le doigt. Vite !

Nolan courait déjà ! Tous le virent exécuter un soudain plongeon au-dessus du bastingage, alors que Niss restait invisible... C'est seulement en pénétrant dans l'eau froide que le novice songea à un possible retour du Léviathan. Mais il n'aurait fait demi-tour pour rien au monde ! Il ne prit que le temps d'une inspiration avant de s'enfoncer dans les flots sombres, nageant comme jamais il n'avait nagé, fouillant l'obscurité à la recherche de la malheureuse... Après un nombre incroyable de brasses, il fut forcé de remonter pour respirer mais il repartit aussitôt, à peine gêné par ses vêtements et ses chaussures, porté par une foi renouvelée en un miracle...

Et, bientôt, le miracle fut.

*

— Grand-père... murmura la petite Arque d'une voix faible.

Elle retomba presque aussitôt dans l'inconscience, mais c'est un tonnerre de cris de joie qui résonna sur le pont de la gabière ! Quand le novice était réapparu à la surface avec la petite Arque, chacun avait attendu de connaître l'état de la jeune fille avant de manifester son soulagement... Mais après quelques manipulations savantes, Nolan avait réussi à la faire respirer et chasser l'eau de ses poumons, rassurant tout le monde sur le sort de la malheureuse !

Après tant de moments tragiques, l'allégresse des héritiers était indescriptible. Zejabel contemplait la scène avec une impression étrange... Le grand-père qui faisait tourner le novice dans les airs... La Lorelienne qui couvrait la rescapée, allongée à même le sol, de caresses et de baisers maternels... Et enfin, les Kauliens et le Wallatte qui congratulaient à n'en plus finir...

Jamais la Kahati n'avait connu pareil moment. Comment l'aurait-elle pu ? Il n'était pas bon d'exprimer ses émotions, sur son île natale. C'était un signe de faiblesse. Et, même si elle remettait désormais en question beaucoup de son apprentissage, on ne perdait pas ses habitudes en quelques décans !

— Il faut que j'aille me changer, Bowbaq, insistait Nolan en riant. Tu m'as assez remercié comme ça !

— Jamais, mon ami, jamais ! promettait le grand-père. Tu... tu es le meilleur de nous tous !

— Ce n'est pas vrai, et nous le savons, réfuta le jeune homme. D'ailleurs, c'est Eryne qui m'a montré la direction. C'est elle qui a trouvé Niss !

— Eryne ! hurla le géant, déposant le cadet pour faire aussitôt tournoyer sa sœur à sa place.

La Züe regarda le novice se défiler vers la cambuse, les vêtements ruisselants. Elle devinait qu'il avait surtout fait cet aveu pour s'échapper ! Mais Bowbaq était de toute façon trop pressé de s'occuper de sa petite-fille pour manifester plus longtemps sa reconnaissance... Il abandonna la damoiselle quelque peu étourdie pour redresser encore la tête de la pauvrette, puis tirer la couverture sur ses épaules, en affichant un sourire jusqu'aux oreilles.

— Comment saviez-vous ? demanda Amanón, posant ainsi la question que chacun attendait.

— J'ai... Je l'ai entendue qui m'appelait, minimisa la Lorelienne.

— Comme l'autre jour, place des Repentis ? Vous avez entendu son... *esprit ?*

— Je n'ai pas envie d'en parler maintenant, trancha la damoiselle, le sourire écorné. Et : je ne suis pas folle !

Ils n'ajoutèrent rien sur le moment, mais Zejabel espérait voir cette conversation reprendre bientôt ! Et elle se ferait un devoir d'y participer... Cela semblait tellement incroyable ! Ainsi, Zuïa ne s'était pas trompée... La Lorelienne était... Elle était...

— Grand-père... Où on est ?

Tous se tournèrent vers l'origine de la petite voix, jeune fille de treize ans, pâle et aux cheveux emmêlés, mais au regard si plein d'une nouvelle vie...

— Qui sont ces gens ? demanda-t-elle faiblement, en replongeant déjà dans le sommeil.

Bowbaq ne pouvait répondre ; l'émotion lui nouait la gorge... Il se contenta de la bercer doucement contre lui, avant de murmurer enfin quelques « Elle est revenue... Elle est revenue... Ô, Ispen, si tu pouvais voir ça... »

Personne n'osa rompre ce moment de recueillement. Il fallut que Nolan revienne pour que les héritiers songent de nouveau à préparer l'avenir... La tenue de prêtre enfilée par le jeune homme sembla surprendre ses amis, mais Zejabel ne comprit pas pourquoi. Elle lui trouvait même belle allure, dans ces tissus brodés. Il avait le regard plus fier. Le front haut.

Elle supposa qu'il ne les avait pas portés depuis longtemps, tout simplement.

Livre XIII

le Choix du sang

Une fois encore, un de ses aînés cherche à envahir son esprit. C'est presque devenu une habitude. L'un après l'autre, jusqu'au dernier, ils vont essayer de s'attirer ses faveurs... ou bien le supplier de ne pas mettre ses plans à exécution. Mais Sombre n'a que faire des prières de ses frères et sœurs. Sa position est des plus claires. Ceux qui ne sont pas *avec* lui sont *contre* lui. Et les camps commencent enfin à se dessiner, à la grande satisfaction du démon.

Celle qui le réclame fait déjà partie de ses vassaux. L'une des premières à s'être soumise à sa puissance. Sombre accepte de l'entendre, après avoir entretenu le doute suffisamment longtemps. Il prend plaisir à humilier ainsi les plus anciens des enfants du Jal. Un moyen comme un autre d'oublier qu'il est le dernier-né des éternels... Un prématuré, arraché trop tôt au berceau des dieux. Un bâtard, né de la volonté d'un seul humain. Un cadet plein de haine et de rancune !

° Parle, commande-t-il simplement. Et sois brève.

° Réjouis-toi, seigneur, annonce Zuïa avec fierté. *Les fugitifs sont morts*.

Sombre marque un temps de surprise. La nouvelle le contente, mais cela semble trop beau pour être vrai. Après vingt années passées parmi les humains, le démon a beaucoup perdu de sa naïveté. Et il n'a confiance en personne.

° Où sont leurs corps ? demande-t-il.

° Au fond de l'eau. Ou dans le ventre de Reexyyl... C'est sur mon ordre qu'il a attaqué leur bateau. Pas un n'en a réchappé. Le navire a dérivé un moment, puis a disparu. La mer les a tous avalés.

° Le Léviathan n'est qu'une créature inférieure, objecte Sombre. Il ne dispose pas de nos pouvoirs. Je suis sûr qu'il ne peut pas vaincre l'Adversaire.

° Moi aussi, reconnaît Zuïa. Ce qui signifie que l'Adversaire n'était pas l'un des fugitifs, et qu'il ne viendra pas non plus de leurs lignées !

Le démon tente de réfléchir, mais il se lasse rapidement de l'exercice. Il n'aime pas jongler avec l'abstrait. *Si* et *peut-être* sont des mots qu'il peine à manipuler.

Saat a fait de lui le combattant ultime, et non pas un stratège exceptionnel.

° Nous verrons bien, conclut-il seulement. En attendant, occupe-toi de *l'autre* problème.

° Vous serez satisfait, seigneur, promet l'éternelle. Mais pour vous servir efficacement, il me faudrait rentrer à Zuïa... Et je suis pour l'instant prisonnière de cette île.

° Quoi, ne peux-tu présenter un avatar à tes grands prêtres ? s'emporte le démon. Leur demander de te ramener ? Ou simplement te jeter à l'eau ?

° Chacun de nous a des pouvoirs différents, rappela sa congénère. En outre, ce sont là toutes solutions qui gaspilleraient un temps précieux...

Sombre la laisse un moment dans l'expectative. Il lui plaît de la voir ainsi soumise à sa seule volonté. Sans grand effort, il pourrait la retenir pendant des années... Jusqu'à ce que sa sœur ait besoin d'une nouvelle incarnation, puisque telle était sa nature divine.

° D'accord. Je vais t'envoyer une escorte qui te ramènera au Lus'an. *Ne me déçois pas*, menace-t-il.

° Soyez-en assuré, seigneur. N'oubliez pas : je vous ai rejoint *avant* même que vous ne fassiez la preuve de votre puissance. Vous n'avez pas plus fidèle alliée que moi.

Le démon ferme alors son esprit, marquant la fin de l'échange. *La preuve de sa puissance*. Aliandra du Soleil. L'exemple était nécessaire, mais Sombre regrette sa précipitation d'alors. S'il avait attendu avant d'agir, il n'y aurait pas eu *l'autre* problème...

Malgré tout, l'enfant de Karu jubile au souvenir du combat contre sa sœur. La peur indescriptible de l'éternelle. La sensation de sa propre force en action. Et la jouissance, incomparable, de souffler une étincelle divine... Le démon n'avait qu'une hâte, c'était de recommencer.

Mais il saurait attendre le bon moment, cette fois.

*

La nuit était tombée depuis un demi-décan déjà quand le *Rubicant* fit son entrée dans la rade de Leem. Amanón n'en était pas à sa première visite de cet endroit, mais il en redécouvrait à chaque fois toute l'imposante majesté... La plus méridionale des cités du Grand-Empire de Goran était aussi son port principal, et sa meilleure voie d'accès aux terres de l'ouest et aux Bas-Royaumes. En conséquence, les différentes dynasties s'étant succédé sur le trône avaient apporté un soin tout particulier à la défense de ce lieu stratégique, et on pouvait le constater même dans les lueurs du soir !

Cela commençait par les deux énormes tours gardant l'entrée de la rade. Une garnison entière y veillait en permanence, prête à lancer son feu grégeois sur toute armada hostile qui se présenterait... Les bateaux en approche devaient ensuite remonter un chenal surplombé d'épaisses murailles. Une série de machines de guerre était directement pointée sur le canal, parée à ensevelir n'importe quel navire sous une pluie de boulets ! Même le plus rapide des vaisseaux ne pouvait espérer y échapper, car les Goranais pouvaient encore activer une énorme porte pour fermer ce bras de mer. Heureusement, le Grand-Empire ne fut pas inquiété par l'arrivée de l'insignifiante gabière, et le passage resta ouvert comme il l'était la plupart du temps. Le Rubicant glissa donc vers le port lui-même, longeant des fortifications élevées depuis des siècles, sous la lueur des lampes balancées par la brise...

— C'est... *immense*, commenta Cael, qui assurait la manœuvre. C'est même plus grand que Lorelia !

— Le port, seulement, précisa son cousin. La plupart des navires qui s'arrêtent ici sont énormes : leurs marchandises sont destinées à tout l'empire... Il fallait bien des quais en proportion.

— Justement, on ne risque pas de se faire remarquer, avec notre petite barque ?

— Les gens de Leem mangent aussi du poisson, sourit Amanón. Personne ne s'intéressera à un bateau de pêche !

Ce disant, l'interprète leva les yeux vers le mât principal, miraculeusement encore debout après les assauts du Léviathan... Sur la proposition du jeune homme, ils y avaient attaché le dernier gwelom de la réserve de Bowbaq. Prendre la décision de retendre les voiles n'avait pas été facile, mais les héritiers s'y étaient vus contraints ! Le courant les emportait trop loin au large, vers Yérim ou même les Bas-Royaumes, et ils n'étaient pas équipés pour un tel périple. D'autant que Reexyyl hantait toujours les fonds de la mer Médiane !

Peu de temps après le sauvetage de Niss, Amanón et ses compagnons avaient vu le deuxième escadrat se renverser complètement, puis partir à la dérive, coque en l'air... Nul ne doutait que la créature fut responsable de ce nouveau massacre. Une fois le cap du *Rubicant* redressé, chacun avait connu un autre moment de tension, se demandant si le monstre allait soudain ressurgir pour couler la gabière ! Les décilles s'étaient pourtant étirées en décimes, puis en décans, sans que les héritiers ne soient menacés. Impossible de dire si la pierre de Dara protégeait vraiment le bateau, mais plus personne à bord ne remettait l'idée en question ! Le gwelom resterait donc en place sur le mât, tout le temps qu'ils auraient besoin de la gabière... C'est-à-dire, au moins jusqu'à Goran.

Amanón regrettait le choix de cette destination, mais il n'avait pas trouvé mieux à proposer. Que pouvaient-ils faire d'autre ? La reine Chebree était la seule personne vivante à connaître Sombre et la prophétie de l'Adversaire. Et elle avait envoyé son fils à la recherche d'Emaz Lana... Keb était persuadé que les informations de sa mère seraient utiles aux héritiers. Pour autant, l'interprète gardait sa méfiance intacte, à l'égard de l'ancienne grande prêtresse du démon !

Les inquiétudes d'Amanón auraient pourtant pu diminuer de moitié, si certaines énigmes n'étaient restées sans réponse. Pourquoi Chebree n'avait-elle pas confié ses secrets à Keb ? Pourquoi ce rendez-vous à Goran, au lieu de Wallos ? Et pourquoi même, puisqu'elle avait fait presque la moitié du chemin, la reine barbare n'était-elle pas descendue jusqu'à Lorelia ?

Devant ces questions, Keb haussait simplement les épaules. Lui se contentait d'obéir à sa mère et souveraine, et il n'avait aucune raison de l'interroger davantage, au départ de leur voyage... Tout juste pouvait-il annoncer que l'expédition avait été lancée dans une grande précipitation. Et *non*, il ne voyait pas ce qui aurait pu décider la reine à rechercher son ancienne ennemie !

Du moins, le prétendait-il. Car le Wallatte se montrait peut-être un allié décisif lors des combats, mais le reste du temps il se comportait comme étranger aux problèmes des héritiers. Et voudrait-il fomenter une trahison qu'il n'agirait pas autrement... Amanón aurait préféré le traiter en égal, si ce n'est en ami véritable, mais dans ces conditions c'était impossible. Le fils de Saat était trop secret pour être autre chose qu'un frère d'armes. Il en donnait encore la preuve, ce soir, en s'isolant à l'arrière du bateau ; alors que Nolan, Eryne, Cael, Zejabel et lui-même s'étaient regroupés à la proue pour admirer les ouvrages de défense de la cité goranaise.

La plupart des héritiers avaient ainsi tué le temps sur le pont, après un repas léger et quelques décimes de repos. Niss s'était réveillée entre-temps, pour de bon cette fois, et tous avaient abandonné la cambuse au seul profit de Bowbaq et de sa petite-fille. Ni l'un, ni l'autre ne s'était montré depuis, ce qui n'était guère étonnant si l'on considérait la quantité de choses qu'ils devaient se raconter !

Amanón était tout de même impatient d'entendre également la jeune fille. Elle avait assisté à la disparition de sa grand-mère et d'autres membres de sa famille : son témoignage était capital ! Aussi, l'interprète allait régulièrement tendre l'oreille à la porte de l'entrepont, sans vouloir se montrer indiscret, mais vérifiant que les deux Arques ne s'étaient pas endormis sur la table. Bowbaq ne l'avait pas habitué à de tels discours !

C'est au dixième de ces allers et retours qu'Amanón vit Eryne s'approcher à petits pas. La damoiselle avait passé une bonne partie de son temps avec son frère, le félicitant probablement pour son héroïsme... Elle sourit à l'interprète en réprimant un frisson, bien naturel dans la fraîcheur du soir. Le jeune homme ôta spontanément sa veste de cuir noir pour la lui offrir, mais il prit alors conscience du piteux état du vêtement ! Ce jour même, un Léviathan avait tracé une profonde entaille sur tout le devant ; la veille, un poignard K'lurien lui déchirait une manche et le bras qui était dessous... Amanón n'avait pas même eu le temps de nettoyer les taches laissées par son propre sang. Eryne ne s'en aperçut pas, ou le froid la faisait vraiment trop souffrir, car elle accepta l'attention avec une moue charmante.

— Je ne vous ai pas encore remercié, annonça-t-elle avec un sourire énigmatique.

— Ce n'est qu'une veste... se méprit l'interprète. Et, la galanterie fait partie de la culture kaulienne, ajouta-t-il précipitamment.

— Je parlais de l'île. Quand vous m'avez pris la main, pour m'aider à sortir de la caverne... Vous m'avez sauvé la vie. Vous nous avez *tous* sauvé la vie. J'ai trouvé cela très noble. Très courageux.

— Ce n'est rien, bredouilla Amanón. J'avais prévu de lancer ma torche, vous risquiez d'être surprise... Et je me trouvais juste à côté de vous, donc...

La damoiselle soutint son regard quelques instants, ravissante avec son sourire... puis elle embrassa son propre index avant de venir en caresser la joue du jeune homme désarmé !

— Vous êtes trop *droit* pour savoir mentir, souffla-t-elle en s'éloignant. Je n'étais pas la plus proche, et nous le savons tous les deux !

L'interprète chercha quelque chose d'intelligent à dire, mais son esprit d'habitude si vif à la réflexion se révéla temporairement en panne d'inspiration... *Il ne manquait plus que ça*, songea-t-il en se retournant vers le port. Comme si leur situation n'était pas déjà assez compliquée !

Mais son cœur battait la chamade, et jamais brise fraîche ne lui avait paru aussi agréable que ce soir.

*

Le *Rubicant* arrimé à l'un des quais de pêcheurs, Cael put enfin descendre rejoindre les autres dans la cambuse, en compagnie de Keb et Nolan qui l'avaient aidé à la manœuvre. L'adolescent s'avouait fatigué, et son bandage le tiraillait comme jamais, mais sa plus grande impatience était d'entendre Niss. La jeune fille exerçait sur lui une étrange fascination... Il ne pouvait se sortir de la tête l'impression ressentie au matin, à savoir que leurs destins étaient intimement liés ! Avec, en outre, un sentiment de danger d'autant plus incommodant qu'il restait inexplicable.

En croisant le regard de la miraculée, depuis la porte de l'entrepont, il devina qu'elle partageait son intuition. L'un et l'autre n'avaient pas encore échangé un mot, mais ils se sentaient aussi familiers que des gosses d'un même village... Pourtant, à part leur âge voisin et les gweloms qui marquaient leur lourd héritage, ils n'avaient pas grand-chose en commun. Cael étudiait dans l'une des capitales des Hauts-Royaumes ; Niss évoluait entre les chèvres et les poneys des clans arques. Le garçon avait grandi près de la mer ; la fille connaissait un paysage de neige la moitié de l'année... Enfin, l'adolescent avait du mal à trouver sa place dans ce groupe d'adultes, ce qui n'était pas le cas de sa cadette, désormais aussi à l'aise avec son grand-père qu'avec tous les autres !

Pour fêter sa guérison, les deux Arques avaient préparé un festin avec toutes les provisions encore utilisables. C'est-à-dire, toutes celles que le Léviathan n'avait pas jetées à terre, écrasées, éventrées, comme il l'avait fait du mobilier austère de la cambuse !

Voilà pourquoi Bowbaq était resté enfermé si longtemps... Les deux complices avaient mis un peu d'ordre et fait la cuisine pour tout le monde. Niss attribuait maintenant une place à chacun, tout en s'efforçant de retenir les noms de ses nouveaux amis. En remarquant les yeux rougis de la jeune fille, Cael comprit que son grand-père ne lui avait rien caché de leur situation... Ils n'avaient malheureusement guère la liberté de ménager quiconque.

L'adolescent ne fut qu'à moitié surpris de se retrouver assis en face de la jeune fille. Lui-même aurait sûrement choisi de s'installer là. Il observa Niss jouer les maîtresses de maison, puis baissa les yeux quand elle prit place devant lui. Ils s'évitèrent ainsi pendant quelques instants, jusqu'à ce que leurs regards finissent par se croiser... D'un sourire, l'Arque effaça alors leurs dernières traces d'embarras. Cael eut le sentiment que les héritiers étaient enfin tous réunis, même s'ils formaient une drôle de compagnie, avec un prince Wallatte en bout de table et une tueuse züe de l'autre côté !

— Ce repas est celui de la nouvelle année de ma petite-fille, annonça Bowbaq avec émotion. Celui qu'elle aurait dû avoir il y a plus d'une décade...

Les mauvais souvenirs reprenant le dessus, le géant s'interrompit et se pencha pour plaquer un baiser sonore sur les cheveux bruns de sa pupille, attendrie. L'adolescent ne connaissait Niss que depuis la veille, mais il s'était déjà habitué à son expression absente, ses yeux sans flamme, son manque de réaction... Désormais, elle semblait une tout autre personne, vive, riante, même un brin espiègle ! Et... encore plus jolie, reconnut-il avec une certaine gêne.

— Bienvenue chez les fous, gamine ! salua Keb en saisissant un plat.

— Bénie soit ta nouvelle année, reprirent les Loreliens, de manière plus orthodoxe.

Cael fit de même, mais assez discrètement pour n'être entendu que d'Amanón et Eryne, ses voisins de table... Niss le surprit malgré tout et le remercia d'un petit signe amical. L'adolescent eut aussitôt honte de sa timidité ! Mais après ce qu'ils avaient appris sur les dieux, il lui était difficile de prononcer des mots comme « béni » aussi naturellement qu'avant. Peut-être ne le pourrait-il plus jamais... Chaque fois que quelqu'un faisait une prière ou souhaitait des tourments, des éternels grandissaient, dans le Jal. Certains s'installaient à Dara, d'autres s'enfonçaient vers Karu, et leur personnalité en était à jamais modifiée. C'était une responsabilité trop importante pour prendre ne serait-ce qu'une simple bénédiction à la légère !

Les odeurs aguichantes du festin coupèrent net toute envie de discours, et les héritiers mangèrent avec l'appétit des miraculés. Seule Zejabel se montrait plutôt taciturne, mais même le jeune Cael comprenait qu'elle avait besoin de temps... En revanche, Keb se révéla des plus bavards, pour une fois, rappelant avec force détails et satisfaction comment les équipages ennemis avaient été massacrés par le Léviathan... jusqu'à ce qu'Eryne ne l'implore de changer de sujet « par égard pour la petite ». Bien entendu, Niss protesta qu'elle était bien assez âgée pour écouter le récit du Wallatte, et il fut impossible d'amener la conversation sur autre chose pendant un moment.

— C'est toujours comme ça, riait Bowbaq. Quand elle se réveille quelques jours, il n'y a plus moyen de placer un mot !

Le grand-père fut sûrement le dernier à s'apercevoir de son manque de tact ; mais devant le silence embarrassé soudain tombé à table, il devina ce à quoi songeait chacun.

— Elle ne repartira pas cette fois, promit-il, autant pour les autres que pour lui-même. Elle en est sûre. Elle est guérie.

— Mais que lui est-il arrivé, au juste ? compatit la damoiselle. Vous nous parliez d'un accident, il y a trois ans...

— C'est parce qu'elle est erjak, comme moi, expliqua Bowbaq. Elle peut parler avec les animaux, d'esprit à esprit...

— *Elle* peut même parler toute seule ! interrompit Niss, faussement fâchée. Si tu veux connaître mon histoire, Eryne, demande-le moi directement !

Cael fut surpris par son audace ! Même Amanón, qui avait pourtant le même âge que la damoiselle, n'avait pas encore osé la tutoyer après trois jours passés en sa compagnie !

— Fort bien, sourit la Lorelienne. Que t'est-il donc arrivé, Niss du clan de l'Oiseau ?

La jeune fille attendit d'avoir l'attention de chacun, visiblement satisfaite du respect qu'on lui manifestait.

— En fait, c'est plutôt simple, annonça-t-elle. J'avais atteint *l'esprit profond* d'un écureuil et je me promenais tranquillement sur les branches. Mais un anator a surgi et a croqué la bête d'un seul coup de dents. Depuis, mon esprit est longtemps resté dans le Rêve... Mais c'est fini, maintenant !

Un silence et six regards hébétés furent le principal résultat de ces « explications »...

— Mais qu'est-ce qu'elle raconte ? réagit Keb. Je croyais qu'on devait tous parler en ithare !

— Son esprit était dans le corps de l'écureuil, résuma Bowbaq. C'est étrange à dire, mais... elle a réellement *vécu* une mort. Certains erjaks ne s'en relèvent pas !

— J'ai eu de la chance, acquiesça Niss.

— Tu peux *vraiment* prendre le contrôle d'un animal ? répéta Amanón, songeur.

— Seulement les espèces qui allaitent, précisa la jeune fille. Et ça ne marche pas tout le temps !

— Et toi aussi, Bowbaq ? reprit l'interprète.

— Je l'ai fait quelquefois, il y a longtemps, pendant mon apprentissage... mais je n'aime pas ça. Les bêtes sont folles de terreur dès qu'on les relâche, et puis c'est dangereux. Niss n'aurait jamais dû continuer à le faire en cachette, ajouta-t-il avec un regard grognon pour sa pupille.

L'intéressée ne put qu'afficher un air désolé... Cael n'arrivait pourtant pas à la blâmer. Ce devait être formidable de se sentir, pendant un petit moment, dans la peau d'un cheval, d'un loup ou même d'un écureuil ! Il aurait probablement négligé l'avertissement, lui aussi, pour goûter à ces enivrantes sensations sauvages...

— Et depuis ? s'intéressa Nolan. Qu'est-ce que tu as éprouvé, pendant ces trois années ? Est-ce que tu comprenais ce qui se passait autour de toi ?

— Non, avoua Niss, à la déception générale. Ou parfois, juste un peu... Mais la vraie vie ressemblait à un *souvenir*, pour moi. Je mangeais, je marchais, mais ça me semblait très loin, comme si ça arrivait à une autre personne. La plupart du temps, j'étais perdue dans le Rêve.

— Ce que tu appelles le Rêve, c'est... la mort ? osa le novice.

L'ambiance à table se fit plus lourde encore, mais la curiosité de chacun était trop forte ! Cael songea même que parler de son expérience pouvait aider la jeune fille à lutter contre une rechute... ou tout au moins, cela permettrait à ses compagnons de mieux s'occuper de la malheureuse en cas de drame.

— Je ne sais pas, avoua-t-elle après un silence. *Peut-être*. Dès que je me réveille, j'oublie le Rêve. Je sais qu'il était là, que c'est important, mais je n'arrive jamais à m'en rappeler...

— C'est sûrement mieux ainsi, commenta Bowbaq avec bonhomie.

— Et depuis que tu es avec nous ? enchaîna Amanón. De quoi te souviens-tu, exactement ?

— De presque rien, je crois... Je me suis réveillée dans une auberge inconnue, mais ça n'a pas duré longtemps. Puis je me suis vue sur un cheval, en train d'avancer avec grand-père... Je ne sais pas combien de jours sont passés entre-deux. Ensuite, je me rappelle avoir crié, en surprenant des hommes derrière un hublot... Vous les appelez les K'luriens, c'est ça ? Et après...

Le regard indéchiffrable qu'elle posa alors sur Cael fit ressurgir toutes les angoisses de l'adolescent. Puisque lui-même ne gardait aucun souvenir de la scène, la jeune fille était la seule à pouvoir expliquer ce qui s'était passé !

— Après, je vous ai vu en train de vous battre, annonça-t-elle sobrement. C'est tout...

— Mais tu te souviens d'avoir couru vers Cael ? demanda doucement Eryne.

— Oui, il s'était évanoui... Puis je suis repartie dans le Rêve, jusqu'à... me réveiller au fond de l'eau. Sans Nolan, j'y serais encore !

L'attention des héritiers fut un instant détournée sur le novice rougissant, mais Cael ne dévia pas son regard de la jeune Arque. Sans pouvoir l'expliquer, il était presque sûr qu'elle mentait ! Ou au moins, qu'elle n'avait pas *tout* dit... Il suffisait de lire dans ces beaux yeux marron pour que le doute se transforme en certitude.

— Je n'ai jamais eu aussi peur, reprit-elle en secouant la tête. J'ai vraiment cru que la mort allait m'avaler pour de bon, cette fois... En un instant, j'ai revu ce qui s'était passé avec l'écureuil. Et ça m'a guérie aussitôt !

— Avant, elle ne se rappelait pas de l'accident, expliqua Bowbaq. Son esprit était resté comme piégé dans le souvenir... Tout est rentré dans l'ordre, maintenant. Elle ne replongera pas !

— Faut espérer, lança Kebree, parce qu'on ne sera pas toujours là pour la repêcher !

Quelques rires forcés saluèrent la plaisanterie douteuse, mais d'autres questions brûlaient les lèvres des héritiers... Dont une très importante, en particulier. Et même si le sujet devait évoquer un moment douloureux, il fallait bien que quelqu'un l'aborde ! Ce fut Amanón qui se décida.

— Te souviens-tu du moment où tes parents ont disparu ?

Le sourire qui éclairait le joli minois de la jeune fille s'effaça aussitôt. Elle consulta son grand-père du regard avant de donner sa réponse, en gardant les yeux baissés...

— Ce que j'ai vu devait venir du Rêve. Ça ne peut pas être réel... donc, inutile que j'en parle.

— On a croisé plusieurs choses qui ne pouvaient pas être réelles, *rien qu'aujourd'hui*, encouragea Amanón.

— Tu as dit que tu ne te rappelais pas du Rêve, renchérit Nolan. Donc, ce dont tu te souviens n'en fait pas partie... C'était *vrai*.

— Nous voulons tout essayer pour retrouver nos parents, insista Eryne. Chaque chose que tu nous confies peut nous aider. Et personne n'y trouvera de ridicule.

Ce disant, la damoiselle lança un regard appuyé à Keb, qui se contenta de lever les mains d'un air innocent, un cure-dent de fortune au coin des lèvres. Puis Niss se tourna encore vers son grand-père, qui l'invita d'un signe de tête à répéter ce qu'elle lui avait dit deux décans plus tôt...

— Je... Je ne savais même pas que nous étions à la rivière, commença-t-elle. Si je me force à réfléchir, je vois les galets du bord, les arbres autour, et même mes parents en train de nager... Mais je crois que j'imagine seulement tout ça. Je devais plutôt être immobile sur la berge, sans pouvoir penser ni réagir... C'est quand il y a eu les cris que je me suis réveillée. Enfin, peut-être, juste un peu... Grand-mère Ispen et tante Iulane couraient vers moi, Harqi portait Jeran et Tolomin, maman hurlait, et... papa avait déjà disparu.

Elle s'interrompit, les yeux troubles... Cael devinait que du remords s'ajoutait à sa détresse. Niss s'en voulait d'avoir été la seule épargnée. Et peut-être regrettait-elle, tout autant, de ne pas offrir de témoignage plus fiable.

— Continue, invita Bowbaq. De nouvelles choses vont peut-être te revenir...

— Je ne crois pas, annonça-t-elle tristement. Je n'ai vu que... qu'une espèce de boule brillante. Comme un petit soleil volant au-dessus de l'eau... Mais il était quand même large comme une maison, avec des sortes de bras lumineux qui s'agitaient dans tous les sens ! Et chaque fois que le soleil se posait sur quelqu'un, c'était comme s'il l'avalait... Très vite, il n'est plus resté personne ! J'aurais voulu me lever, appeler au secours, faire quelque chose pour aider les autres, mais le Rêve me retenait... et je ne savais même pas si cette horreur en faisait partie ! Et puis, je n'osais pas bouger...

— C'est bien compréhensible, commenta Eryne. J'aurais certainement été pétrifiée, moi aussi !

— Qu'est devenue cette boule ? insista Amanón.

— Elle a... fondu. Ça s'est passé très vite ; elle est devenue petite, petite, puis elle a disparu ! J'étais affreusement triste pour mes parents, mais en replongeant dans le Rêve, je me disais que j'avais inventé tout ça... C'est peut-être le cas, d'ailleurs. J'ai dû vous entendre discuter, et imaginer la scène.

— Mais ton histoire ne contredit pas ce que nous avons vécu, assura Nolan. Pour ma part, je crois qu'elle est vraie.

— C'est aussi mon opinion, acquiesça Eryne. Et je préfère de loin imaginer nos parents enlevés par ce soleil magique, plutôt que surpris par un horrible démon !

— Mais... la boule était peut-être *justement* un démon, objecta Niss.

Elle avait beau n'avoir que treize ans, chacun prit son commentaire très au sérieux !

— Ils avaient vraiment peur, reprit-elle. Et personne ne sait ce que le soleil leur a fait ! Grand-père est certain qu'ils vont bien... Mais alors, où sont-ils ?

— Ils ne sont pas retenus par Sombre, en tout cas, annonça soudain Zejabel.

Les héritiers se tournèrent vers la Züe, Cael le premier. La jeune femme avait à peine prononcé quelques mots pendant leur voyage jusqu'à Leem, et elle ne desserrait pas les dents depuis le début de la soirée... Son intervention ne pouvait passer inaperçue !

— Si vos parents étaient morts ou prisonniers, Zuïa me l'aurait dit. Et elle laissait entendre que l'Adversaire pouvait très bien être une autre personne que vous.

— Tu connais quelque chose sur ce genre de magie lumineuse ? vérifia Amanón.

— Non. Mais je suis sûrement la plus ignorante à bord, ajouta-t-elle avec amertume. Avant ce jour, je ne savais pas qu'il existait des gens capables de parler aux animaux. Je n'imaginais pas qu'il puisse y avoir des villes avec des ports si grands. Et je ne peux même pas dire de quoi est faite cette cuisine, conclut-elle en frappant son assiette du bout des doigts.

Elle se leva dans le même élan, ajoutant encore à la surprise générale !

— J'ai passé la nuit dernière à écouter une fausse déesse me dévoiler ses plans. J'ai besoin de sommeil. Vous voudrez bien m'excuser.

Et sans plus de cérémonie, elle partit s'enfermer dans la cabine de Cael ! L'adolescent ne regrettait pas de la lui avoir abandonnée ; il espérait seulement qu'elle n'en profiterait pas pour s'isoler en permanence...

— Quelle pimbêche, commenta Eryne à mi-voix.

— À l'apogée, tu la traitais de garce, protesta Nolan. Elle n'a pourtant fait de tort à personne.

— Non, mais elle aurait pu, rappela la damoiselle. Je vous conseille de rester sur vos gardes, cette nuit ! En tout cas, Niss et moi dormirons la porte *fermée*.

Cael ne partageait pas l'avis de la Lorelienne, mais il avait déjà compris son entêtement à avoir toujours le dernier mot. Comme tous ses compagnons, puisque aucun ne s'essaya à défendre la Züe ! Après un moment de flottement, on commença à se lever et à desservir la table... Les héritiers ne répondraient pas à d'autres questions ce soir. L'adolescent irait une nouvelle fois s'allonger en se demandant où étaient ses parents, à quoi ressemblait Sombre, qui était ce fameux Adversaire, et comment il pouvait l'emporter contre le démon... Il s'inquiéterait également de la Voix qui le transformait parfois en monstre plein de haine... Il ferait des cauchemars sur le Jal'karu, le Léviathan et même Zuïa...

Mais surtout, il savait déjà qu'il penserait à Niss. Et aux choses mystérieuses qui les liaient tous les deux.

*

Elle avait lentement senti monter ses larmes, et s'était efforcée de les contenir, jusqu'à étouffer de l'intérieur... Puis elle avait tenu encore assez pour courir jusqu'à la cabine et s'enfermer dans le noir... Mais maintenant, Zejabel pouvait laisser couler son trop-plein de détresse. Comment avait-elle pu être aussi aveugle, pendant toutes ces années ? Comment se pardonnerait-elle jamais d'avoir été le *jouet* d'un démon ? Un jouet qui n'était même pas aussi précieux qu'on voulait lui faire croire... Un simple pion, que l'on pouvait sacrifier sans ciller si cela devait flatter un éternel plus monstrueux encore.

La jeune femme ne regrettait pas sa trahison, mais sa liberté retrouvée lui faisait trop peur. Où pourrait-elle bien aller ? Cette question l'obsédait depuis quatre décans entiers... Elle ne connaissait rien, hors de l'île de Zuïa ! En son pays, la Kahati était traitée comme une reine, mais partout ailleurs elle n'était qu'une pauvre âme errante et sans avenir... Peut-être même, une condamnée à mort ! L'éternelle voudrait laver l'affront dans le sang, et malgré la protection de la pierre de Dara, un groupe de messagers finirait fatalement par surprendre l'infidèle... Penser qu'elle périrait de la hati si souvent maniée était insupportable !

Zejabel ne savait même pas si elle pourrait garder le précieux talisman. Elle avait bien compris l'importance de l'objet aux yeux des héritiers... L'idée de le voler avait inévitablement traversé son esprit, mais elle l'avait repoussée avec dégoût. Un tel acte serait de la pire bassesse, et la jeune femme n'entendait pas commencer sa nouvelle vie de cette manière. Plutôt mourir, que trahir les inconnus qui avaient pris sa défense !

Aucun d'entre eux ne l'avait questionnée sur ses projets, mais que répondrait-elle, quand ce moment arriverait ? Ou même, quand ils décideraient de se passer de sa compagnie ? La jeune femme aurait presque préféré cette conclusion. Au moins, elle n'aurait plus de question à se poser ! Elle rendrait la pierre et il ne lui resterait qu'à courir dans ces royaumes inconnus, le plus longtemps possible, jusqu'à tomber sous la vengeance de Zuïa... ou même de Sombre.

Une nouvelle boule d'angoisse monta dans sa gorge, alors qu'elle songeait à cet ennemi supplémentaire. Si les démons s'alliaient pour de bon, comme cela semblait être le cas, il ne resterait aucune région au monde où espérer se cacher quelque temps... La jeune femme était autant en danger que n'importe lequel des héritiers. Avec, en outre, la certitude *qu'elle* n'était pas cet Adversaire, et qu'elle n'avait aucune chance d'en réchapper !

Un bruit répété interrompit soudain le fil de ses pensées, et elle leva son visage de l'oreiller pour reconnaître des coups frappés à sa cabine. Les autres avaient-ils *déjà* pris la décision de la chasser ? Zejabel aurait voulu confier ses derniers secrets, avant de partir... Tant pis ; si le moment de la séparation était venu, elle ne s'attarderait pas ! Inquiète mais déterminée, elle essuya son visage et ouvrit la porte griffée par le Léviathan... Sur le seuil se trouvait Nolan.

— Je voudrais te parler un moment, annonça le jeune homme.

La Züe fut surprise de découvrir la cambuse plongée dans la pénombre, avec seulement une lampe laissée en veilleuse, et une chandelle portée par le novice au visage doux. Tous les autres héritiers étaient couchés, peut-être déjà endormis. Elle n'imaginait pas avoir pleuré si longtemps !

— Entre, mais souffle la bougie, demanda-t-elle.

Elle partit aussitôt se rallonger, laissant à Nolan le soin de fermer la porte. Puis elle l'écouta s'approcher à tâtons et s'asseoir sur le lit... Elle ne savait même pas pourquoi elle l'avait invité. Mais lorsque le chuchotement paisible du jeune homme s'éleva dans l'obscurité, elle sut qu'elle avait bien fait.

— Je devine ce que tu dois ressentir, affirma-t-il. J'ai moi-même trahi ma foi, il n'y a pas si longtemps...

Et sans qu'elle ne l'y pousse, il raconta tout ce qu'il avait vécu avec les K'luriens, depuis sa rencontre avec Maugane, jusqu'à la bataille dans le port de Lorelia. Zejabel ne l'interrompit pas un seul instant, emportée par le récit, et temporairement distraite de ses propres inquiétudes... Mais quand Nolan eut achevé sa confession, les angoisses revinrent en force.

— Ton histoire est intéressante, commenta la Züe. Mais tu as pu tourner la page et reprendre ta vie d'avant. Moi, c'est toute la mienne que je laisse derrière. Je ne suis plus rien.

— Au contraire, chuchota le jeune homme. Tu as ouvert les yeux. Tu as choisi de ne plus servir ce démon. Tu es sûrement *davantage*, maintenant, que tu n'étais en tant qu'esclave de Zuïa.

— C'est le prêtre d'Eurydis qui parle ? répliqua Zejabel, piquée au vif. Parce que je ne suis pas intéressée par une conversion !

Un silence embarrassé tomba sur la scène... On n'entendait plus que les grincements de la gabière et les ronflements rivaux de Kebree et Bowbaq. La jeune femme regretta aussitôt ses dures paroles, mais le mot « esclave » l'avait fait sortir de ses gonds !

— Je ne veux pas te blesser, reprit-elle plus doucement. Mais je ne suis pas prête à suivre un autre dieu.

— Personne ne te le demande, assura Nolan.

— Que me demande-t-on, alors ? s'emballa Zejabel. Vous allez tous à Goran, mais que suis-je censée faire ? Soulager votre conscience en annonçant mon départ ? Ou bien vous accompagner jusqu'à ce que vous décidiez de me bannir ?

Avant de répondre, le novice quitta sa position assise pour s'allonger à côté d'elle.

— En ce qui me concerne, j'espère que tu resteras, avoua-t-il dans un souffle.

— Et pourquoi ? Pour me garder comme monnaie d'échange ? Je ne vaux plus rien, aux yeux des miens !

En m'opposant à la déess... au démon, j'ai perdu mon rang de Kahati !

— Aucun de nous ne fait ce genre de calcul, affirma Nolan. Si je souhaite que tu restes, c'est parce que tu n'as nulle part où aller. Comme nous.

— Merci, mais je n'ai pas besoin de ta pitié !

— Ce n'en est pas... Je te propose simplement d'étendre notre marché. Pour toi comme pour nous, le seul espoir de retrouver une vie normale est d'aller au bout de cette prophétie de l'Adversaire. Nous *devons* vaincre Sombre. Joins-toi aux héritiers, et nos chances en seront d'autant augmentées.

Zejabel resta muette quelques instants. Elle s'était préparée à beaucoup de choses, mais certainement pas à ça ! Même si la proposition comblait un désir qu'elle n'osait pas s'avouer...

— Tu ne peux pas parler au nom des autres, opposa-t-elle néanmoins. Tu n'es ni le plus ancien, ni le plus fort du groupe. Tu n'es pas leur chef.

Le novice répondit par un petit rire forcé, qui déstabilisa la jeune femme.

— Je suis peut-être le plus malin ? plaisanta Nolan. Mais peu importe... Je suis sûr que tous seront d'accord. Amanón a déjà dû y songer, mais sa prudence le pousse à attendre toujours le dernier moment pour se décider. J'ai pensé, moi, que tu voudrais l'entendre ce soir...

Zejabel ne réagit pas tout de suite, plongée dans la consternation... Cela pouvait-il être vrai ? Lui donnait-on vraiment une chance de racheter son passé, de mériter son avenir ? Une chance, même, d'avoir un *présent* ? Sur une impulsion incontrôlable, elle posa sa main sur la poitrine du jeune homme, qui tressaillit légèrement... Puis ses doigts coururent jusqu'à son cou, son visage, avant de trouver sa bouche... Avec une douceur qu'elle ne se connaissait pas, elle vint déposer un baiser sur les lèvres du novice immobile.

— *J'ai si peur*... avoua-t-elle d'un filet de voix.

De nouvelles larmes glissaient sur ses joues, lui donnant un étrange goût salé...

— Je ne veux pas rester seule... Pas cette nuit...

Nolan la prit aussitôt dans ses bras, et Zejabel s'abandonna à l'étreinte avec des sanglots étouffés. Elle resta ainsi un long moment, blottie contre le prêtre, avant de sombrer dans un sommeil où les cauchemars régnaient en maîtres... mais où se glissèrent aussi, parfois, quelques images d'une extrême tendresse.

*

Malgré sa fatigue, Eryne passa une très mauvaise nuit. Il était arrivé trop de choses, en si peu de jours ! Quel esprit normalement constitué pouvait affronter tant de pression, sans vaciller au bord de la crise de nerfs ? Pour l'honneur des de Kercyan, la damoiselle voulait garder l'âme forte, mais le prix à payer se comptait en longs décans d'insomnie... Et la belle regrettait amèrement le doux repos de sa chambre du manoir familial, ainsi que l'insouciance qui allait de pair. Cette époque lui semblait déjà si lointaine ! Avait-elle vraiment été cette courtisane dont les préoccupations ne tournaient qu'autour de ses soupirants ? Il semblait bien que oui... Mais cette femme-là était morte, peut-être le même jour que le pauvre Roban de Sarcy.

Eryne avait conscience des changements qui s'opéraient en elle, tout en refusant de les considérer. On pouvait bien raconter n'importe quoi, elle n'était pas différente des autres mortels ! Elle avait vécu certaines choses inexplicables, d'accord, mais rien qui ne la désigne irréfutablement comme l'Adversaire. Comment pourrait-elle même défier un démon ? Elle n'avait jamais tenu une épée de sa vie ! Toutes ces idées absurdes avaient été suggérées par Zuïa et sa complice... *Mensonges*, comme tout ce qui devait servir à les envoyer à Karu !

Ces réflexions avaient tourné sans trêve dans l'esprit de la jeune femme, qui se leva donc d'assez méchante humeur. Au moins, Niss se montrait une compagne de chambrée plutôt discrète et agréable, et la damoiselle s'efforça de ne pas la réveiller en rejoignant la salle commune... pour n'y trouver que Cael, plongé dans une nouvelle lecture des cahiers de Corenn.

— Où sont les autres ? demanda-t-elle après avoir salué l'adolescent.

— Heu... Manó, Bowbaq et Keb sont là-haut, annonça-t-il. Nolan et Zejabel ne sont... pas levés, ajouta-t-il avec embarras.

Surprise, Eryne contempla la couchette vide de son frère... En portant le regard sur la porte de *l'autre* cabine, elle sentit soudain le rouge envahir ses joues. Rester dans la cambuse fut soudain au-dessus de ses forces, et c'est à pas rapides qu'elle grimpa sur le pont !

La grisaille du ciel goranais sabra son moral un peu plus encore. La journée promettait d'être humide... Le port débordait néanmoins d'activité. Plusieurs centaines de débardeurs manipulaient sacs, tonneaux et autres récipients en un ballet continu. Ils vidaient les cales des trirèmes, quadrirèmes et autres grand-voiles, dont certains glissaient déjà le long des hautes murailles de Leem pour reprendre la mer... Au contraire, d'autres bateaux attendaient d'être chargés pour gagner le cœur du Grand-Empire, par le canal qui permettait de rejoindre l'Alt, puis Goran.

Telle serait la route suivie par les héritiers, pendant les trois ou quatre jours à venir !

La damoiselle hésita un moment à s'aventurer au vu de cette foule, mais les pêcheurs et matelots à l'escale semblaient avoir d'autres chats à fouetter. Résignée, Eryne fit le tour du pont pour n'y trouver que Kebree, tranquillement adossé au second mât. L'incorrigible Wallatte s'était déjà débarrassé de son bandage, exposant sa poitrine sous sa pelisse ouverte ! La jeune femme se prépara à lui faire un sermon bien senti, mais le sourire charmeur du barbare eut raison de sa mauvaise humeur...

— Vous êtes seul ? constata-t-elle, alors qu'il se levait pour l'accueillir.

— Plus maintenant ! répliqua-t-il avec un clin d'œil. Et si on en profitait pour s'enfuir tous les deux ?

— Pauvre garçon, vous n'avez même pas un malheureux cheval à me proposer ! rit la damoiselle.

— J'en possède plus de quarante, à Wallos. Et même ici, je pourrais voler ceux qu'on refuserait de me vendre... Personne ne nous retrouverait. Même pas Sombre.

Eryne acquiesça d'une moue amusée, mais l'expression de Keb lui laissa une étrange impression. C'en était à se demander à quel point le Wallatte était sérieux ! La jeune femme devait bien avouer le trouver attirant, sous certains aspects, mais pas au point de tout abandonner pour partir à l'aventure. Et même si leurs vies n'avaient pas été en danger, même s'ils connaissaient une autre situation, les choses étaient loin d'être simples...

— Où est Amanón ? demanda-t-elle après un silence prolongé.

Le visage du barbare se renfrogna aussitôt.

— Parti avec Bowbaq. Ils voulaient acheter quelques trucs, et régler la taxe pour le canal. J'suis censé monter la garde... mais j'en ai marre, conclut-il d'un ton maussade.

Il s'éloignait déjà, ses mèches trop longues dansant au gré de ses pas rapides. Eryne n'eut pas le cœur à le laisser dans cet état... Le Wallatte avait tant aidé les héritiers en général, et elle en particulier !

— *Ke'b'ree*... le rappela-t-elle. Que ferez-vous, quand nous serons à Goran ?

Le guerrier se retourna avec un sourire en coin, puis revint lentement vers la damoiselle.

— J'embrasserai ma mère, avoua-t-il sans honte. Puis je m'assiérai devant un festin et je boirai à notre survie à tous ! Pourquoi ? Tu as peur que je reparte à Wallos ?

— Non, c'est que... Je...

La damoiselle n'avait pas pour habitude de chercher ainsi ses mots, mais le barbare était tellement direct ! Elle ne pouvait tout de même pas lui avouer la vérité...

— Aucun de nous ne sait ce qu'il fera ensuite, reprit-elle. J'étais seulement curieuse de vos projets...

Il soutint son regard quelques instants, une expression vaguement moqueuse sur le visage, puis s'approcha encore... Il fut bientôt si près qu'Eryne jugea son attitude indécente, en même temps qu'un feu étrange embrasait son corps !

— Pourquoi tu ne le demandes pas ? énonça-t-il, d'une voix étonnamment sérieuse.

— Mais... demander quoi ? s'excusa la jeune femme troublée. Je... Je ne vois pas...

Keb se penchait doucement sur elle ; il paraissait encore plus grand, plus fort, et son odeur sauvage était si agréable...

— Tu ne vois vraiment pas ? murmura-t-il, à quelques pouces de son visage.

— Je ne vous *comprends* pas, mentit Eryne, avec un bel effort sur elle-même.

Le Wallatte se figea un instant... puis recula avec une expression contrariée.

— Tant pis, lança-t-il. Il est maintenant clair que rien ne me retient parmi vous. Dès que nous serons à Goran, je reprendrai ma liberté !

Il s'éloigna sur cette promesse, sans que la damoiselle ne songe à le rappeler, cette fois... Mais elle fut plus chagrinée encore en découvrant Amanón et Bowbaq sur le quai ! Les deux hommes avaient les bras chargés de provisions, et lui retournaient son regard consterné... *Manó*, surtout. Soudain exaspérée, la jeune femme partit s'isoler de l'autre côté du bateau. Comment journée pouvait-elle plus mal commencer !

— On dirait que des cœurs se brisent, glissa le grand-père à son compagnon. C'est à cause des batailles, du risque de mourir... Tout le monde devient plus sensible.

— Ça doit être ça, commenta l'interprète avec amertume.

*

Les héritiers n'avaient aucune raison de s'attarder à Leem plus que nécessaire, et ils mirent le cap au nord dès que l'engorgement du port le leur permit. Tant de bateaux s'engageaient sur la route de Goran, chaque jour, que la capitainerie avait instauré un système de taxe fort lucratif... Pour être le premier à franchir l'énorme écluse menant au canal, il fallait verser une somme comparable au prix d'achat du *Rubicant* ! Mais pour certains négociants en produits précieux, ou pour les membres plus ou moins proches de la famille de l'empereur, l'impôt restait acceptable. Ainsi, une bonne dizaine de luxueux navires purent quitter la rade avant que ne s'engagent les bâtiments plus modestes... La gabière des fugitifs ne passa qu'en trentième position, mais l'économie réalisée sur leur trésor valait bien ce décan d'attente.

Pendant qu'ils s'avançaient dans l'ombre des murailles de pierre verte, salués ou sifflés par quelques gamins en mal d'occupation, Nolan se crut un instant revenu dans la Sainte-Cité. Le peu d'architecture qu'ils apercevaient, flèches, coupoles et dômes, rappelait inévitablement les toits séculaires des temples d'Ith... De même que les trois ou quatre ponts aux arches parfaitement circulaires qu'ils laissèrent derrière eux. La ville aux mille cultes n'était pas si éloignée, après tout ; et Leem avait longtemps fait partie de l'Empire ithare, avant que celui-ci ne soit abandonné par les prêtres !

Le jeune homme n'avait pas songé à la Sainte-Cité, de cette manière un peu nostalgique, depuis bien longtemps. Les événements de ces derniers jours avaient plusieurs fois bouleversé ses convictions, au point qu'il ne sache plus vraiment où se situer...

Ce matin-là, il s'était tout de même décidé à raser le fin duvet couvrant son crâne. Et il avait remis sa tunique de novice... Il ne se sentait pas encore disposé à prier de nouveau, mais les dieux méritaient bien une petite marque de respect, à défaut d'adoration ! Jusque-là, les éternels avaient permis que tous les héritiers survivent à leurs ennemis. Ils avaient sauvé Niss d'une mort injuste. Et ils avaient veillé à ce qu'une jeune femme puisse ouvrir les yeux sur ses erreurs... Zejabel !

La belle archère n'avait fait que dormir, la nuit précédente, plus ou moins blottie dans ses bras, mais Nolan en gardait un souvenir d'une telle émotion qu'il ne pouvait s'en expliquer à personne. D'ailleurs, aucun de ses compagnons ne lui posait de questions... Keb avait bien lancé quelques sous-entendus salaces, et Eryne lui faisait les gros yeux chaque fois qu'elle croisait son regard, mais cela n'atténuait pas l'étrange sérénité du novice. Il voulait consoler Zejabel comme lui-même l'avait été ; il désirait aider la jeune femme, comme il n'avait pu le faire avec Maugane... Et pour compléter le tout, il la trouvait plus que séduisante !

Bien sûr, comme il s'y attendait, la Züe s'était montrée assez distante au réveil. Honteuse de son baiser et de ses aveux ; perdue, de nouveau, au milieu de personnes si étrangères à sa civilisation... Ce fut Amanón qui lui redonna de l'assurance, sans même s'en apercevoir. L'interprète avait acheté une bonne réserve de flèches à son intention ! Zejabel les accepta avec un simple « merci », mais son émotion était grande. Par ce geste, Manó avait tacitement invité la jeune femme à rester parmi eux ; au moins quelques jours, en tout cas...

Un petit sourire se dessina soudain sur le visage de Nolan, alors que s'élevait un air de carillon. En quelques instants, une bonne partie des six cents cloches de la cité commença à sonner la fin du deuxième décan ! Le novice aurait regretté de ne pas avoir entendu, au moins une fois, les bronzes qui faisaient la notoriété de la ville... Et c'est ce moment que choisit Zejabel pour venir enfin vers lui. Ils ne s'étaient pratiquement pas parlé depuis le lever.

— J'ai... un service à te demander, annonça-t-elle avec embarras. Mes vêtements... Je ne veux plus les porter. Je ne supporte plus ce qu'ils représentent.

Nolan contempla machinalement les étoffes rouges qui ceignaient la jeune femme... Si on dégrafait les quelques symboles trop explicitement religieux, l'ensemble pouvait passer inaperçu, mais le novice comprenait très bien cette réaction de rejet !

— J'aimerais que tu me prêtes une tunique, poursuivit Zejabel. Dans le prochain port, je pourrais échanger mes boucles contre la monnaie de ce royaume. J'achèterai cc qu'il faut, et je rembourserai les flèches... Mais en attendant...

— Je ne vais certainement pas t'enlaidir avec mes frusques de garçon ! refusa Nolan, d'un sourire. Attends-moi ici.

En quelques foulées, il gagna la cambuse qu'il traversa jusqu'à la cabine d'Eryne... La damoiselle était justement en train de coiffer Niss ; c'était le moment ou jamais de faire appel à sa solidarité féminine !

Malheureusement, c'est par un soupir agacé que sa sœur accueillit la demande. Un instant, le novice crut même qu'elle allait refuser de prêter le moindre carré de tissu à la Züe !

— Je n'ai pas vraiment le choix ! commenta-t-elle pourtant. Amène-la moi ; je vais bien trouver quelque chose à sa taille... Mais elle risque de flotter, côté poitrine !

Malgré la pique, le jeune homme remercia l'aînée d'une bise sur la joue, puis repartit quérir Zejabel. En découvrant son projet, l'intéressée voulut aussitôt renoncer, mais Nolan réussit à l'entraîner jusque dans l'entrepont... Une fois devant la Lorelienne, il fut trop tard pour reculer.

— Alors... réfléchit Eryne, en étudiant la silhouette de la nouvelle venue. On pourrait peut-être commencer par enlever cette affreuse coiffe, non ?

Une ombre passa sur le visage de la Züe... mais après un temps d'hésitation, elle entreprit de dénouer les rubans enserrant son crâne.

— C'est le symbole de la Kahati, expliqua-t-elle d'une voix mal assurée. Je... C'est la première fois que je m'en défais devant quelqu'un. Je n'en avais pas le droit.

Nolan comprit son trouble : la jeune femme avait l'impression de se dénuder ! Il s'efforça de ne pas la regarder avec trop d'insistance, mais Eryne, ainsi que Niss assise sur le lit, suivaient chacun de ses gestes avec beaucoup d'intérêt. Bientôt, le front de Zejabel fut entièrement découvert... Le novice trouva magnifiques ses cheveux d'un noir de jais, courts et assez crépus, mais il garda ses compliments pour plus tard. La Züe était déjà suffisamment embarrassée !

— Bien ! commenta la damoiselle. Tâchons maintenant de trouver quelque chose dans votre... style.

Joignant le geste à la parole, Eryne ouvrit en grand son sac de voyage pour y plonger les mains. Elle en tira plusieurs jupes longues, chemisiers et autres vestes cintrées, qu'elle déposait sur le lit avec précaution. Le jeune homme ne comprenait toujours pas pourquoi elle avait emporté autant de vêtements en quittant le manoir familial, ni comment elle parvenait à tous les caser dans son bagage !

— Nous allons pouvoir passer aux essais, conclut-elle bientôt. Nolan ?

Le novice lui retourna un regard interrogatif, avant de comprendre que sa présence dans la cabine n'était plus souhaitable ! Il sortit donc en adressant un petit signe d'encouragement à Zejabel... La tournure des événements ne lui plaisait qu'à moitié. Laisser les deux femmes ensemble pouvait s'avérer une très mauvaise idée ! Il décida ne pas s'éloigner de la cambuse, au cas où il devrait intervenir pour interrompre une bagarre !

Le jeune homme dut s'armer de patience. La séance d'essayage se révéla beaucoup plus longue qu'il n'imaginait ! Les voix d'Eryne et Niss traversaient parfois les parois, mais pas assez clairement pour que Nolan comprenne leurs paroles... Que pouvait-il bien se passer, dans cette chambre ? L'idée que sa sœur s'amuse à ridiculiser la Züe traversa même l'esprit du novice, mais la damoiselle était heureusement incapable d'une telle idiotie.

Enfin, après presque deux décimes d'attente, la frimousse de Niss apparut derrière la porte entrebâillée, et Nolan fut invité à revenir. C'est avec une certaine tension qu'il gagna la chambre... mais en découvrant Zejabel, il oublia toutes ses contrariétés !

La jeune femme était tout simplement superbe. Eryne l'avait habillée de braies légères, aux couleurs d'automne, et d'une chemise claire et si près du corps que la féminité de la Züe en semblait renforcée. Mais mieux encore, la damoiselle avait usé de ses poudres de riz avec beaucoup de talent ! Débarrassée de ses peintures rouges, délicatement fardée et maquillée, Zejabel présentait un visage beaucoup plus romantique... Seule une étrange flamme dans ses yeux rappelait son passé de tueuse, pour qui partageait ce secret. Mais au regard d'un étranger, elle avait tout de la beauté exotique des Bas-Royaumes !

— Magnifique, ne put s'empêcher de commenter Nolan.

— Et encore, elle refuse d'ôter ces horribles bracelets ! précisa Eryne. Tout l'ensemble en est déséquilibré !

— Ces bijoux protègent mes poignets, expliqua sobrement la Züe. J'en ai besoin pour tirer à l'arc.

— J'entends bien, mais pourquoi ne pas porter une simple pièce de cuir, comme tout le monde ? Vous pourriez même la cacher sous une manche ! Il faut bien faire quelques efforts, pour être séduisante !

Nolan posa un regard étonné sur sa sœur. Elle semblait s'être prise au jeu ! Encore maintenant, la damoiselle tournait autour de son modèle, effaçant un pli, ajustant un lacet, ou gommant un excédent de poudre sur la joue de Zejabel... celle-ci étant d'une docilité surprenante. Que pensait-elle vraiment de ces changements ?

— Mais tu ne t'es même pas vue ! comprit le novice, en remarquant l'absence de miroir dans la cabine.

Il s'empressa de regagner la cambuse, pour en ramener une gamelle métallique au poli assez brillant pour renvoyer un reflet. La jeune femme y contempla longuement son visage, avec une expression indéchiffrable... puis elle se tourna vers Eryne qui attendait ses commentaires avec impatience.

— Vous savez rendre les choses belles, annonça-t-elle. Vous m'avez aidée. Je vous en remercie.

— Ce n'est pas grand-chose, répondit la damoiselle, touchée par le compliment. Et n'oubliez pas, vous seriez plus jolie encore avec un sourire !

— J'essaierai, promit sérieusement Zejabel. Mais je n'ai pas vos pouvoirs.

Les traits d'Eryne se figèrent aussitôt dans une grimace contrariée... Nolan devina qu'il était temps de mettre fin à la séance, mais il n'eut pas l'occasion d'intervenir !

— Mes pouvoirs ? grinça la sœur. Que racontez-vous ?

— Vous le savez, expliqua la Züe d'une voix calme. Les pouvoirs qui font de vous la plus belle des femmes en ce monde. Les pouvoirs qui vous font aimer de tous les hommes... Il y en a deux, rien que sur le bateau. Enfin, les pouvoirs qui font que chaque chose que vous touchez y gagne en perfection.

— Je ne vois toujours pas, s'enflamma Eryne. Et vous avez une bien étrange manière de complimenter les gens !

— Je ne cherche pas à vous flatter. Je constate seulement que Zuïa ne m'avait pas menti sur tout... Vos talents ne sont pas naturels. Vous êtes bien une enfant du Jal'dara.

— Encore ces sottises ! s'exclama la damoiselle, furieuse. C'est ridicule ! *Je ne suis pas votre fichu Adversaire !*

La sœur aînée semblait très affectée par le sujet, et Nolan fit un pas vers elle pour la consoler... avant de se figer quand Zejabel prit de nouveau la parole !

— J'ignore si vous êtes l'Adversaire, annonçait la Züe. Mais à mes yeux, il est évident que vous êtes une véritable *déesse.*

*

Niss descendit encore frapper à la porte de la cabine, mais Eryne ne lui ouvrit pas plus que les autres fois, et la jeune fille remonta en jetant un simple regard à Cael. Depuis le matin et sa dispute avec Zejabel, la Lorelienne restait enfermée et silencieuse... Personne n'avait réussi à la distraire de sa peur ou de sa colère. En revanche, on avait beaucoup parlé d'elle, sur le pont !

La déclaration de la Züe avait révélé au grand jour des soupçons que beaucoup entretenaient déjà. C'est ainsi que la jeune fille apprit l'origine particulière de la damoiselle : ses parents l'avaient conçue au Jal'dara ! De même, Niss découvrit le rôle majeur qu'Eryne avait joué dans son propre sauvetage, ainsi que l'étrange expérience vécue place des Repentis par la Lorelienne. Enfin, on reparla de son étonnante facilité à trouver la porte de Ji... Mises bout à bout, toutes ces choses donnaient matière à penser ! Pourtant, la jeune fille ne trouvait rien de particulièrement divin à sa compagne de chambrée. Elle s'attristait seulement de la voir dans cet état de trouble, et regrettait de ne rien pouvoir faire pour l'aider... surtout maintenant qu'elle savait lui devoir la vie !

En l'absence de la principale intéressée, les héritiers n'avancèrent guère sur le sujet. La conception d'Eryne pouvait lui avoir conféré certains talents surnaturels, d'accord. Ces talents seraient peut-être utiles contre Sombre, bien. Mais tant qu'ils n'en sauraient pas davantage, ils n'étaient pas plus avancés !

En attendant d'en discuter avec la damoiselle en personne, les fugitifs concentrèrent donc leurs efforts sur la navigation, et Niss trouvait dans le paysage assez de sujets de curiosité. La largeur du canal, pour commencer. Tantôt étiré entre deux rives basses, et tantôt étroit au point de ne laisser passer qu'un navire à la fois ! Les ingénieurs du Grand-Empire avaient utilisé chaque plan d'eau, chaque rivière pour creuser cette « route » entre Leem et le fleuve Alt, ce qui expliquait sa disparité de forme. Tout aussi variés étaient les hameaux voisinant le chenal : parfois simple rassemblement de quelques fermes, et parfois bourgades hautement fortifiées... avec toutes les déclinaisons possibles entre ces extrêmes.

En revanche, les Goranais eux-mêmes brillaient surtout par leur discrétion. Niss n'en aperçut qu'une poignée, des soldats le plus souvent, en patrouille le long de la berge. L'Empire possédait l'une des plus grandes armées au monde, avec le royaume lorelien, et cela se ressentait jusque dans ses campagnes. Même les quelques civils, coiffés des typiques bicornes, avaient un air martial qui ne lassait pas d'étonner la jeune fille !

Il faut dire que, depuis sa guérison, Niss connaissait une soif de découverte que rien ne semblait pouvoir combler. Elle avait perdu trois ans de sa vie, après tout ! Trois années sans apprendre ni expérimenter quoi que ce soit... Parfois, la cadette du groupe se surprenait même à se considérer comme âgée de seulement dix ans, mais elle se secouait aussitôt ! Pas question de cela ! Par chance, le Rêve ne l'avait pas empêché d'évoluer en corps et en esprit. Et elle se sentait parfaitement bien, dans la peau d'une adolescente...

À part sur un point, peut-être. Les animaux. Sa passion pour les bêtes de toutes formes ne l'avait pas quittée, malgré le drame de l'écureuil. Et Niss était fortement tentée de réveiller un peu ses pouvoirs d'erjak... Oh, pas pour emprunter un corps, bien sûr, mais seulement pour quelques dialogues uniques en leur genre... Si elle pouvait trouver un sujet d'expérience...

Évidemment, ce n'était guère chose facile, depuis le pont du *Rubicant*. L'espèce la plus couramment rencontrée était celle des *pilotins*, une sorte de perdrix marine dont la particularité était de vivre sur des nids dérivants. Les oiseaux mettaient ainsi plusieurs décades à descendre jusqu'à l'océan, où leurs petits prenaient leur envol... Pendant tout le voyage, les couples s'acharnaient à tirer leurs embarcations loin des berges, des brochets et des chasseurs au filet, dans une lutte qui semblait perdue d'avance. Niss se réjouissait de voir les précieux nids rouler seulement dans le sillage de la gabière ; mais elle était incapable de toucher l'esprit d'un simple volatile !

En fait, les seuls animaux sur lesquels elle aurait pu s'exercer étaient les gros rats et margolins qui plongeaient le long du canal. Mais on les voyait trop brièvement pour tenter quelque chose de vraiment amusant, et par expérience, la jeune fille savait que les émotions de ces bêtes se résumaient à peu de chose : *faim*, *peur* et *désir sexuel*, avec des variantes à peine nuancées. Non, pour sa première tentative après si longtemps, Niss préférait effleurer les pensées d'un cheval, d'un chien ou même d'un chat, à défaut de lion des neiges ! Ce serait malheureusement pour plus tard...

Pour tuer le temps, elle aurait également aimé discuter avec le garçon, Cael, mais c'était comme s'il voulait la fuir. À moins qu'il ne fût réellement fasciné par les cahiers de sa grand-tante, qu'il lisait et relisait depuis le matin... En tout cas, après qu'il eut poliment refusé de l'accompagner sur le pont, Niss n'avait pas insisté. Elle devait bien s'avouer peinée, car le Kaulien était la seule personne de son âge, et la navigation aurait été plus agréable en bavardant avec lui. De plus, elle aurait bien aimé percer le mystère de ce mystérieux souvenir. Cette espèce de rêve où elle le voyait qui... Mais cela aussi, ce serait pour plus tard. Peut-être.

Comme le singulier Wallatte s'était également isolé, et que personne n'osait déranger Nolan et Zejabel, échangeant des confidences depuis le déjeuner, Niss finit la journée en se mêlant d'une discussion entre son grand-père et Amanón. Les deux hommes évoquaient tranquillement des souvenirs de leurs voyages respectifs, en assurant la manœuvre, et pendant un moment fort agréable la jeune fille put oublier le côté dramatique de leur situation, l'absence cruelle de ses parents, le peu de solutions qui s'offraient aux héritiers... Et même la pauvre Eryne, qui ne pouvait accepter l'écrasant destin pesant sur ses épaules.

Le soleil s'inclinait lentement sur l'horizon quand la gabière toucha enfin au terme du canal. Il ne restait plus qu'une écluse à franchir pour gagner l'Alt, puis Goran, le surlendemain... La plupart des navires faisaient halte dans la ville qui avait poussé en ce point stratégique, et le *Rubicant* ne fit pas exception. L'interprète amena le bateau jusqu'à un ponton tranquille avant de l'y arrimer.

— Nous mangerons tous à l'auberge, ce soir, annonça-t-il en œuvrant. Et nous choisirons la meilleure ! Tu pourrais prévenir Eryne pour moi ?

Niss s'empressa d'acquiescer, ravie par la nouvelle. Elle dévalait déjà vers l'entrepont lorsqu'elle entendit Amanón ajouter quelque chose à l'intention de Bowbaq...

— Je ne vois plus que ça pour la pousser à sortir, soupirait-il avec lassitude.

*

L'idée de l'interprète emporta l'adhésion de tout le monde. Après les épreuves qu'ils avaient traversées, la perspective de passer une soirée tranquille, hors de la cambuse de la gabière, était des plus agréables ! Il monta comme une ambiance de fête, alors que chacun se préparait pour cette sortie... Le fait d'avoir plusieurs fois échappé à la mort rendait le moindre instant de détente plus précieux que jamais. D'autant que les héritiers ignoraient totalement de quoi seraient faits les jours à venir...

Bien qu'ayant manifesté son accord, Eryne se montra la plus longue à s'apprêter. Ses compagnons l'attendaient depuis un moment déjà quand la damoiselle apparut enfin ! Amanón la découvrit sur le pont, où il marchait de long en large à la lueur des lampes du quai... Il en eut le souffle coupé. La

Lorelienne s'était surpassée, pour mettre en valeur sa beauté !

Peut-être voulait-elle faire oublier ses yeux rougis par trop de larmes... Objectif ô combien atteint ! L'aînée des de Kercyan avait tout retrouvé de sa splendeur de courtisane. L'interprète prit conscience de ne jamais avoir ainsi observé une femme... Il avait beau en ressentir un grand embarras, chaque détail de la silhouette le fascinait : le chignon savamment travaillé, la magnifique robe verte, au décolleté drapé, les gants de soie, les bas précieux que l'on devinait sous la tenue... Pire encore fut le sourire charmant que lui adressa la future duchesse. Amanón, malgré sa curiosité, malgré son désir de discuter au plus vite de leurs derniers soupçons, n'eut pas le cœur à chagriner la damoiselle avec ses questions... Pas tout de suite, en tout cas.

Les autres menaient sûrement pareille réflexion, car personne n'aborda le sujet qui avait pourtant occupé les esprits toute la journée. Et la soirée étant déjà bien avancée, les estomacs criaient famine ! C'est donc sans plus tarder que l'interprète donna le signal du départ, lui-même quittant la gabière en dernier, après avoir placé un repère sur la porte de l'entrepont. Si quelqu'un visitait les cabines, les héritiers en seraient ainsi avisés... Mais Amanón espérait que cette journée se terminerait sans aucune bataille, pour une fois !

Le groupe disparate s'avança bientôt dans les rues de la ville, avec une bonne humeur qui lui faisait défaut depuis de trop longues journées. Tout en marchant, Nolan et Zejabel poursuivaient leur échange de confidences... Bowbaq avait pris la main de Niss, et affichait un sourire jusqu'aux oreilles. Keb traînait à l'arrière, immuable silhouette aux cheveux longs et à la pelisse sur les épaules... Enfin, Amanón flânait entre Cael et Eryne, jusqu'à ce que l'adolescent décide soudain d'attendre le barbare. Après, cependant, avoir adressé un clin d'œil discret à son cousin !

— C'est la première fois que je quitte les frontières de Lorelia, avoua bientôt la damoiselle. À vrai dire, je ne me suis même jamais beaucoup éloignée de la capitale ! ajouta-t-elle avec un petit rire.

— Vous ne rendiez jamais visite à votre frère, à Ith ? s'étonna Amanón.

— Non... Nolan revenait assez souvent, au début, et il nous écrivait plus encore. Maman et Papa voyageaient beaucoup, mais toujours pour la Sainte-Cité, Kaul ou l'Arkarie... Si je les avais accompagnés, nous nous serions tous rencontrés plus tôt !

— Il n'est jamais trop tard, commenta l'interprète. Je déplore seulement que ce ne soit pas dans d'autres circonstances...

Il n'en dit pas plus, regrettant même ces quelques mots. Depuis quatre jours, Amanón luttait contre des sentiments qu'il jugeait inadaptés à la situation... Et c'était pire encore, depuis ce matin. Depuis qu'il avait surpris Kebree et Eryne sur le point de s'embrasser !

Le jeune homme voulait garder tête froide, même si c'était difficile. Il cherchait à se raisonner par tous les moyens... L'étrange attirance qu'il ressentait pour la damoiselle était le fait de leur situation désespérée, *rien de plus*. Voire, comme l'avançait Zejabel, la conséquence de l'origine particulière de la Lorelienne... Conçue au Jal'dara, elle ne pouvait que présenter une beauté véritablement divine, et attirer logiquement les regards masculins ! Il n'y avait rien de sincère là-dedans...

De toute façon, Amanón devait prioritairement se concentrer sur leurs problèmes. C'est ainsi que sa mère aurait raisonné ; c'est ainsi que son père se serait conduit... Eux qui avaient guidé la génération précédente avec assez de courage et d'intelligence, jusqu'à ramener leurs compagnons sains et saufs chez eux. De même que les qualités de Rafa le Stratège, déjà lointain ancêtre, avaient permis d'épargner plusieurs vies parmi les sages émissaires ! Le jeune homme devait faire honneur à sa lignée. Il ne pouvait se permettre d'être perturbé par le désir, la jalousie, ou même... l'amour.

Et cela, malgré les frissons qui le parcouraient, chaque fois que son regard croisait celui de la belle et complexe Eryne.

*

Cael s'intéressait à chaque détail de la petite cité goranaise, bien que la bourgade présentât nettement moins de sujets d'émerveillement que la riche Lorelia... ou que le sous-sol de l'île Ji, d'ailleurs. L'adolescent admira tout de même l'architecture aux faux airs de château fort, déclinée jusqu'aux maisons les plus modestes. Il s'étonna aussi des manteaux portés par la plupart des autochtones, coupés sur mesure, juste à ras du sol... Enfin, il contempla les quelques représentations de la déesse Mishra à la tête d'ours, la divinité principale du Grand-Empire.

Ces statues exposées à l'un ou l'autre croisement plongèrent bientôt le garçon dans une réflexion très particulière : puisque les éternels existaient bel et bien, Mishra se promenait-elle, en cet instant même, quelque part entre Goran et Leem ? Sous quelle forme ? Humaine ? Animale ? Ou hybride, comme elle était parfois figurée... À peine cette pensée eut-elle traversé l'esprit de Cael qu'il s'imagina l'une des gargouilles s'animer et bondir soudain au milieu des badauds terrifiés. La déesse avait beau être la protectrice des *causes justes*, son apparence était parfois aussi effrayante que celle de Reexyyl !

Les héritiers savaient encore trop peu de choses sur les enfants du Jal. Pour espérer vaincre Sombre, il leur faudrait combler d'énormes lacunes sur la nature même des éternels... À moins que la reine Chebree ne se révèle d'une aide précieuse, ce dont chacun doutait, même l'adolescent. Depuis la bataille dans l'auberge de Lorelia, il avait décidé de faire confiance à Keb, mais ce rendez-vous donné à Emaz Lana leur faisait se poser beaucoup de questions, et n'apportait pour l'instant aucune réponse...

Le caractère individualiste du barbare n'arrangeait pas les choses. Keb ne prenait la parole que pour lancer une raillerie ou un commentaire méprisant ; jamais pour proposer des solutions, ni même s'ouvrir un peu sur son passé. Pourtant, depuis qu'ils avaient été blessés tous les deux par les K'luriens, Cael éprouvait une sympathie inexplicable pour le Wallatte. Alors qu'ils marchaient côte à côte, l'adolescent songea qu'il ne connaissait presque rien du fils présumé de Saat, et que c'était le moment idéal pour commencer à y remédier !

— Vous n'avez pas la nostalgie de votre pays ? demanda-t-il, l'air de rien.

Le barbare lui jeta un regard en coin, avant de se laisser aller à un sourire complice.

— Nous avons combattu ensemble. Et je ne suis pas encore roi. Alors, laisse tomber le « vous » !

— D'accord, se réjouit Cael. Alors, Wallos ne te manque pas trop ?

— Si. De plus en plus, même, annonça Keb. Je pensais que *quelqu'un* me demanderait de vous suivre après Goran... mais ce n'est pas le cas. Alors, autant retourner chez moi !

— Mais... mais tu peux rester ! s'étonna l'adolescent. Je le veux, moi ! Les autres aussi !

— Merci, mais une autre personne semble moins décidée que toi, commenta-t-il amèrement. De toute façon, j'ai à faire. Les Solenes et les Thalittes ont dû profiter de notre absence pour grignoter nos frontières... Il faut que je remette de l'ordre dans tout ça.

Le regard de Cael glissa aussitôt sur la lowa qui battait la cuisse du barbare, sous sa pelisse... Lui-même portait la rapière de Léti, et Amanón et Nolan avaient également emmené leurs armes. Seul Bowbaq avait abandonné sa pognée, dans l'espoir de passer une soirée presque normale avec sa petite-fille. Quant à Zejabel, elle avait renoncé à emporter un arc trop encombrant pour emprunter le poignard ramgrith de l'interprète... En quelques jours, les héritiers avaient appris à être toujours prêts au combat ; mais Ke'b'ree vivait ainsi depuis sa plus lointaine enfance.

— Comment avez-vous traversé les lignes ennemies ? demanda l'adolescent. Ce n'était pas un peu risqué de faire voyager la reine et l'héritier du trône en même temps ?

— C'est ce que tous les capitaines nous ont dit ! s'esclaffa le barbare. Mais ma mère sait comment les rappeler à l'ordre... On est partis de nuit, avec seulement une petite escorte, et on est passés avec plus ou moins de douleur. *Pour les Thalittes*, ajouta-t-il avec son sourire carnassier.

— Les parents d'Eryne et Nolan ne se seraient peut-être pas risqués jusque là-bas... réfléchit Cael. Ta mère a dû vouloir les rassurer, en s'approchant ainsi de Lorelia.

— C'est ce que je pense aussi, acquiesça le Wallatte. Mais va le dire à ton fichu cousin ! Il est aussi borné que son cuir noir sent le vieux chou !

— C'est parce que tu n'es sûr de rien, défendit l'adolescent. Quand même ! Tu as suivi ta mère jusqu'à Goran, puis tu as traversé la moitié du continent sans même demander un simple : « pourquoi » ? Avoue que c'est troublant !

L'expression du barbare perdit tout ce qu'elle pouvait présenter de complice ou de sympathique. Pourtant, Cael ne considérait pas avoir été trop loin !

— J'ai *pareillement* suivi la petite bande ici présente, sans poser de questions, rappela Keb. Et vous oubliez facilement que Che'b'ree est aussi ma reine. *La* reine. Celle qui a permis à mon peuple de s'accrocher à ses terres, avec honneur et fierté. On ne discute pas les ordres d'une telle femme ; même moi.

Le guerrier se mura alors dans le silence, au point que Cael finisse par se sentir coupable. Effectivement, présenté comme ça... Après tout, la culture wallatte était bien différente de celles que l'on rencontrait dans les Hauts-Royaumes. Et même, qui demanderait à l'empereur de Goran, par exemple, de s'expliquer sur les consignes qu'il distribuait à ses ministres ? Au bout de deux décilles à supporter la moue du barbare, l'adolescent n'y tint plus.

— Excuse-moi, demanda-t-il. C'est parce que... on est tous très inquiets pour l'avenir.

Keb lui rendit un regard renfrogné, puis accepta la réconciliation en lui flanquant une grande claque dans le dos, au point que Cael manqua d'avoir la respiration coupée ! Le Wallatte se rappelait-il seulement être à peine moins costaud que Bowbaq, et porter des maniques d'acier ?

— Le plus jeune, mais le plus digne ! commenta le barbare. Tu sais quoi, mon frère ? Ce soir, on trinquera ensemble à la santé de nos mères !

Cael acquiesça aussitôt, en songeant qu'il n'avait pas dû siroter plus de dix verres de vin dans toute sa vie... Si le Wallatte cherchait un compagnon de beuverie, il était plutôt mal tombé ! Et cette rancune à propos d'une « autre personne moins décidée » dans le groupe faisait craindre, en définitive, une soirée pas si agréable que cela.

*

Les héritiers jetèrent leur dévolu sur « le Poisson-chat », probablement l'hôtellerie la plus chère de la ville, au grand regret de Zejabel. La jeune femme avait toujours vécu dans le luxe du Lus'an, depuis son accession au titre de Kahati, mais ce soir elle aurait préféré rester tranquillement sur la gabière. Elle n'avait accepté la sortie que pour complaire à Nolan, qui avait bien mérité cette marque de gratitude...

Depuis le lever du jour, le novice faisait de son mieux pour la mettre à l'aise. Il lui avait raconté tout ce qu'il savait des sages émissaires, de Nol l'Étrange et du Jal... Il lui avait aussi confié l'histoire des héritiers, de leurs familles, jusqu'aux événements qui les avaient réunis à Lorelia. La Züe se sentait désormais plus proche de chacun d'eux, ce qui était évidemment le but recherché par le jeune homme. Et, par la même occasion, elle voyait ses nouvelles convictions renforcées... Oui, Zuïa était un démon issu des fosses de Karu, et en aucun cas la déesse éprise de justice qu'elle croyait servir. Oui, elle avait bien fait de la trahir pour accompagner ces gens qui n'étaient déjà plus des étrangers. Et *oui*, il lui semblait de son devoir de les aider à vaincre Sombre... ne serait-ce, même, que pour conserver la protection de la pierre de Dara le plus longtemps possible.

Malgré tout, Zejabel n'était pas à son aise dans ce royaume inconnu, dont elle ignorait la langue et les coutumes. Elle se contraria de ne pas comprendre la discussion entre Amanón et le tenancier de l'établissement, même s'il s'agissait juste de demander une table... Enfin, elle ne s'habituait pas à ses nouveaux vêtements, et sur ce sujet les compliments répétés de Nolan échouaient à la faire changer d'avis ! La Züe reconnaissait les qualités esthétiques de l'ensemble, mais son ancienne tenue était bien plus adaptée au combat, à l'escalade ou même simplement à la course à pied.

C'est donc avec l'impression d'être déguisée qu'elle s'installa avec le groupe, à l'écart des autres clients, comme l'avait souhaité l'interprète. L'hôtellerie ne faisait d'ailleurs pas salle comble. Ses tarifs un peu élevés poussaient les matelots en quête d'un simple repas chaud à aller voir ailleurs, et au final, seuls quelques officiers et marchands prospères se régalaient ici de spécialités goranaises. Zejabel remarqua même qu'avec Niss et Eryne, elle était l'une des seules femmes présentes !

Amanón s'occupa de passer la commande, mais la Züe se désintéressa vite du sujet. Elle ne connaissait pas la moitié des plats dont l'interprète traduisait les noms... Laissant à Nolan le soin de choisir, elle tenta une fois encore d'attirer l'attention d'Eryne, mais la Lorelienne avait visiblement décidé de la snober. Il faudrait pourtant bien reprendre leur discussion du matin ! Zejabel pouvait comprendre l'émotion de la damoiselle, mais celle-ci avait eu toute la journée pour réfléchir, après tout... même si l'idée d'être une *véritable* déesse était évidemment difficile à accepter.

Le mets demandé s'avéra être du poisson, une variété de tanche barbue, d'après le novice qui en mangeait aussi à Ith. La Züe reconnut trouver cela délicieux, de même que ses compagnons de table, de plus en plus enjoués à mesure que les assiettes et les pichets de vin se vidaient. Bowbaq et Eryne commençaient même à avoir le rire facile, à la grande joie de Ke'b'ree, qui tentait ouvertement de séduire la Lorelienne ! À l'inverse, Amanón présentait un air de plus en plus maussade. Il ne discutait pratiquement qu'avec Niss et Cael, décrivant des spécialités culinaires des Bas-Royaumes, sans y mettre beaucoup d'enthousiasme...

Deux hommes en livrées chamarrées, peut-être les fils du tenancier, quittèrent bientôt les cuisines pour emplir la salle d'un air mêlé de gouillot et de sacqueboutes. La musique fit aussitôt bondir le Wallatte hors de sa chaise, avant qu'il n'entraîne Eryne dans une danse apparemment promise depuis quelques jours ! À son tour, Nolan esquissa une timide invitation, que Zejabel refusa avec effroi... Ce genre d'exercice ne faisait pas partie de l'enseignement de la Kahati, et la jeune femme n'y voyait d'ailleurs aucun intérêt. Et cela, même si la damoiselle et le barbare semblaient beaucoup s'amuser à tourner entre les tables !

Amanón, en tout cas, était loin de partager leur joie. Sous ses cheveux noirs et sa barbe finement taillée, l'interprète semblait plus sombre que jamais... Il se mura dans le silence jusqu'à ce que les danseurs reviennent s'asseoir, et soupira quand Kebree remplit leurs verres une fois de plus.

— Nous devrions peut-être profiter de cette tranquillité pour discuter, avança-t-il d'une voix morne.

Le visage d'Eryne se ferma aussitôt. Elle lança un œil assassin à Zejabel avant de revenir sur l'interprète.

— *Ça dépend*, répliqua la damoiselle. Ça dépend de votre conversation. Je ne peux croire que vous oseriez gâcher cette soirée en abordant de mauvais sujets !

— Vous savez très bien de quoi je veux parler, insista Amanón.

— Ce n'est peut-être pas le meilleur moment, Manó... tempéra Nolan.

— Voyez, mon frère est d'accord avec moi ! triompha la jeune femme.

— Non. Il pense simplement que vous avez trop bu, répliqua l'interprète.

Le silence qui tomba sur la scène fut d'une rare intensité. Chacun guettait la réaction de la damoiselle, sans pouvoir déchiffrer son expression concentrée. Cela dura un moment, jusqu'à ce que Kebree se penche au-dessus de la table...

— Fais pas ta mauvaise tête, le Ramgrith, demanda le barbare à mi-voix. Nous savons très bien ce qui se passe. Rien ne t'empêche de l'inviter aussi.

Son ton était celui de la plaisanterie, mais le regard qu'échangèrent les deux hommes n'avait rien d'innocent... Tout le monde comprit que la situation pouvait dégénérer ; même Eryne.

— D'accord, finissons-en, après tout ! décida la damoiselle. Quelle était donc la question ? Suis-je vraiment une *déesse ?* Mais bien sûr, c'est évident ! railla-t-elle. Pourtant, à ce qu'il paraît, le vin me tourne les esprits aussi bien qu'à n'importe qui !

— Pas si fort, Eryne, demanda Nolan.

— Pourquoi ? Personne ne veut m'écouter, de toute façon ! s'enflamma la belle. Vous pensez que je suis une enfant de Dara, mais vous croyez que ces types, là-bas, me regardent avec les yeux de la dévotion ? Ils me voient telle que je suis vraiment : une femme, mortelle, *normale !*

— Heu... je crois plutôt qu'ils admirent ta silhouette, amie Eryne, intervint Bowbaq.

— Personne ne prétend détenir la vérité, prévint Amanón. Je suis d'accord, vous n'êtes *peut-être* pas une déesse. Mais il vous est arrivé plusieurs choses inexplicables... Nous devrions y réfléchir tous ensemble, et le plus tôt sera le mieux. Souvenez-vous que Sombre pourrait nous attendre à Goran. Ou sur le bateau. Ou même à la sortie de l'auberge ! N'importe où, n'importe quand. Chacun doit être prêt à l'affronter de son mieux.

L'interprète désirait juste avoir le dernier mot, mais le côté dramatique de sa déclaration étouffa le peu de gaieté dont profitaient encore les héritiers ! Les mines s'assombrirent, les fronts se plissèrent... Zejabel, au moins, partageait l'avis d'Amanón.

— Le fait d'être une déesse ne vous désigne pas forcément comme l'Adversaire, expliqua-t-elle. Mais cela pourrait représenter un atout précieux pour votre frère et vos amis... Et même pour vos parents.

La Züe s'attendait à être aussitôt rabrouée par Eryne, mais la Lorelienne se contenta de la fixer longuement de ses yeux verts. L'atmosphère semblait beaucoup plus lourde, dans l'hôtellerie... Faute de décider d'autres danseurs, les musiciens avaient abandonné leurs instruments, laissant aux craquements de la cheminée et aux conversations des clients le soin de meubler l'ambiance.

— Comment ? demanda bientôt la damoiselle. Comment voulez-vous que cela change quoi que ce soit ? J'ai entendu quelques voix, j'ai trouvé une porte, et alors ? Comparées aux talents de Niss et Bowbaq, ce ne sont là que broutilles que je suis incapable de contrôler !

— Moi, je peux vous apprendre, révéla soudain la Züe.

Personne ne s'attendait à cette déclaration, pas même Nolan, à qui elle avait pourtant déjà confié beaucoup de secrets ! Le novice la contemplait avec des yeux ronds, et les autres avec un certain espoir... seule Eryne semblait plus effrayée encore.

— En tant que Kahati, j'ai dû préparer mon corps et mon esprit à... accueillir Zuïa. Elle m'a enseigné certaines choses, qui devraient vous être utiles.

— Et quoi donc ? refusa la damoiselle. Grimper sur les toits, trancher les gorges des malheureux ? Merci, mais très peu pour moi !

— Écoutez ce qu'elle propose, au moins, insista Amanón.

— Je peux vous ouvrir à l'Esthesia, reprit Zejabel. C'est une discipline qui permet d'être à l'écoute d'autres esprits...

— Les Arques savent déjà faire ça, interrompit Keb. Pas la peine d'embêter la dame et de gâcher la soirée, pour finalement ne rien apporter de nouveau !

— Je connais mal le pouvoir des erjaks, mais l'Esthesia me semble très différente. Nous n'avons pas besoin de *forcer* un esprit pour voir ses pensées. La personne visée n'en a même pas conscience... Nous nous contentons de... l'écouter. Ainsi que font les dieux.

— Comme sur la Place des Repentis, comprit Cael. Vous avez entendu les esprits de personnes qui étaient présentes !

— Même en supposant que ce soit vrai, je ne vois pas pour quelle raison je risquerais ma santé mentale ! insista Eryne. Pourquoi n'utilisez-vous pas cette Esthesia, *vous*, puisqu'elle semble si importante ?

— Parce que *je* ne suis pas une enfant de Dara, rétorqua la Züe. Je n'ai aucune de vos capacités. On m'a seulement préparée à accueillir ceux d'un... démon.

Prononcer ces mots à haute voix était plus difficile que la jeune femme n'aurait cru ! Elle ressentit immédiatement le besoin de les compléter par une autre révélation...

— Vous devez craindre de voir un jour Zuïa prendre possession de mon corps... Ça n'arrivera pas. La déesse a besoin de l'abandon complet de sa Kahati pour se réincarner, ce qui n'est plus mon cas.

— Sans compter que tu portes un gwelom, rappela Nolan. Elle ne peut pas te retrouver.

— Justement ! releva Eryne. Votre histoire ne tient pas debout ! Comment ai-je pu soi-disant entendre l'esprit de Niss, alors que nous portons des pierres toutes les deux ?

— Je l'ignore, avoua Zejabel. Mais il y a deux jours, encore, j'ignorais jusqu'à l'existence de ces talismans. Tout cela est nouveau pour moi...

— Les gweloms nous rendent insensibles à la magie, et invisibles pour les dieux, réfléchit Nolan. Cela voudrait peut-être dire que... tu n'es pas une déesse, finalement !

— Ou *pas encore*, précisa Amanón.

Le sourire qui était monté sur le visage de la damoiselle retomba aussitôt.

— D'après ce que nous savons de Sombre, il a mis un certain temps à jouir de tous ses pouvoirs, expliqua l'interprète. Nous supposons qu'il est maintenant « à maturité », en quelque sorte... Pourquoi ne connaîtriez-vous pas la même chose ?

— Pourquoi ? Pourquoi ? Mais qu'en sais-je ! se fâcha Eryne. Vous seriez sûrement bien moins curieux, si c'était *vous* que l'on traitait comme un monstre de foire ! Alors, une fois pour toutes : je ne veux plus entendre parler de ces histoires d'Esthesia, d'enfant du Jal ou autres imbécillités !

Fébrile, la damoiselle se leva en tirant son gant de soie, avant d'agiter sa main gauche sous le nez de chacun... Une plaie récente, peu profonde mais longue d'un pouce, courait en ligne droite sur sa paume.

— Vous voyez ? Je me suis moi-même blessée pour en avoir le cœur net, révéla-t-elle. Et bien, j'ai ressenti de la *douleur*, et j'ai vu mon sang couler, comme tout le monde ! Qui, ici, osera encore me considérer comme une déesse ?

Elle ne leur laissa guère le temps de répondre, tournant le dos à la table avant de s'éloigner à grands pas. Zejabel fut même surprise de la voir quitter l'hôtellerie pour disparaître dans la rue... La Züe n'aurait pas cru la Lorelienne capable d'un tel courage ; ou d'une telle inconscience.

— Je vais lui parler, annonça Nolan.

Le novice courut donc derrière sa sœur aînée, chacun devinant de quoi la discussion serait faite... Quelques pleurs, des paroles réconfortantes, la promesse qu'on ne la harcèlerait plus sur le sujet, mais qu'il fallait essayer d'y réfléchir...

— Le fait de saigner ne change rien au reste, annonça Zejabel en haussant les épaules. Le corps de Zuïa peut également être blessé, et même détruit... Ça n'empêche pas le démon d'être encore là aujourd'hui. Tous les dieux ont des formes et des pouvoirs différents !

— Je sais, commenta tristement Amanón. Mais Eryne doit seulement découvrir lesquels... avant d'essayer de les accepter.

*

Les tensions entre Eryne, Zejabel, Keb et Amanón écourtèrent la soirée d'autant plus vite que les conversations à table mouraient d'elles-mêmes. Rapidement, les héritiers abandonnèrent l'hôtellerie pour regagner la gabière, où la plupart se mirent au lit... Seul le Wallatte manquait à l'appel. Fâché de n'avoir pu s'amuser davantage, le barbare avait quitté le groupe pour s'enfoncer dans les rues de la petite ville goranaise. Et depuis un demi-décan, l'interprète guettait son retour, assis sur l'un des bancs du pont, en ruminant de sombres pensées... Il ne prit conscience du froid nocturne qu'en voyant Nolan le rejoindre en se frottant les mains.

— Tu devrais descendre te reposer, conseilla le novice. J'ai vu sa manière de faire la fête, à Lorelia... Il est bien capable de ne revenir que demain matin.

— Cet imbécile va s'attirer des ennuis et se retrouver au cachot, acquiesça Amanón. Si nous n'étions pas en route pour rencontrer sa propre mère, je ne l'attendrais même pas pour lever l'ancre !

— Tu ne penses pas ce que tu dis.

— Mais au moins, *je pense*, répliqua amèrement l'interprète. C'est ce qui me distingue de lui. Mais ça ne fait finalement pas beaucoup de différence, aux yeux de certaines !

Il se mordit aussitôt la lèvre, comme si cela pouvait effacer ces dernières paroles. Il n'était pas dans son genre de s'apitoyer sur son sort... Peut-être avait-il un peu trop goûté le vin, lui aussi. Heureusement, Nolan était assez courtois pour ne pas relever ou creuser la question.

— Tu sais où nous irons, après Goran ? demanda le novice.

— Pas vraiment. C'est trop tôt pour en parler.

— *Usul ?* avança Nolan, en soupesant son regard.

Amanón ne put cacher sa surprise. Comment le Lorelien avait-il deviné... Mais après tout, ce n'était pas si étonnant. L'interprète avait tendance à oublier qu'il n'était pas le seul à s'interroger sur leur avenir.

Chacun de ses compagnons avait déjà dû penser à Celui-qui-Sait, le dieu des prophéties, le plus à même de les renseigner sur leurs parents, l'Adversaire, et la manière de vaincre Sombre... Simplement, personne n'osait aborder le sujet.

— C'est possible, accorda l'interprète. En fait... c'est même probable, corrigea-t-il. Nous n'avons pas vraiment d'autre choix.

— Nous ne sommes pas loin d'Ith, rappela Nolan. C'est là que tout s'est joué... La Jurande, l'Ancien Culte... Si nous y allions, je... je pourrais...

Amanón contempla gravement le novice, mais il avait déjà réfléchi à tout ça.

— Nous ne sommes pas prêts, annonça-t-il. Il y a encore trop de questions sans réponse, pour que nous descendions déjà dans le nid du serpent.

Nolan acquiesça d'un air grave, puis retourna vers la cambuse avec un petit salut.

— Frappe quatre fois et j'ouvrirai la porte, rappela-t-il. Keb le sait aussi, alors ne te soucie pas trop pour lui.

Quelques instants plus tard, Amanón se retrouvait à nouveau seul... Sur une impulsion, il bondit sur le quai et commença à arpenter les rues du port, passant la tête dans chaque taverne encore ouverte. S'en faire pour le Wallatte ? Et pourquoi ? Le barbare ne s'inquiétait du sort de personne, lui ! Songeait-il seulement que sa disparition mettrait les héritiers dans le plus grand embarras ? Comment se présenter devant la reine Chebree sans lui ramener son fils ?

Après avoir sillonné les plus proches quartiers pendant un demi-décan, l'interprète décida qu'il en avait assez, et que sa place était auprès des autres héritiers ! Il regagna donc la gabière... et eut la surprise de découvrir le Wallatte affalé sur le pont, emmitouflé dans sa pelisse et ronflant comme un cochon sauvage.

— Abruti, commenta-t-il à mi-voix.

Il frappa ensuite les quatre coups convenus et se glissa dans la douce chaleur de la cambuse. Nolan ne fut pas étonné, quand l'interprète déclara le barbare toujours manquant.

*

L'ambiance à bord du *Rubicant* ne fut guère chaleureuse, pendant la journée qui suivit. Eryne fuyait Zejabel et Amanón ; l'interprète en voulant lui-même à Kebree, qui affichait personnellement une indifférence générale aux humeurs des héritiers...

Ceux qui ne s'isolaient pas pour bouder s'occupèrent de leur mieux, sur l'un ou l'autre pont. Ainsi, Bowbaq passa le plus clair de son temps à réparer les dégâts causés par le Léviathan, tout en racontant à Niss les trois années qu'elle avait « manquées » à cause de ses absences. Zejabel se livra à divers exercices d'assouplissement, sous les regards étonnés de ses compagnons... Puis elle chercha un moyen de rendre moins voyante et symbolique sa tenue de Kahati. La jeune femme était trop habituée à l'aisance de mouvement offerte par ses anciens vêtements pour y renoncer tout à fait !

Nolan se plongea dans la lecture du *Livre de la Sage* d'Eurydis, en un acte d'étude et de dévotion qu'il n'avait pas pratiqué depuis longtemps. Il avoua chercher de quoi aider Eryne à affronter ses dernières angoisses... Le novice connaissait pourtant déjà suffisamment bien ces textes pour savoir qu'aucun ne parlait des portes vers le Jal ou même d'Esthesia. Il espérait malgré tout trouver un début de réponse, caché entre les lignes, peut-être... Il ne supportait pas de voir sa sœur dans cet état de trouble, enfermée dans sa cabine et rongée par une peur terrible de l'inconnu.

Enfin, comme Keb ne proposait pas son aide, et puisque Amanón refusait de la lui demander, les cousins kauliens se relayèrent seuls pour maintenir le cap de la gabière. Et la navigation sur l'Alt requérait une attention de tous les instants... Les eaux du plus grand fleuve des Hauts-Royaumes étaient capricieuses, et en outre fréquentées par une collection impressionnante d'engins flottants ! Barges, felouques, caboteurs, galiotes, auxquels s'ajoutaient des dizaines de modèles que Cael ne reconnaissait pas...

Bowbaq fut tout heureux de repérer un *Lesqi*, un canoë arque traditionnel, sur lequel l'adolescent laissa courir son imagination. Que faisaient ces deux trappeurs, hors du Blanc Pays ? Jusqu'où comptaient-ils descendre avec leur barque en peaux tendues ? Peut-être jusqu'à Ith... Depuis la bataille du Montfleuri, les clans d'Arkarie et les habitants de la Sainte-Cité avaient développé des relations privilégiées. Les braves qui avaient sauvé la ville y étaient toujours accueillis en héros, même après plus de vingt ans.

En étudiant les changements du paysage, Cael se souvint bientôt que l'Alt marquait la frontière entre le pays arque et le Grand-Empire. La rive gauche se révéla peu à peu assez sauvage, ponctuée parfois d'un village tout en rondins. À l'inverse, le côté goranais se montra de plus en plus peuplé et fortifié, à mesure que la journée s'achevait et que le *Rubicant* s'approchait de cités importantes comme Partacle.

Amanón avait avisé ses compagnons de la nécessité de trouver un port avant la tombée de la nuit. En effet, la plupart des bourgs du centre de l'empire interdisaient l'accès à tous les bateaux, une fois le soleil couché... C'était la conséquence d'une légende ancienne mais tenace, qui prétendait qu'une armée de morts descendrait le fleuve sur des vaisseaux fantômes pour se venger des vivants ! Ainsi, quiconque naviguait de nuit se voyait suspecté de guider les légions des ténèbres, voire d'en faire partie...

Cael se demandait où cette histoire trouvait son origine. Conte de bonnes femmes ? Ou réelle prophétie, lancée par Usul, les Ondines, ou n'importe quelle divinité douée de clairvoyance ? Les héritiers en savaient tellement plus que les autres mortels, sur les êtres supérieurs, et ils étaient si ignorants en même temps... L'adolescent avait largement eu l'occasion de le remarquer, après trois lectures du testament de Corenn sans trouver de réponses à ses questions. Alors qu'Amanón venait une nouvelle fois le relayer, Cael osa enfin lui parler de ce qui le rongeait depuis quelques jours.

— Tu pourrais me montrer le dernier cahier de ta mère ? demanda-t-il sans détour.

Son cousin le dévisagea en silence, puis tira l'objet de sa poche pour le contempler un instant, avant de lui mettre dans les mains.

— Tu n'y apprendras pas grand-chose, prévint-il.

L'adolescent s'empressa néanmoins de le remercier et courut s'installer au calme, à l'arrière, alors que le jour faiblissait doucement... Amanón avait fait beaucoup de mystère autour de ce cahier, au début de l'aventure, et Cael avait hâte de savoir pourquoi !

Très vite, il constata que Corenn s'adressait directement à son fils, ce qui n'était pas étonnant, puisque le testament lui était destiné. La Mère du Conseil de Kaul dévoilait ses conclusions personnelles sur l'histoire des portes et du Jal, ce qui représentait finalement une somme d'informations assez faible.. Elle tenait pour sûre au moins une chose : les portes avaient été élevées à travers le monde connu par le peuple des Etheques. C'était beaucoup et peu à la fois, car il ne restait pratiquement aucune trace de leur civilisation !

Elle racontait également comment elle avait eu en main un livre entièrement rédigé dans cette langue oubliée... Ainsi que les circonstances qui lui avaient fait perdre le précieux ouvrage, en même temps que son premier journal, dans la Tour profonde de Romine. Elle encourageait ensuite Amanón à tenter de percer les secrets de l'idiome etheque, convaincue que cela pourrait être utile aux héritiers, voire à l'Adversaire... Elle-même s'y était essayée sans succès. En revanche, elle avait recopié dans le cahier tous les symboles mystérieux trouvés par les hommes au cours des siècles. À peine une trentaine de pages, compilation de signes obscurs, textes incomplets, et d'origines diverses !

Cael voyait bien une similitude entre ces graphies et celles marquant la porte de l'île Ji, mais il ne croyait pas quelqu'un capable de les traduire. À supposer que ce soit seulement possible ! Pour lui, tout cela semblait pure magie...

Il survola rapidement les autres passages sur les Etheques pour se retrouver déjà à la fin du manuscrit. Là, Corenn se montrait beaucoup plus précise dans ses réflexions... Elle parlait de la confidence de Lana sur la conception d'Eryne, présumant déjà que la jeune femme serait différente des simples mortels. Mais surtout, elle évoquait largement les crises terribles de Cael dans les premières décades de sa vie, et ses soupçons personnels sur la responsabilité de Sombre à ce sujet !

L'adolescent lut et relut ces passages, partagé entre la rancœur et l'angoisse. Pourquoi lui avait-on caché cela pendant toutes ces années ? Même Bowbaq, à des jours et des jours de voyage de Kaul, était au courant ! Et qu'avait *vraiment* fait le démon au nourrisson qu'il était ?

Rien que d'y réfléchir, Cael croyait de nouveau entendre la Voix. Et Eryne qui se plaignait de lire dans les esprits des gens ! Cela lui avait permis de sauver Niss, au moins ! Tandis que l'adolescent craignait de basculer dans une folie destructrice, d'un jour à l'autre...

Amanón n'avait pas menti, en tout cas. Il ne cachait plus rien à son cousin. Et ce dernier cahier ne contenait pas les réponses tant espérées... Qui pourrait vraiment les aider ? Che'b'ree, le lendemain, à Goran ? Cael n'y croyait guère. Pour trouver leurs parents, pour vaincre Sombre et ses alliés démons, il faudrait s'adresser à bien plus hauts personnages. Comme Nol l'Étrange, par exemple... Ce qui nécessitait d'aller au Jal'dara. Quête pratiquement impossible !

La nuit était presque tombée ; l'adolescent se leva pour aider l'interprète à manœuvrer dans le petit port choisi. Ils connaissaient si bien la gabière, désormais, que l'accostage et l'arrimage furent expédiés en quelques décilles... Puis Cael suivit son cousin jusque dans la cambuse, avant de lui rendre l'ultime partie du testament de la grand-tante.

— Je suppose que tu ne peux pas traduire les autres pages ? vérifia-t-il quand même.

— Je n'ai pas eu beaucoup de temps pour essayer, soupira Amanón. Mais sans la moindre base pour m'aider, ça me paraît impossible... Ma mère a d'ailleurs échoué pendant des années.

— De quoi parlez-vous ? se mêla Nolan.

En quelques phrases, l'interprète lui résuma la situation, tandis que le novice feuilletait le cahier avec beaucoup d'intérêt. Bowbaq et Niss l'imitèrent ensuite, et même Keb sortit de la couchette où il faisait la sieste pour jeter un regard désabusé sur les pages couvertes de symboles... Il ne manquait plus qu'Eryne et Zejabel, à l'écart dans leurs cabines respectives.

— Corenn est brillante, commenta le grand-père avec admiration. Elle a fait de son mieux pour te préparer... Elle pense toujours à tout !

— Tu crois qu'elle t'a poussé dans l'étude des langues en songeant à ce jour ? plaisanta Nolan.

Amanón ne réfléchit qu'un instant avant de se laisser aller à sourire.

— Elle n'a pas découragé ma vocation, en tout cas ! Mais j'aime vraiment mon métier. Il suffit parfois d'un interprète pour éviter une guerre entre deux peuples...

— C'est ça, railla Keb. Je voudrais te voir essayer de palabrer avec des shamans thalittes, tiens. Ça me ferait bien rigoler.

Le visage du Kaulien se ferma aussitôt ; il préparait sa réplique quand Zejabel quitta sa cabine pour se joindre au groupe... Machinalement, Nolan lui tendit le cahier de Corenn.

— On gagne plus souvent avec la plume qu'avec l'épée, rétorqua Amanón au Wallatte. Tout le monde sait ça.

— Ouais, tous ceux qui n'ont pas d'épée ! s'amusa le barbare. Et ta plume ne sert à rien, si on n'est même pas capable de la relire ! Que feras-tu de tes pages la prochaine fois que des dingues nous tomberont sur le lard ? Tu les leur enverras à la figure ?

— Vous parlez de ça ? vérifia la Züe.

Elle désignait bien sûr le cahier, ouvert sur les symboles etheques... Amanón et Keb continuaient de se chicaner sans lui prêter attention, mais Cael acquiesça poliment.

— Zuïa a des *centaines* de livres écrits avec cet alphabet, annonça-t-elle soudain. Je crois même que c'est dans cette langue qu'elle a appelé le Léviathan.

Tous marquèrent la surprise, tandis que la jeune femme feuilletait le manuscrit avec intérêt !

— Tu y comprends quelque chose ? osa enfin demander l'adolescent.

— Absolument rien... J'allais justement commencer à étudier les signes, quand j'ai embarqué pour l'île Ji. Pourquoi ? C'est important ?

L'expression frustrée d'Amanón, sourcils froncés et poings serrés contre les tempes, constitua une réponse suffisamment claire pour tout le monde.

*

L'interprète passa une bonne partie de la soirée à interroger Zejabel, pour acquérir peu à peu la certitude que la bibliothèque personnelle de Zuïa permettait d'apprendre la langue etheque ! La jeune femme assurait même avoir vu des livres d'initiation, réservés aux Kahati... Tous regrettaient qu'elle n'y ait pas eu accès plus tôt, et Amanón le premier.

— Traduire cette langue nous permettrait d'en savoir plus sur les dieux, j'en suis sûr ! déplorait-il au-dessus du dîner. Et tout ce que nous pouvons apprendre sur Sombre et la manière de le vaincre nous serait utile !

— Tant pis, décida Bowbaq. On ne va quand même pas aller sur l'île des Züu, seulement pour voler un livre !

Nolan guetta la réaction de Zejabel, mais son expression était fermée, comme d'habitude... Depuis qu'elle avait trahi sa maîtresse, la jeune femme gardait en permanence une certaine réserve.

— Il n'y a pas que des assassins, là-bas, rappela Amanón. Des marchands, des pêcheurs de Mythr ou d'ailleurs y font régulièrement du commerce. Les gens simples y sont comme partout ailleurs...

— Oui, mais de là à s'introduire *dans le palais de Zuïa !* insista le grand-père. J'ai déjà été blessé par une de ces dagues empoisonnées... Si l'ami Reyan n'avait pas eu un antidote, j'y serais resté en moins d'une décille ! Alors, je ne me vois pas courir devant cent lames pareilles !

— L'endroit est vraiment bien protégé, j'imagine ? vérifia le novice.

Zejabel leva sur lui un regard mélancolique, avant d'acquiescer brièvement.

— Donc, n'en parlons plus, trancha Eryne. Je comprends votre enthousiasme, Amanón, et nous devinons votre désir d'aller au bout de ce mystère... Mais nous ne pouvons pas plonger dans la gueule du loup pour un motif si hasardeux. Pas *tous ensemble*.

Ce disant, la damoiselle désignait la Züe assise en bout de table. La jeune femme ne rompit pas son silence pour autant. Après avoir tellement évoqué son île et son ancienne vie de Kahati, elle pliait désormais sous le poids de la tristesse... Heureusement, Nolan ne fut pas le seul à s'en apercevoir : Manó compatit au trouble de Zejabel.

— D'accord, soupira l'interprète. Oublions ça pour l'instant. Je reconnais que c'est une folie... J'espère seulement que nous aurons un autre choix.

Il quitta la table avec un mot d'excuse et monta pour l'une des rondes dont il était désormais coutumier. Keb le suivit peu après, prenant le chemin de la taverne, à coup sûr ! Bowbaq et Cael se sacrifièrent pour faire la vaisselle sur le pont, tandis qu'Eryne et Niss, qui avaient œuvré aux fourneaux, partaient se préparer pour la nuit... Pour la première fois en ce jour, Nolan se retrouvait seul avec Zejabel.

— Ne te mets pas en tête de repartir là-bas, demanda le novice à voix basse. Ce n'est pas ce que ma sœur a voulu dire.

— Tu sais très bien que si, démentit la jeune femme. Et elle a raison ! Ce serait une manière intelligente de me rendre utile, au moins... Si ces livres peuvent aider à contrer les démons...

— Mais tu te ferais tuer ! Tu n'y arriverais pas seule...

— Au contraire, j'aurais plus de chance qu'avec vous tous derrière moi. Les routes du Lus'an sont trop bien gardées, il faudrait passer par les marais... et tu peux me croire, quand je te dis qu'il n'est de pire endroit au monde.

— Tu n'iras pas, insista le novice, en se forçant à sourire.

La Züe lui rendit tout de même un regard mécontent. Elle avait bien prévenu le groupe : elle n'accepterait d'ordre de personne !

— Tu n'iras pas, reprit Nolan, ou alors nous irons tous ensemble. Tu te souviens avoir décelé quelque chose en nous, les héritiers des sages émissaires ? Une force, une chance, un pouvoir hérité de Dara, ou je ne sais quoi qui nous permettait de *tout* surmonter lorsque nous étions réunis ? Eh bien, je crois que tu as raison. Et je pense aussi que *tu* as ce quelque chose en toi.

— C'est le prêtre qui parle, répliqua la jeune femme. Ou alors, c'est le flatteur !

Le cœur du novice battit soudain plus fort : l'espace d'un instant, une once de sourire avait éclairé le visage de la Züe ! Il se garda bien de l'embarrasser en le signalant, mais c'était la plus belle chose qu'il ait vue depuis l'aube...

— Considère plutôt que c'est l'ami, demanda-t-il. Partir pour Zuïa n'est pas la meilleure chose que tu peux faire pour nous aider. Nous avons besoin de ta force et de ton arc... Et tu devras bientôt enseigner à Eryne comment utiliser ses pouvoirs.

Zejabel resta indécise quelques instants... *Pourquoi une femme si jeune devait-elle affronter des situations tellement dramatiques ?* songea soudain Nolan. Il se souvint ensuite que, si l'on exceptait Bowbaq, les aînés du groupe ne dépassaient pas vingt-trois ans... et tous supportaient un destin écrasant.

— Ta sœur refuse de voir la vérité, regretta la Züe. Elle se fâche et tourne le dos dès que quelqu'un aborde le sujet.

— Elle y viendra bientôt, promis le novice. C'est une des personnes les plus généreuses que je connaisse, même si elle veut le cacher... Elle se sacrifierait pour nous, s'il le fallait. Tu peux me croire ! Laissons-lui du temps...

La jeune femme le dévisagea un moment, puis se leva en lui touchant doucement la main... C'était à peine un frôlement, mais Nolan vécut l'instant comme la plus douce des caresses.

— Merci, énonça-t-elle d'une voix émue.

Le novice acquiesça d'un sourire, puis Zejabel disparut dans sa cabine. Elle n'avait sûrement pas eu beaucoup l'occasion d'employer ce mot, sous les ordres de Zuïa ! Cela faisait deux changements majeurs en une seule soirée !

Comme la veille, Nolan resta longtemps à fixer la porte fermée de la Züe... Elle n'avait pas invité le novice à la rejoindre. Il ne l'avait pas demandé non plus... Cette première nuit, où elle s'était blottie contre lui, ne comptait pas aux yeux de l'un ou de l'autre. Seul l'avenir déciderait de leur histoire...

En attendant, le jeune homme ressentait une émotion qu'il n'avait pas connue depuis des lunes. Il passa un long moment à prier en silence, ce soir-là. Pour les héritiers. Pour leurs parents. Et pour les bonheurs qui pouvaient croiser leur route, même en ces jours tragiques.

*

Une fois encore, Eryne passa une nuit affreuse, mais pas à cause de ses angoisses. La damoiselle avait tellement de repos en retard, en raison de ses insomnies, qu'elle s'endormit à peine couchée... Et seules les lumières de l'aube, filtrant à travers les hublots de la cabine, purent la réveiller. En revanche, il lui sembla ne pas avoir pris le moindre repos ! Car des rêves étranges l'avaient harcelée tout le temps...

Dès l'instant où elle ouvrit les yeux, elle ne pensa plus qu'à ces visions. Des images sans logique ni cohérence, montrant des endroits, des situations, des visages qu'elle ne connaissait pas... avec le sentiment qu'ils étaient réels, malgré tout ! Pire encore : ces rêves ne semblaient pas émaner de ses propres pensées, mais d'esprits extérieurs. Les insinuations de Zejabel lui revenaient évidemment en mémoire, mais Eryne les repoussait avec horreur ! Ces idées folles avaient fini par l'impressionner, voilà tout. Il ne s'agissait que de quelques cauchemars, à peine plus étranges que d'ordinaire !

Pourtant, alors qu'elle restait allongée à côté de la silhouette assoupie de Niss, le regard perdu dans les défauts du plafond, la damoiselle se souvint avoir déjà fait des rêves semblables... À quelques occasions, pendant son enfance. Il lui était même arrivé de compléter le récit des songes de ses parents ou de Nolan, sans pouvoir expliquer sa clairvoyance ! L'anecdote amusait beaucoup leur petite famille, à l'époque. Et cela avait cessé du jour au lendemain, voilà déjà dix ans, quand la jeune fille était devenue femme...

Pourquoi ce nouveau changement ? Qu'est-ce qui avait pu le provoquer ? Eryne avait beau vouloir minimiser les choses, elle devait bien faire le rapprochement entre ces visions nocturnes et ses autres expériences inexplicables. Depuis l'épisode de la place des Repentis, cela s'aggravait de jour en jour... Bowbaq était convaincu que le père de Cael leur avait adressé un message en utilisant la *magie*. Ce Yan était-il responsable du bouleversement qui s'opérait en elle ? Avait-il déclenché quelque chose ? À moins que ce ne soient les chocs successifs subis par la jeune femme... La disparition de ses parents, le retour agité de Nolan, la mort violente de Roban de Sarcy, le combat contre les légionnaires, la fuite avec Keb... Tout cela n'étant que le début d'une longue série d'émotions fortes ! Qui pouvait présumer des conséquences de tant de troubles, sur un esprit équilibré et cependant sensible ?

Mais la cause importait peu, en définitive. Eryne ne saurait peut-être jamais pourquoi elle avait commencé à entendre des voix. La véritable question était : quand cela allait-il finir !

Contrariée autant que soucieuse, la jeune femme se glissa hors du lit pour se vêtir en silence. Elle était sûre d'une chose, au moins : elle garderait le secret sur ces rêves étranges. Elle ne se sentait pas d'humeur à supporter encore l'insistance de Zejabel ou d'Amanón, aussi diplomate que l'interprète pouvait se montrer depuis sa goujaterie de l'auberge !

Ses relations avec le jeune homme, ainsi qu'avec Keb, représentaient une autre source de tracas. La damoiselle n'était pas naïve et pouvait lire dans leurs cœurs, ce qui la plaçait dans une situation extrêmement embarrassante... Comment sourire à l'un, sans que l'autre ne se renfrogne aussitôt ? Comment manifester gratitude ou amitié, sans paraître faire des avances, ou y céder ?

Quant à choisir entre ces deux caractères opposés, peut-être vivre une brève histoire, la damoiselle s'y refusait catégoriquement. Elle s'était promis de garder le groupe soudé jusqu'au bout ! C'était déjà assez difficile d'y accepter la Züe ; même si la nouvelle venue se montrait plutôt discrète... sauf sur cette sotte histoire de déesse, bien sûr.

Malgré ses précautions pour s'habiller en silence, Eryne vit bientôt Niss se réveiller et s'étirer de bon cœur. Le sourire naturel de la jeune Arque effaça une grande partie des inquiétudes de la Lorelienne... La damoiselle nourrissait une amitié inattendue pour celle qui était de dix ans sa cadette, et qui ne présentait pas la moindre once de méchanceté. Niss se montrait spontanée, riante, curieuse : tout le contraire de l'âme en peine, au regard vide, qu'elle était encore trois jours plus tôt ! Eryne comparait parfois la fraîcheur de son caractère avec l'hypocrisie malveillante de ses relations à la Cour... Les grands du royaume n'en sortaient pas à leur avantage. Et la future duchesse en venait de plus en plus souvent à se remettre elle-même en question !

Il lui semblait faire des efforts, pourtant. Depuis qu'ils avaient embarqué, elle avait retenu la majorité des plaintes qui lui montaient aux lèvres. Sur leur manque de confort, sur cette nourriture au goût iodé, sur la difficulté de préserver une certaine intimité, pour leurs besoins les plus primaires... Elle avait proposé de partager sa cabine, accepté de prêter ses vêtements, et participé à toutes les corvées qui ne requéraient pas la force d'un homme... Cependant, elle se trouvait toujours en décalage par rapport aux autres membres du groupe. Même Zejabel paraissait mieux s'adapter ! Cael, par exemple, semblait plus proche de la Züe que de la Lorelienne...

Eryne en était un peu chagrinée, mais ne voyait pas comment changer les choses. En tout cas, pas sans renoncer à certains de ses principes... Elle ne s'imaginait pas user du tutoiement en permanence, comme Ke'b'ree, ni porter une épée pour donner l'illusion qu'ils faisaient partie d'une compagnie de mercenaires !

En revanche, cette dernière image lui donna une idée. Et cela pourrait même aider à étouffer cette bêtise à propos de ses origines de déesse... La damoiselle avait eu tort, l'autre soir, de mettre ses atouts en valeurs pour paraître la plus charnelle, et donc la plus humaine possible. Il s'était produit exactement le contraire du résultat souhaité ! Aujourd'hui, elle allait revoir son plan et se montrer moins sophistiquée... aussi difficile que cela lui fût.

Niss ouvrit des yeux ronds en la voyant retirer la robe légère qu'elle venait à peine d'enfiler. La jeune fille fut plus surprise encore lorsque Eryne tira du fond de son sac la jupe longue et le corsage de boulangère qu'elle n'avait plus portés depuis Lorelia ! La damoiselle creusa encore son personnage en emprisonnant ses cheveux dans un catogan, qu'elle n'utilisait d'ordinaire que pour le bain... Un sourire amusé se dessina peu à peu sur le visage de la petite Arque. La future duchesse ne se donna pas le temps de changer d'avis, franchissant la porte vers la cambuse avec la ferme intention d'être traitée comme une personne normale !

Cael et Nolan dormaient encore ; seul Bowbaq avait commencé à préparer un petit-déjeuner... Le géant resta bouche bée en découvrant Eryne, puis se ressaisit et la salua avec sa bonhomie habituelle.

Peu satisfaite de cette première réaction, la damoiselle grimpa sur le pont, où elle tomba presque nez à nez avec Amanón. L'interprète lui céda galamment le passage, en dissimulant à peine mieux sa surprise que le grand-père... Il fallait leur laisser le temps de s'habituer, voilà tout !

Kebree s'approcha l'instant suivant, pour s'arrêter à côté d'Amanón en détaillant la tenue de la jeune femme. Lui, au moins, devrait apprécier le changement, avec son goût pour les filles du commun !

— Tu vas rester comme ça toute la journée ? vérifia le Wallatte après un moment de réflexion.

— Mais... oui, affirma Eryne. Je suis plus à l'aise !

— C'est que... ce soir, peut-être, nous serons enfin à Goran, expliqua-t-il. Et bon, comme ma mère est quand même reine, enfin... Il y a une certaine étiquette...

Pire encore que les insinuations du barbare, c'est le discret mais grandissant sourire d'Amanón qui empourpra le visage de la damoiselle. Sans vouloir en entendre davantage, elle tourna le dos aux deux hommes et redescendit promptement vers la cambuse !

Zejabel sortait justement de sa cabine... En découvrant les vêtements de la Züe, le sang de la Lorelienne ne fit qu'un tour.

— Ah ! Et vous avez remis votre tenue d'assassin, vous ? éclata-t-elle.

— J'ai enlevé tous les symboles religieux, se justifia l'accusée. Je suis bien comme ça.

— Tant mieux !

Sur ce mensonge, Eryne retourna dans la chambre où elle resta plus d'un décan à se pomponner. Quand elle en ressortit, la gabière avait déjà repris sa descente du fleuve depuis longtemps... Keb et Amanón sourirent de nouveau en la découvrant apprêtée comme une princesse, mais elle les ignora superbement.

Plus jamais elle n'essaierait de passer pour quelqu'un qu'elle n'était pas ! Et ceux à qui cela déplaisait devraient s'en arranger, point final !

Le bon côté de l'épisode, c'est que personne ne l'ennuya avec ces histoires de déesse de toute la journée.

*

Après trois journées d'un temps mitigé, où le soleil tombait régulièrement en embuscade derrière les nuages, le ciel se couvrit pour de bon et quelques averses vinrent ponctuellement mouiller le pont du *Rubicant*... Ce qui n'empêcha pas Niss de traîner à l'extérieur le plus souvent possible. La jeune fille ne supportait plus, déjà, d'être ainsi recluse sur le bateau. Après avoir été enfermée dans son propre esprit pendant trois ans, sa seule hâte était de courir le monde !

Même l'humidité de l'air était préférable à l'atmosphère étouffante de la cambuse. Les héritiers y prenaient tous leurs repas ; cinq hommes y dormaient depuis plusieurs nuits... L'ensemble générait une odeur pas réellement désagréable, mais dont on appréciait l'absence dès que l'on quittait la pièce. Enfin, Niss était peut-être la seule à le ressentir... De même qu'elle trouvait toujours les hivers trop longs, avec ses parents, en Arkarie. Leur chaumière possédait tout ce qu'il fallait pour passer agréablement la saison froide, mais la jeune fille s'ennuyait inévitablement au bout de quelques lunes. En fait, elle ne supportait pas de rester enfermée ; surtout quand elle ne pouvait rien faire pour s'occuper, comme sur la gabière !

Les adultes, en tout cas, semblaient beaucoup plus patients. Enfin, ils tuaient le temps à leur manière. Passé le repas de l'apogée, Nolan avait sorti une jolie collection de dés ithares, un cadeau de son père, qui en était passionné. Et depuis, le novice initiait avec plus ou moins de succès Ke'b'ree et Zejabel aux joies du *Guéjac*, des *Deux frères* et de *l'Empereur*... Tous jeux que ces étrangers aux Hauts-Royaumes ne connaissaient pas. Les autres s'étaient tour à tour mêlés de quelques parties, seule Niss n'y trouvant pas son plaisir !

Elle voyait plus d'intérêt à la contemplation du paysage, même s'il se révélait monotone, et parfois caché sous un voile de pluie. Et il n'était pas déplaisant d'avoir le pont pour elle toute seule... Enfin, presque toute seule. Il y restait toujours son grand-père ou Amanón pour tenir le cap, mais cette intimité était plutôt agréable. Puis, quand Cael monta à son tour pour assurer les manœuvres, Niss ne put que se réjouir ! C'était le moment ou jamais d'avoir une vraie discussion avec le Kaulien.

La jeune fille attendait cela depuis longtemps, pratiquement depuis le jour de sa guérison, mais le garçon semblait toujours s'arranger pour éviter de rester seul avec elle. Son embarras fut d'ailleurs évident, alors qu'il la voyait s'approcher... Impossible, pourtant, de lâcher la barre et de laisser la gabière s'échouer sur un haut-fond, ou percuter une barge ! En prenant place sur le petit banc à ses côtés, assise sur son manteau trempé, Niss prit conscience d'être elle-même fort anxieuse. Il lui fut d'ailleurs difficile d'entamer la conversation... jusqu'à ce qu'elle trouve un bon sujet d'introduction.

— Grand-père m'a dit que ton père était erjak, lui aussi, annonça-t-elle innocemment.

À la façon dont Cael se retourna pour la dévisager avec des yeux ronds, la jeune fille espéra ne pas avoir été maladroite ! Mais il semblait plus surpris qu'autre chose...

— Je l'ignorais, confirma-t-il. Tout comme j'ignorais ses fameux talents pour la magie... J'en apprendrai décidément tous les jours. Même la tante Corenn a des pouvoirs cachés !

— Et toi ? enchaîna aussitôt Niss.

Le garçon hésita un moment avant de répondre...

— Je ne suis pas mauvais en arithmétique, plaisanta-t-il avec un sourire triste. Mais ça ne va pas beaucoup nous aider contre Sombre.

— Tu es sûr de ne pas être erjak ? insista la jeune fille. Pour la magie, je ne sais pas, mais pour les animaux, le don est plutôt lié aux familles... L'arrière-grand-père de Bowbaq était déjà erjak, par exemple. Tu n'as jamais essayé ?

— Je ne saurais même pas comment m'y prendre ! s'étonna Cael.

— Je peux t'expliquer, si tu veux. Après quelques essais, tu verras si tu as le don ou pas... Il n'y a pas d'erreur possible.

Le garçon soutint son regard en silence, perdu dans une réflexion qu'elle ne pouvait qu'imaginer. Elle-même avait bondi de joie, toute petite, alors que Bowbaq proposait de lui enseigner la discipline secrète des clans arques !

— Ça n'est peut-être pas une bonne idée, annonça-t-il finalement. J'ai pas mal réfléchi, ces derniers jours... Tu sais que j'ai... une espèce de Voix, qui perturbe mon esprit. Je pense que c'est à cause d'elle que mon père et ma tante ne m'ont pas parlé de leurs pouvoirs. Ça doit être trop risqué pour moi.

Niss se sentit forcée d'acquiescer, sans pour autant partager ce point de vue. Selon elle, la meilleure chance pour Cael de retrouver son équilibre était justement d'aiguiser ses possibles dons naturels ! Mais il restait seul à connaître exactement la nature de cette Voix, après tout... *Enfin, presque seul.*

— J'ai... une sorte de souvenir, qui vient d'avant ma guérison, avoua-t-elle enfin.

Le garçon se raidit sur la barre, ainsi qu'elle s'y attendait. Peut-être gardait-il les mêmes images enfouies dans ses pensées ? Il semblait pourtant effrayé... exactement comme s'il craignait quelque chose de sa part.

— Je t'ai vu, poursuivit-elle néanmoins. Ou plutôt, je *vous* ai vus. Tu étais là, mais... deux fois. Comme des jumeaux.

— Qu'est-ce que c'est que cette histoire ? bondit Cael, alarmé. Tu rêvais, voilà tout !

— Non, assura Niss sur un ton doux. Je ne garde aucun souvenir du Rêve. *Ça*, c'était réel.

— C'est absurde ! Réel, comment ? Où ça se passait ? Qui est l'autre *moi ?*

Il s'interrompit soudain, une expression horrifiée sur le visage. Jamais la jeune fille n'aurait osé affirmer que l'autre Cael était celui de la Voix... Le garçon devait tirer ses propres conclusions. Lui seul pouvait le faire.

— Vous étiez dans la cambuse, reprit-elle. Ici même, sur ce bateau. Et vous vous battiez.

— Contre les K'luriens, compléta-t-il. On m'a raconté...

— Non, contesta Niss. Je sais qu'il y avait des assassins, mais je ne les voyais pas, *eux*. C'est toi et... l'autre toi, qui combattiez. L'un contre l'autre.

Le garçon hocha la tête d'un air agacé, mais son visage avait pris une pâleur lunaire. Il resta un long moment immobile et silencieux, et Niss respecta son recueillement jusqu'à ce qu'il reprenne la parole.

— Pourquoi me racontes-tu tout ça ? demanda-t-il avec une pointe d'agressivité. Ce sont tes rêves, pas les miens !

— J'en... ressentais le besoin, avoua la jeune fille avec sincérité. Je me disais que tu avais peut-être le même souvenir...

— Eh bien, tu te trompais, conclut-il brutalement. Et fais-moi plaisir en évitant de répéter ce genre de choses à Amanón et aux autres. On me regarde déjà assez avec des yeux curieux comme ça, pour ne pas en rajouter !

Niss fut surprise par son ton, et elle resta quelques instants sans pouvoir répondre... avant d'acquiescer rapidement et de s'éloigner à l'autre bout du bateau.

Une nouvelle averse commença peu après, mais la jeune fille ne prit pas la peine de relever sa capuche. Au moins, la pluie masquait les premières larmes qu'elle versait depuis sa guérison.

*

Après avoir atteint la ville de Lodacre, les héritiers quittèrent l'Alt et ses caprices pour remonter le Beremen, l'un des deux fleuves qui baignaient les murailles de Goran. En ces eaux calmes, bien que fréquentées, la navigation était beaucoup plus facile, et la dernière étape du voyage fut avalée par la gabière en moins de deux décans !

Tous les passagers se réunirent sur le pont à l'approche de la capitale du Grand-Empire. La première image qu'ils découvrirent fut celle des dômes verdâtres et des plus grands bâtiments, posés sur les collines du cœur de la cité... Les énormes constructions semblaient régner en despotes sur une armée de demeures aux fenêtres ogivales. On les distinguait de très loin, même sous ce ciel couvert ; si bien que le bateau ne semblait pas s'en approcher vraiment ! Mais les voyageurs avaient de quoi agrémenter leur attente, avec un tel paysage aux allures fantastiques.

Amanón désigna l'étonnant *Palais de la Liberté* du culte de Mishra, que ses compagnons avaient déjà reconnu, d'après sa seule réputation. Le temple n'était pas considéré comme l'une des trois plus grandes réalisations humaines pour rien ! L'immense ours de marbre noir qui surplombait les escaliers de l'édifice représentait, à lui seul, une importante source d'étonnement. La déesse y avait-elle ses appartements secrets, comme Zuïa régnait sur la région du Lus'an ? Probablement pas... En tout cas, les prêtres goranais ne cultivaient pas autant le mystère que la secte des assassins rouges ! Depuis toujours, le lieu de prière était ouvert à tous les fidèles, suivant l'exemple de la Sainte-Cité qui voulait accueillir chaque religion qui en faisait la demande.

L'interprète n'en était pas à sa première visite, mais la présence omniprésente de fortifications le frappa plus encore que d'habitude. Cette impression étant évidemment causée par la menace planant sur les héritiers... Comme à Leem, le canal était bordé d'une haute muraille, rehaussée d'un chemin de ronde percé de meurtrières. Et derrière devait se trouver une belle collection de catapultes ! Plus loin, l'entrée de la rade était symbolisée par une porte à double battant, émergeant au moins *vingt pas* au-dessus de la surface... Le treuil pour manipuler l'ensemble devait être monstrueux ! Heureusement, le Grand-Empire n'avait pas eu à l'utiliser depuis plus d'un siècle, mais Amanón savait que les mécanismes étaient parfaitement entretenus, et donc en bon état de marche.

Avant même d'arriver à ce portail, les navires devaient passer sous un pont fort épais, et aux entrées inaccessibles depuis le fleuve. Alors que la gabière le franchissait, l'interprète désigna les ouvertures réparties sur toute la longueur de l'arche, expliquant comment les gardes pouvaient déverser des chaudrons entiers de feu liquide sur d'éventuels envahisseurs... L'ouvrage avait été mis en place au treizième éon, pour mettre fin aux pillages incessants des pirates arques et thalittes de l'océan des Miroirs. Ça n'avait pas eu l'efficacité désirée, les forbans trouvant la parade en débarquant un peu plus bas sur le fleuve pour se lancer à l'assaut des murailles... mais ce pont restait un sérieux atout pour les défenses de la ville.

Le *Rubicant* finit par pénétrer le port lui-même, alors que le temps se gâtait de nouveau. C'est sous la pluie qu'Amanón et Cael achevèrent les manœuvres d'approche et d'arrimage, posant enfin le pied sur les quais séculaires de Goran. Les autres s'étaient réfugiés au sec, dans la cambuse ; tandis que Keb surprenait tout le monde en se décidant à proposer son aide !

Depuis qu'ils avaient laissé Lodacre derrière eux, le Wallatte ne tenait plus en place. Il arpentait le pont dans toutes ses largeurs, se mêlait des conversations, manifestait à quiconque supportait de l'entendre encore sa joie de revoir bientôt sa mère... *Il n'a même pas conscience de nous attrister*, déplorait l'interprète avec aigreur. Lui-même se désespérait de retrouver Corenn et Grigán, comme ses compagnons songeaient sûrement à leurs parents !

— Bon, ce bateau ne bougera plus, commenta le barbare en se frottant les mains. On y va ?

— Tu sais très bien que non, refusa Amanón. Il faut que je m'occupe de plusieurs choses avant. Tu étais prévenu.

— Oh, fais tout ça demain ! demanda le Wallatte, avec un geste de mépris. T'as pas envie de te couler dans un bon bain chaud, avec une ou deux catins du terroir ? J'en ai plein les pattes, moi, de ce rafiot et de cette pluie !

— Ça te change de t'humecter le gosier, répliqua l'interprète. Tu n'as qu'à attendre au sec.

Le guerrier perdit aussitôt son sourire hypocrite pour lui retourner un regard de défi, devant lequel Amanón ne céda pas. Il fallut que Cael se glisse adroitement entre les deux hommes pour que la tension baisse un peu.

— Je pourrais partir en avant, reprit le barbare. J'enverrai quelqu'un vous chercher plus tard.

— Ça aussi, tu étais prévenu. Tu es libre de faire ce que tu veux, mais nous aussi. Si tu pars seul, nous reprenons la mer aussitôt. Nous y allons ensemble, ou *pas du tout !*

Évidemment, la réponse ne satisfaisait pas le Wallatte, qui afficha une expression ouvertement hostile.

— Pauvre scribouillard, lâcha-t-il en bombant le torse. Allez, vas-y, faire tes courses. Je vais t'attendre, puisque tu y tiens. Dans un décan, de toute façon, j'aurai rempli ma mission et ce sera chacun pour soi.

Il contourna Cael pour s'éloigner vers la cambuse, mais Amanón l'arrêta d'une main ferme ! Les deux hommes se contemplèrent, le visage et les cheveux ruisselants, les nerfs tendus à vif... Quatre jours plus tôt, ils connaissaient pratiquement la même scène, lors de leur combat commun contre les K'luriens. C'est cette image qui empêcha l'interprète d'envenimer encore les choses. Juste au dernier moment.

— Je vais faire vite, annonça-t-il seulement. Dis aux autres de se préparer.

Le barbare acquiesça avec une moue mauvaise, puis disparut dans l'escalier. Amanón serra alors les poings pour tenter de contenir sa rage. Jamais son père n'aurait laissé une insulte ainsi impunie ! Même sans tirer l'acier, il aurait fait comprendre sa douleur à qui lui aurait manqué de respect de la sorte...

L'idée que Corenn puisse, au contraire, applaudir le sang-froid de son fils ne parvint même pas à le consoler. Keb était un guerrier habile et courageux, certes, mais l'interprète n'était pas fâché de le voir enfin quitter le groupe ! Et ce, même s'il existait une possibilité pour que le fils de Saat et de la grande prêtresse de Sombre soit le fameux Adversaire... La seule personne à pouvoir sauver les héritiers !

*

Zejabel se sentait complètement perdue dans cette ville étrange qu'était Goran. Tout, ici, était différent de la région paradisiaque du Lus'an... Même le ciel, teinté d'une encre bleu sombre, semblait presque menaçant.

L'architecture de la cité était une autre source d'étonnement. La plupart des maisons étaient épaisses, tassées sur un ou deux étages seulement, et rarement accolées... Des venelles courraient donc un peu partout entre les demeures, même si la majorité de ces passages étaient impraticables pour un adulte ou même un adolescent. En revanche, chiens, chats, poules et autres animaux semi-sauvages trouvaient à se loger dans ces failles de pierre grise, d'autant que le « réseau » semblait aussi servir à l'écoulement des eaux... et donc, des ordures en tout genre ! De quoi entretenir toute une faune locale, qui ne s'en privait pas.

Les quartiers au bas des collines baignaient ainsi dans une véritable puanteur, et grouillaient de rats et d'autres vermines. La jeune femme n'était pas choquée au point de lâcher un cri à chaque queue de rongeur aperçue, comme la Lorelienne, mais elle trouvait tout de même le spectacle révoltant ! Voilà donc la capitale de l'un des puissants Hauts-Royaumes ? Même les plus pauvres des vagabonds Züu ne s'accommodaient pas ainsi de la saleté et des immondices !

Bien sûr, le spectacle changeait dès que l'on remontait vers les hauts quartiers, comme le faisait le groupe mené par Ke'b'ree. Sous l'écrasante domination des palais et des temples aux motifs de l'ours se groupaient gentilhommières, riches demeures et castels citadins... Zejabel ne s'y trouvait pas plus à l'aise pour autant. Elle avait eu le temps de s'habituer aux différentes coutumes de ses compagnons, comme leurs accents et même leur cuisine ; mais elle se sentait à nouveau apatride au milieu de la foule inconnue des Goranais ! Leurs bicornes, leurs manteaux longs et les masques religieux que certains portaient en faisaient des êtres mystérieux et inquiétants. Et l'éclat brillant des glaives qui glissaient parfois sous le tissu sombre n'était en rien apaisant ! La jeune femme se félicitait d'avoir emporté son arc, mais elle ressentait par moments la nostalgie de sa hati empoisonnée... Par moments, seulement.

Le reste du groupe ne semblait guère plus détendu qu'elle-même. Amanón marchait en silence, le front soucieux. Niss et Cael n'avaient pas souri depuis plusieurs décans, et ne s'adressaient d'ailleurs plus la parole. Eryne était fâchée avec tout le monde depuis l'épisode de sa jupe longue, et visiblement peu disposée à ménager la reine wallatte... Enfin, Nolan entretenait des messes basses avec Bowbaq, qui lui avait fait part, en cachette de Kebree, de son embarras à rencontrer une ancienne ennemie. De fait, seul le barbare se montrait d'humeur joyeuse, et même espiègle !

Son plus grand plaisir était de montrer les dents aux curieux qui les espionnaient depuis leurs fenêtres, voire d'aboyer à leur intention. Le résultat était toujours le même : un volet se refermait dans un claquement sec, faisant aussitôt se retourner plusieurs silhouettes en manteaux longs ! Heureusement, les choses n'allaient pas plus loin. Les Goranais se contentaient de suivre le groupe du regard, sur plusieurs dizaines de pas... La bande des héritiers devait effectivement présenter un étrange spectacle, pour ces citadins aux vêtements uniformes. Zejabel se rappelait avoir eu pareil étonnement en les découvrant pour la première fois... Entre le géant barbu, la précieuse damoiselle, le novice au crâne chauve, l'homme en habits noirs, le Wallatte aux cheveux longs et elle-même, il n'y avait bien que Niss et Cael à pouvoir passer à peu près inaperçus !

Et encore, Keb avait fait un effort pour paraître à son avantage. Après plusieurs jours de laisser-aller, le guerrier s'était rasé et coiffé, ceignant même son front d'une petite chaîne d'argent... Il avait abandonné sa pelisse aux odeurs très « masculines » pour une cape grenat tirée de son bagage, et à laquelle il aimait imprimer un mouvement. De même, il s'était résolu à troquer ses vêtements de trappeur contre une chemise et des braies confortables. Ainsi apprêté, il semblait beaucoup plus proche de l'image du prince qu'il prétendait être ! Seuls ses débordements grossiers, ainsi que la lowa et les maniques d'acier qu'il avait conservées, trahissaient sa nature de barbare.

Il ne ménageait pas l'allure du groupe, en tout cas. En deux décimes de marche, les héritiers avaient dû traverser la moitié de la cité ! Zejabel se contrariait d'être ainsi toujours plus éloignée du bateau. La gabière était un peu devenue son refuge, son point de repère, sa seule patrie ! Par prudence, la Züe faisait son possible pour mémoriser le chemin, mais l'exercice était des plus difficiles dans ce crépuscule au ciel bas, au milieu de maisons pratiquement identiques, et bordant des centaines de venelles... La jeune femme espérait ne pas avoir à retourner seule au port. D'autant qu'elle ne connaissait pas un mot de goranais !

Heureusement, son inquiétude devait bientôt prendre fin. Elle le comprit en voyant Kebree les entraîner dans une impasse... Une douzaine de larges façades formait la ruelle, et le barbare les mena devant la plus grande de toutes.

— C'est là ! confirma-t-il, un sourire jusqu'aux oreilles. Le palais des B'ree à Goran !

Les héritiers furent loin d'afficher le même enthousiasme. Zejabel n'était même pas certaine de vouloir entrer dans le bâtiment !

*

Cael crut à une nouvelle plaisanterie du barbare, mais Keb semblait tout à fait sérieux, malgré son expression réjouie. L'adolescent recula de quelques pas pour mieux contempler l'édifice. Jamais il n'aurait imaginé qu'une reine wallatte puisse s'installer dans un endroit pareil... Ni qui que soit, d'ailleurs !

Comme la plupart des demeures de la cité, la construction avait une allure de forteresse. Épais murs de pierre grise, fenêtres étroites aux airs de meurtrières, lourde porte bardée de fer... Tout cela n'était guère étonnant. En revanche, la façade présentait un nombre ahurissant de gargouilles ! Chacune plus monstrueuse que les autres : hommesbêtes, démons grimaçants, serpents aux crocs démesurés... Certaines figures rappelaient même Reexyyl, sous l'un ou l'autre aspect du Léviathan. De quoi donner envie de passer son chemin sans s'arrêter !

— C'est tout simplement affreux, commenta Eryne avec franchise. Quel architecte à l'esprit dérangé a pu dessiner une chose pareille ?

— Je suis d'accord pour dire que c'est moche, s'amusa Keb. Mais il paraît que c'est l'un des plus vieux palais de l'Empire ! Et tu vas voir que l'intérieur est deux fois plus confortable que ton manoir !

Il n'attendit pas de réplique, bondissant au sommet des marches pour frapper vigoureusement du marteau à tête d'ours. Cael resta en arrière, alors que les héritiers s'attendaient presque à voir les gargouilles se réveiller pour châtier ces gens si bruyants... mais la porte s'ouvrit rapidement sur un guerrier à l'air peu commode.

— Seigneur Ke'b'ree ! s'étonna l'homme, en découvrant le barbare.

Ce fut la seule phrase que l'adolescent put comprendre, car le reste de la conversation se déroula en Wallatte. L'inconnu n'avait pas la trentaine ; il était trop jeune pour avoir participé à la bataille de la Sainte-Cité... Néanmoins, il avait tout du barbare imaginé par Cael, après ces quelques jours de cohabitation avec Keb : un corps massif, des cheveux longs et sombres, des vêtements défraîchis, et une lowa à la main ! L'arme était d'ailleurs d'une longueur exceptionnelle, et faisait davantage penser à une lance que la masse-épée favorite du prince.

Le titre de Kebree, au moins, n'était plus à remettre en question. Le garde manifestait un respect évident pour son futur roi, et cela même si ce dernier se montrait d'humeur fraternelle. Mais le barbare n'était-il pas ainsi avec tout le monde ?

Cael devina cependant la tension de ses compagnons, alors que le palabre incompréhensible se prolongeait. Amanón devait regretter de ne pas avoir la langue wallatte sur la liste des nombreux idiomes qu'il maîtrisait ! L'interprète dansait d'un pied sur l'autre, le visage fermé, détaillant chacune des expressions de Keb quand le barbare désignait les héritiers à son compatriote. Enfin, l'homme se retira du perron et le prince barbare put s'expliquer.

— La reine n'est pas ici ; elle devrait revenir ce soir, annonça-t-il avec une pointe de déception. Qu'importe, nous allons l'attendre en vidant quelques pichets !

— Où est-elle ? demanda Amanón.

— Je n'en sais rien, et le garde non plus, déclara le Wallatte agacé. Est-ce que ton roi prévient ses serviteurs, quand il quitte le palais ?

Les Kauliens ne pouvaient pas vraiment répondre : l'autorité souveraine du Matriarcat étant une assemblée de vingt-huit femmes, pareillement respectées ! À moins d'attribuer ce titre de monarque à l'Aïeule... Keb n'avait pas l'intention d'en débattre, de toute manière. Il s'éloignait déjà dans le corridor, laissant le guerrier attendre que les héritiers franchissent enfin la porte.

— Alors ? demanda Nolan. Que décide-t-on ?

— Ce serait bête d'avoir fait le chemin pour rien, remarqua Bowbaq. Je n'ai pas très envie de rencontrer la veuve de Saat, mais si elle peut vraiment nous aider...

Amanón consulta les autres du regard, puis soupira longuement et grimpa jusqu'au perron, le premier. Peu après, les héritiers se regroupaient dans le long couloir éclairé de bougies... Suivant les indications muettes du garde, ils s'avancèrent vers une salle beaucoup plus lumineuse. Cael nota que l'homme restait en poste près de la porte. Pour protéger le palais, ou pour empêcher quiconque d'en sortir ?

Ils dépassèrent ainsi plusieurs pièces sombres avant de pénétrer un salon aux dimensions prodigieuses. Comme Keb l'avait promis, le confort et le luxe de l'endroit étaient étonnants ! Une partie de la pièce abritait un superbe mobilier d'art romin, dont une table épaisse d'une paume et demie, où vingt-cinq personnes devaient pouvoir s'installer. De l'autre côté trônait une cheminée dont le foyer reposait au fond d'une large cuvette de marbre... Des dizaines de tapis et de coussins encerclaient l'âtre, invitant chacun au délicieux vice de la paresse ! Le Wallatte avait d'ailleurs choisi cet endroit pour attendre ses hôtes, allongé de tout son long dans ce nid à taille humaine, observant les réactions des héritiers qui se répandaient dans la salle.

Après quelques instants, Cael commença à trouver le lieu moins accueillant qu'il n'y paraissait. Il lui fallut un moment encore pour préciser son sentiment, le temps d'examiner la pièce plus en détail : on s'y croyait presque en prison ! Les fenêtres, dispersées sur un seul côté, étaient étroites et bloquées par des volets. Les quatre portes desservant l'endroit étaient toutes fermées, exceptée celle du couloir... Et enfin, les deux guerriers wallattes qui se présentèrent peu après avaient tout l'air de garde-chiourmes ! Ils saluèrent leur prince avec beaucoup de respect, avant d'aller se placer le long du mur, une lowa à long manche au bout du bras.

— Qu'est-ce qu'ils fabriquent ? grinça Amanón. Dis-leur de retourner dans leurs quartiers !

— Dis-le leur toi-même, s'amusa le barbare. Mais ils ne parlent pas l'ithare... Et je n'ai pas envie de me priver de serviteurs ce soir !

— Des serviteurs ? s'étonna Eryne. Mais ce sont des soldats !

— Et alors ? Ils n'en savent pas moins cuire un morceau de viande, mettre un tonneau en perce ou récurer le sol ! C'est tout ce qu'on leur demande, en attendant l'occasion de se battre. La reine ne va pas s'embarrasser de valets incapables de tenir une lowa !

— Ah ! Et vous parliez de nous inviter à festoyer ! persifla la damoiselle. Il semble bien que nous mangerons par terre ! Heureusement que vous citiez une « certaine étiquette » à respecter !

— Vous dégusterez et vous boirez mieux qu'à Lorelia, promit le barbare. D'ailleurs, il commence à faire soif, près de cette cheminée !

Il lança quelques mots wallattes à l'un des gardes, qui disparut aussitôt derrière une porte. Amanón fit les cent pas jusqu'à ce que l'homme revienne avec deux pichets de vin et une dizaine de verres, qu'il déposa sur une table basse. Malheureusement pour les nerfs des héritiers, un troisième guerrier apparut peu après pour faire le service !

— Mais combien sont-ils ! s'alarma Bowbaq.

Cael comprenait facilement son trouble... Le grand-père avait connu les moments tragiques de la bataille de la Sainte-Cité, et de se voir ainsi entouré par ses anciens adversaires n'était pas facile à accepter !

— Ils étaient onze, quand j'ai quitté Goran, annonça Ke'b'ree. Mais ma mère en a peut-être renvoyé quelques-uns, ou bien appelé en renfort...

Il sembla poser la question au garde qui lui tendait la coupe, mais ne traduisit pas la réponse.

— Comment tant de Wallattes peuvent-ils se promener au Grand-Empire ? s'étonna l'adolescent. Vous avez toujours été ennemis, après tout !

Keb vida son verre d'un trait avant de répondre. Las d'errer dans la salle, Bowbaq vint s'installer à côté de lui, puis accepta un verre... Niss et Nolan firent bientôt de même, mais en refusant le vin.

— On évite justement de parler de Wallos, expliqua le barbare. De toute façon, les Goranais ont d'autres chats à fouetter, avec les Thalittes juste derrière le Val guerrier. Et ce palais appartient aux B'ree depuis tellement longtemps qu'il fait partie du décor ! La reine n'y est pas venue plus de trois fois en vingt ans, mais personne n'ose y toucher.

— Il me semblait bien déceler une odeur de renfermé ! piqua Eryne.

Elle se tenait juste à côté d'un imposant fauteuil de bois noir, aux motifs en entrelacs savamment travaillés... Le trône local de la reine wallatte ?

— D'habitude, nous envoyons quelques hommes préparer les lieux, se vexa Keb. Mais ma mère était trop pressée de venir en aide à la tienne, pour se soucier de ces détails !

Évidemment, la damoiselle ne trouva rien à répondre... Elle poursuivit son inspection des lieux, examinant les différents objets d'art exposés dans le salon. Cael trouvait plus d'intérêt à la collection d'armes qui courait sur toute une portion de mur. Il reconnut des lowas de différentes formes, ainsi que des chardons, mais fut incapable de seulement mettre un nom sur les autres pièces : poignard à double lame, fouet hérissé de pointes, et autres preuves du génie humain pour la destruction. Kebree en connaissait-il le maniement ? L'adolescent était prêt à parier que oui !

— Vous me rendez fou à tourner comme ça, avoua bientôt le Wallatte. Posez-vous quelque part, nom d'un pendu !

Lui-même ne quittait pas ses coussins, ni la coupe que le garde avait déjà remplie deux fois. Sur une invitation de Nolan, Zejabel s'installa également près de la cheminée, et Cael se décida à son tour... Seuls Eryne et Amanón arpentaient encore la pièce ; l'une parce qu'elle en étudiait chaque détail, et l'autre pour ne pas quitter d'un œil les trois guerriers qui patientaient en silence !

Le bruit soudain du marteau cogné contre l'huis fit sursauter tout le monde. Cael se raidit en entendant le garde de l'entrée ouvrir la porte... Il devint plus fébrile encore, en discernant le bruit de nombreux pas dans le couloir !

Avant même qu'il n'ait pu se relever, la veuve barbare faisait une apparition théâtrale dans son propre palais.

*

La reine se figea à l'entrée de la pièce, avec peut-être cinq ou six guerriers derrière elle. Elle semblait aussi surprise que les héritiers ! C'était du moins l'opinion d'Eryne, même s'il n'était pas facile de lire une expression sur le visage de Che'b'ree... Son identité, au moins, ne faisait aucun doute : seule une souveraine barbare pouvait se vêtir de cette manière !

L'ancienne Emaz portait un masque d'acier la couvrant du front jusqu'aux pommettes, et derrière lequel ses yeux étaient indiscernables. Un capuce de mailles protégeait son crâne pour tomber jusque dans sa nuque... Enfin, un lourd manteau renforcé de métal achevait de donner à la haute silhouette une allure invincible. Mais telle était peut-être vraiment la reine, à l'apparence beaucoup plus martiale que féminine !

Après la stupeur, une certaine émotion apparut pourtant chez la souveraine, quand elle découvrit Ke'b'ree près de la cheminée... Ses lèvres tremblèrent légèrement, alors que son fils se levait pour venir à sa rencontre. Eryne eut du mal à en croire ses yeux, quand le guerrier s'agenouilla devant sa génitrice pour baiser sa main gantée de fer ! Mais l'instant d'après, il retrouvait son comportement habituel en serrant chaleureusement la reine contre sa poitrine.

Che'b'ree elle-même fut plus longue à se détendre, mais elle finit par s'abandonner entre les bras de son héritier, avec une affection si évidente qu'ils semblaient avoir été séparés pendant un an, au moins ! Elle se déplaça ensuite pour céder le passage à ses hommes, tous guerriers wallattes dans la force de l'âge, et qui saluèrent leur prince avec estime et sympathie... C'était un étrange spectacle de voir Keb, dernier des soudards à Lorelia, ainsi honoré par tant de personnes. En revanche, la présence de ces inconnus armés mettait Eryne de plus en plus mal à l'aise ! En cas de trahison, les héritiers n'auraient même plus l'avantage du nombre...

La damoiselle se détendit un peu lorsque la reine renvoya son escorte à quelque tâche obscure. La souveraine elle-même enleva enfin son masque et son camail, découvrant son visage aux yeux de tous... Eryne fut frappée par l'image de sa beauté triste. Che'b'ree avait dû être une femme magnifique, mais les années et les épreuves avaient pris leur tribut sur sa jeunesse. Ses cheveux où le noir le disputait au blanc, son regard indifférent, ses cernes indélébiles, et enfin les rides qui lui marquaient le front gâchaient le bénéfice d'un profil gracieux et d'une peau parfaite. Elle était certes une cinquantenaire très jolie, *mais pas autant que Lana*, songea Eryne avec un peu de parti pris.

— Ainsi, tu es revenu, commenta-t-elle avec un vague sourire. Et d'où ramènes-tu tes amis ?

— Ces deux-là sont les enfants d'Emaz Lana, les autres les accompagnent, résuma le Wallatte avec enthousiasme.

Il prit ensuite le temps de présenter chacun des membres du groupe, même Amanón et Zejabel, qu'il n'avait pourtant pas en grande estime... Eryne s'inclina chichement devant la reine, juste assez pour sauver les apparences. Elle hésitait encore entre apprécier la barbare ou la détester, mais par égard pour Keb, elle voulait bien faire un effort ! En revanche, la souveraine ne se montra guère emballée par cette visite des héritiers de ses anciens ennemis. La damoiselle crut même déceler une certaine peur, dans le regard dur et triste qu'elle posait sur eux... Che'b'ree ne s'anima qu'à l'annonce du nom de Bowbaq.

— Tu as participé à la bataille d'Ith, devina-t-elle. Étais-tu présent quand Saat a été tué ?

La tension des héritiers remonta d'un cran, alors que la guerrière guettait la réponse avec impatience...

— J'étais là, confirma le grand-père avec sincérité. Je l'ai combattu, mais ce n'est pas moi qui l'ai achevé... Keb a dit que sa mort ne comptait pas, de toute façon.

La reine interrogea son fils du regard, avant de revenir sur le géant.

— Tu te trompes, annonça-t-elle. La disparition du Dyarque a énormément d'importance à mes yeux.

Elle défit alors les attaches qui retenaient son manteau, pour se débarrasser du lourd vêtement sur un coffre en bois sculpté. Sous l'habit de guerre, Che'b'ree était d'allure beaucoup plus féminine et royale, mais Eryne trembla pour Bowbaq quand la barbare saisit la lowa qui pendait à sa cuisse !

— La mort de ce chien est la meilleure chose qui pouvait arriver au peuple wallatte ! clama-t-elle en déposant son arme. Soyez donc tous les bienvenus. Il y a beaucoup de choses dont nous devons discuter...

*

À défaut d'être vraiment amicale, Che'b'ree se montrait presque indifférente à la présence des héritiers dans sa demeure, et Amanón consentit donc à se détendre un peu. La reine avait invité ses hôtes à se rassembler autour de l'âtre, tandis qu'une poignée de ses hommes garnissait la grande table de terrines en croûte, paniers de fruits, fromages colorés, pain-sciure, gelées, jambons et autres victuailles. Le palais aux gargouilles devait disposer d'un cellier conséquent ! L'étonnement de l'interprète augmenta encore quand, pendant la discussion qui suivit, les gardes amenèrent encore diverses pièces de gibiers rôties, ainsi que deux ou trois sortes de potages et de ratas bouillants. Mais ce genre de banquet semblait être l'ordinaire des souverains wallattes... Voilà qui expliquait le grand appétit de Keb.

Pour l'instant, le barbare faisait surtout honneur aux vins. Amanón accepta une coupe par courtoisie, mais ne fit qu'y tremper les lèvres. Dans une telle situation, il tenait absolument à garder l'esprit clair ! Ses compagnons se laissèrent tenter avec plus ou moins d'enthousiasme, mais jamais au point de rivaliser avec la soif inextinguible du Wallatte. Le guerrier avait déjà la voix pâteuse et le rire gras, quand Chebree proposa de lever leurs verres à la mémoire des braves tombés à Ith... De *tous* les braves, d'où qu'ils viennent, précisa-t-elle.

— Ma mère aurait apprécié ces paroles, commenta Nolan avec mélancolie. Dans sa mission d'Emaz, à Lorelia, elle lutte en permanence contre les vieilles inimitiés... Des trois vertus de la Sage, la Paix est la plus chère à son cœur.

— Je peux en témoigner, acquiesça la reine, avec une expression indéchiffrable.

Elle porta ensuite la coupe à ses lèvres, invitant ses convives à l'imiter. Une fois les verres reposés, l'assemblée se révéla soudain bien silencieuse... Amanón décida de prendre le taureau par les cornes !

— Pourquoi avoir demandé à Keb d'escorter Lana jusqu'ici ? demanda-t-il sans détour.

Les héritiers tentèrent de contrôler leur impatience, tandis que la barbare les dévisageait tour à tour... L'interprète ne pouvait oublier que cette femme avait menacé de poignarder sa propre mère, alors que Corenn était sans défense ! La veuve de Saat faisait peut-être preuve de bonne volonté, en siégeant parmi eux sans arme à ses côtés, mais Amanón n'était pas prêt pour autant à lui accorder sa confiance.

— Parce que Celui-qui-Vainc m'a rendu visite, révéla-t-elle, la mine grave.

Tous se raidirent aussitôt devant cet aveu, mais Keb fut bien le plus secoué ! Il perdit son sourire presque béat pour poser sur sa mère un regard mêlé d'incompréhension et de stupeur... Au moins, le guerrier n'avait pas menti sur ce point, songea Amanón. Il ignorait vraiment tout des projets de la reine à leur sujet ! Mais cela ne suffisait pas à rassurer l'interprète... loin de là.

— Vous l'avez vu, et vous êtes toujours en vie ? remarqua le jeune homme.

Personne ne se trompa sur le sens de ce commentaire, et surtout pas Keb, dont l'œil se fit noir et la mâchoire crispée ! Amanón crut même que le barbare allait bondir pour lui faire payer l'affront, mais Che'b'ree le retint d'une main apaisante.

— J'ai menti au démon pour pouvoir survivre, annonça-t-elle calmement. Il est venu me proposer de le servir à nouveau, et j'ai feint d'accepter. C'était ma seule chance de voir encore le jour se lever.

— Et qu'est-ce qu'il voulait ? grogna Keb.

— Comment vous a-t-il trouvée ? interrompit Eryne, effrayée. Vous portez pourtant une pierre de Dara ! Ne sont-elles point efficaces ?

— Les talismans empêchent les dieux de pénétrer nos esprits, rappela la souveraine. Mais ils ne peuvent pas nous cacher à leurs yeux. Sombre est tout simplement venu à ma rencontre, dans mon palais de Wallos, là où il savait trouver la reine.

— Mais qu'est-ce qu'il voulait ? répéta Keb, agacé. Il t'a bien demandé quelque chose !

Un seul regard de la guerrière aux cheveux gris suffit à ramener son fils à une attitude plus respectueuse... Contrarié, il attrapa un pichet plein et se servit une nouvelle coupe de vin.

— C'est simple, annonça-t-elle d'une voix monocorde. Il m'a demandé ce qu'il demande à tous ses alliés... La seule chose qu'il ne peut accomplir lui-même sans prendre un risque. *Tuer l'Adversaire*.

Plutôt que de la surprise, Amanón sentit soudain une certaine fatigue peser sur ses épaules. Ses compagnons étaient pareillement désolés... Bowbaq hochait la tête de dépit, Zejabel, Cael et Nolan avaient la mine grave, Niss scrutait le visage de la reine comme s'il s'agissait de Sombre en personne... Seule Eryne trouva encore l'énergie de se révolter.

— Mais enfin, c'est le monde entier qu'il va bientôt liguer contre nous ! éclata la damoiselle. Pourquoi ne pas déchaîner les éléments et faire s'ouvrir le sol sous nos pieds, aussi !

— Il le ferait, s'il en avait le pouvoir, acquiesça Che'b'ree. J'en suis certaine.

— Que vous a-t-il promis en échange de nos vies ? demanda Amanón.

Son ton était plus agressif qu'il ne le désirait, mais la reine ne parut pas s'en offusquer... Elle contempla la grande silhouette de son fils, affalé dans les coussins, avant de se tourner à nouveau vers l'interprète.

— Il ne m'a promis qu'une seule récompense, annonça-t-elle. Le privilège de ne pas mourir de sa main ! Il sait que j'ai combattu l'Ancien Culte, *son* culte, pendant des années... Il n'allait pas m'offrir de partager son règne, alors que je l'avais trahi.

— Mais alors, pourquoi faire appel à vous ? réagit Nolan.

La reine lâcha un petit soupir, ferma les yeux un instant, peut-être perdue dans ses souvenirs... Elle se tenait droite et digne, mais semblait supporter plus de tourments qu'il n'était imaginable.

— Je suis la plus ancienne humaine encore en vie qu'il connaisse, expliqua-t-elle. J'ai aussi été son Emaz... Et il comptait sur moi pour retrouver nos anciens ennemis. *Ses* anciens ennemis, corrigea-t-elle.

— *Pour les tuer*, compléta Amanón.

Che'b'ree acquiesça lentement, tandis que les héritiers se montraient de plus en plus abattus. La haine de Sombre à l'égard de leurs familles semblait décidément sans limites.

— Je n'avais pas oublié ma dette envers Lana, reprit la guerrière. La nuit suivant sa visite, je suis partie pour Goran, puis j'ai envoyé Keb lui porter mon invitation... Je voulais la prévenir du retour du démon.

— Vous auriez pu lui transmettre ce simple message, remarqua l'interprète. Ou bien descendre vous-même jusqu'à Lorelia.

— Ne te mêle pas de ce que doit faire la reine ! gronda Keb, en brandissant son verre dans sa direction. Et remercie plutôt sa loyauté !

Che'b'ree porta un nouveau regard étrange sur son fils, puis se dressa pour s'approcher de la table garnie.

— Je n'étais pas certaine que Lana accepte de venir en connaissant la vérité, expliqua-t-elle. Et j'espérais que... tous vos parents l'accompagneraient. Tous ceux qui avaient vaincu Saat.

Les héritiers s'interrogèrent du regard, tandis que la reine commençait à remplir une assiette de bronze de portions mesurées. À son tour, Keb prit la direction du buffet, d'une démarche plutôt chancelante.

— C'est sûrement ce qu'ils auraient fait, commenta Bowbaq. Les anciens se seraient réunis chez Reyan, avant de venir ici...

— Mais pourquoi ? s'étonna Eryne. Qu'attendiez-vous de cette rencontre ?

La reine revint prendre place dans le cercle, son repas à peine choisi, avant de répondre à la damoiselle.

— J'espérais lancer vos parents sur la piste du démon, révéla-t-elle. J'étais même prête à les accompagner... Je souhaite maintenant que vous me racontiez ce qu'ils sont devenus. En mangeant, si le cœur vous en dit.

*

Tous les héritiers répondirent à l'invitation avec plus ou moins d'appétit. Cette manière de dîner entre les tapis et les coussins était singulière, pour le Lorelien qu'était Nolan, mais si agréable ! Sans la présence des guerriers silencieux le long des murs, et surtout sans les inévitables préoccupations concernant Sombre et leurs parents, le jeune homme aurait presque passé une bonne soirée... Et la présence féline de Zejabel à côté de lui y était pour beaucoup.

Le novice fut volontaire pour rapporter, entre deux bouchées et sans rentrer dans les détails, les événements qui avaient mené le groupe jusqu'à Goran. Il dut pour cela trahir quelques secrets, mais ces derniers avaient déjà perdu toute valeur, depuis que Ke'b'ree s'était joint aux héritiers... Le barbare portait à sa mère une estime si évidente qu'il aurait fini par tout lui confier !

La reine écouta le récit avec beaucoup d'intérêt et d'attention, mais en affichant une mine soucieuse qui se prononçait toujours davantage. Elle ne fut guère étonnée par l'intervention des sectes de la Jurande, ni même par l'implication de la Légion Grise de Lorelia... En revanche, elle fut impressionnée par la bataille contre Zuïa et le Léviathan, et évidemment par la description de la porte vers le Jal'karu. Connaître enfin la véritable origine de Sombre devait aider son ancienne Emaz à répondre à pas mal de questions ! En conclusion de sa narration, Nolan répéta le témoignage de Niss sur la disparition de sa famille. Il rappela que la jeune fille elle-même jugeait ces souvenirs peu fiables, mais que tout portait à croire en leur véracité... Ainsi, après deux bons décimes de discours, le novice conclut son résumé du périple des héritiers.

Tous avaient terminé de manger, à part Keb et Bowbaq qui finissaient cuisse de volaille et fromage aux noix roses. L'équipage du *Rubicant* ne s'était pas goinfré outre mesure, mais chacun avait peu à peu glissé dans un délectable engourdissement, facilité par la chaleur et la lumière douce de la cheminée... Niss dormait même pour de bon ! Quant à Nolan, s'il n'avait pas été tenu éveillé par son récit, il se serait depuis longtemps allongé sur les coussins. Il lui tardait pourtant d'entendre les commentaires de la reine wallatte, bien qu'elle semblât également succomber à la fatigue...

— Que nous conseillez-vous de faire ? demanda bientôt le jeune homme. Qu'auriez-vous dit à nos parents, pour les lancer sur la bonne piste ?

Che'b'ree étouffa un bâillement, se redressa et promena un regard las sur les silhouettes étendues de ses hôtes... Elle paraissait plus accablée que jamais. Comme résolue.

— Je ne sais pas, annonça-t-elle franchement. Je crois que j'espérais d'eux autant que ce que vous attendez de moi... *Ils* ont réussi à vaincre Saat ; tandis que vous n'avez aucun plan pour contrer Sombre. Je ne vois pas comment vous aider, si vous-mêmes n'avez pas la moindre idée !

La déception du novice fut grande, mais la torpeur qui le gagnait peu à peu en atténua les effets... Il consulta Amanón du regard, mais l'interprète ne semblait guère en meilleur état de forme. Étaient-ils donc tous si épuisés qu'ils allaient ainsi s'endormir par terre, dans le palais de Che'b'ree ?

— Nous sommes venus pour rien, commenta l'interprète d'une voix pâteuse. Trois jours sur le fleuve, pour rien !

— Vous nous aideriez en partageant votre savoir, insista Nolan, malgré ses difficultés à réfléchir. À quoi ressemble le démon ? Où se trouve-t-il ? Quels sont ses plans ?

La reine bailla encore, puis fit signe à l'un des quatre guerriers silencieux de s'approcher. Sans qu'elle prononce un mot, l'homme lui remit un petit flacon d'allure précieuse... Elle l'ouvrit et le porta directement à ses lèvres, pour en boire la moitié du contenu.

— Sombre a l'air d'un jeune homme bien bâti, rien de plus, annonça-t-elle ensuite. Mais il peut prendre toutes les apparences de nos cauchemars ; je l'ai vu faire... Et j'ignore où il est. Quant à ses plans, vous en savez autant que moi !

Nolan voulut acquiescer, mais sa tête pencha soudain en avant : pendant un instant, il s'était endormi ! Il s'efforça de se redresser, tandis que la reine semblait au contraire regagner en vigueur.

— Peut-il contrôler l'étrange lumière qui a enlevé les parents de Niss ? demanda-t-il encore. En est-il responsable ?

Che'b'ree se leva en s'étirant, alors que Bowbaq, Cael et Zejabel avaient rejoint la petite Arque au royaume des rêves. Dans le brouillard de ses pensées, le novice songea que cet épuisement était trop soudain, trop profond, pour être normal ! Même Keb semblait prêt à s'effondrer dans son assiette... Seuls Eryne, Amanón et lui-même gardaient encore les yeux ouverts, mais le novice était convaincu que cela n'allait pas durer.

Il ne pouvait même plus écouter la réponse de la reine barbare. Il tenta de se redresser, y parvint en s'appuyant sur sa canne, puis se traîna jusqu'à l'interprète pour le bousculer volontairement... Après avoir levé un regard épuisé sur le novice, Manó se jeta un verre d'eau sur le visage et se mit également sur ses deux jambes, chancelant autant que son compagnon. De l'autre côté de la cuvette, la Wallatte les contemplait sans manifester ni joie, ni haine... Elle savait simplement avoir gagné.

— Croyez bien que je suis désolée, annonça-t-elle d'une voix morne.

Une trahison... Avec des gestes trop lents, hésitants, Nolan chercha à dénuder son épée. Amanón avait déjà bondi, lui, levant sa lame courbe en visant le crâne de la barbare ! Mais Keb fut tout aussi rapide, malgré son état, et il put repousser l'interprète d'un violent coup d'épaule... avant de brandir sa lowa devant les héritiers, une expression mauvaise sur le visage !

— Ke'b'ree... Je vous en prie... supplia Eryne, d'une voix sans force.

Nolan n'osait pas se retourner vers sa sœur, craignant d'être frappé dans le dos par la barre d'acier... Il comprit leur défaite inéluctable, lorsque les gardes vinrent ajouter un rempart supplémentaire devant leur reine. Le novice renonça même à tirer son arme... Il était trop épuisé pour cela. Trop épuisé pour rester debout plus longtemps... Il prit alors conscience d'être déjà tombé à genoux, sans l'avoir décidé, ni s'en souvenir.

Il ne comprenait pas comment Amanón trouvait encore l'énergie de lever sa lame. Le combat qui devait opposer les rivaux serait court, de toute manière... Les deux hommes titubaient comme des ivrognes, ce qui était plutôt normal, dans le cas du Wallatte ! Mais Ke'b'ree était aussi ce guerrier capable de vaincre trois légionnaires à lui seul, alors que Manó portait son arme depuis moins de deux décades... Malgré toute la force de son espoir, Nolan ne put qu'assister à ce qu'il savait devoir arriver. L'interprète lança deux ou trois assauts maladroits, sans même inquiéter le barbare, avant de se jeter lame en avant sur son adversaire ! Keb détourna l'attaque d'un mouvement vif pour frapper du manche d'acier contre la tempe d'Amanón, qui s'écroula sur le côté...

La dernière chose que le novice perçut, en glissant lui-même dans l'inconscience, fut la plainte déchirante poussée par sa sœur.

*

Son crâne lui faisait un mal de chien... et il se dit, comme à chaque fois, qu'il n'aurait pas dû boire autant. Sa gorge était pourtant desséchée comme un cuir de *varlot !* Il ne s'était pas senti aussi faible depuis que le K'lurien lui avait planté ce fichu couteau dans la poitrine, quatre jours plus tôt. Heureusement, ça semblait passer... Ses forces revenaient, et vite, même. Bientôt, Ke'b'ree put ouvrir les yeux et rassembler ses idées.

Celles-ci se révélèrent très, très noires.

Avec un soupir, le barbare étira sa grande silhouette, puis vérifia machinalement la présence de sa lowa. Le guerrier était toujours près de la cheminée, vautré dans les coussins, depuis un moment, peut-être ? Il ne se souvenait pas de s'y être écroulé. En revanche, il se rappelait très bien du reste.

Toute la pièce semblait vide. Ce n'est qu'en se redressant qu'il découvrit sa mère, accroupie derrière lui, un flacon vide dans la main... Lui avait-elle fait boire de ce truc ? Oui, et pas que ça, apparemment ! Elle avait aussi mis quelque chose dans le vin ou la nourriture !

— Où sont-ils ? demanda-t-il en se redressant.

Les vertiges le reprirent aussitôt, le forçant à aller s'appuyer contre un mur. La reine se leva également, son visage plus triste encore que d'habitude... Malgré ses efforts, pendant toutes ces années, Keb avait rarement réussi à la faire sourire.

— Les gardes ? vérifia-t-elle.

— Les types avec qui je suis arrivé ! répliqua-t-il, déjà à bout de patience. Est-ce qu'ils sont morts ?

— Non. Les hommes les ont portés en bas... Ils doivent toujours dormir.

— Va falloir que tu m'expliques ! prévint le guerrier. C'est quoi, cette idée de nous empoisonner ?

— Ce n'était pas du poison, précisa-t-elle. Les toxiques ne peuvent rien contre l'Adversaire... Tout ce que je voulais, c'était mettre les héritiers hors de combat.

Keb n'en croyait pas ses yeux ni ses oreilles ; ça ne pouvait être qu'une farce stupide, ou alors il nageait en plein cauchemar !

— Et maintenant ? poursuivit-il avec mépris. Qu'est-ce que tu vas faire, les livrer à ce démon ?

Le silence de sa mère fut une réponse suffisamment claire pour le guerrier, qui flanqua un grand coup de poing dans le mur en lâchant un juron ! Il avait pourtant déjà pressenti le drame... En temps ordinaire, jamais la fière reine des Wallattes n'aurait laissé quelqu'un lui parler sur ce ton. Ni son fils, ni personne d'autre ! Elle avait donc bien des choses à se reprocher...

— Je le fais pour toi, expliqua-t-elle en s'avançant doucement. Sombre est *vraiment* venu me voir... et il a menacé de prendre *ta* vie, si je refusais de le servir.

— Les B'ree ne plient devant personne ! s'emporta Keb. Tu aurais dû le renvoyer près des cinglés qui s'agenouillent pour un oui ou un non !

— Mais *je ne veux pas* te perdre, répéta sa mère. Et le démon t'aurait poursuivi, crois-moi ! Il... Il n'a plus rien à voir avec la bête que j'ai connue. Il est plus mûr, plus rusé... Plus prudent. Et donc, plus dangereux encore ! Il sait que tu es le fils de... Enfin, que tu es *mon* fils. Ton origine fait qu'il te craint presque autant que les héritiers... Et son message était clair. C'était *eux* ou *toi*.

— Tu aurais peut-être dû me laisser choisir, répliqua le guerrier, en faisant les cent pas.

— Et nous en serions arrivés au même résultat, conclut la reine. Tu aurais accepté de te sacrifier pour de parfaits inconnus, peut-être ? Je comprends qu'après ces journées passées avec eux, tu aies tissé quelques liens... Et j'ai vu la manière dont tu regardes la fille de Lana. Mais ce ne sont que des étrangers, Ke'b'ree. Les rejetons de mes anciens ennemis. Tu n'as d'ailleurs pas hésité à lever ton arme contre eux, pour me protéger.

— Mais sans cette Lana, nous ne serions même pas là ! rappela le barbare. Et moi qui n'ai pas arrêté de les bassiner avec l'honneur des reines wallattes, pour les convaincre de venir jusqu'ici...

Che'b'ree baissa le regard, ce qu'elle faisait rarement... Keb était au comble de la rage et de la révolte. Si la coupable n'avait été sa propre mère, il en serait venu aux mains pour exprimer le véritable fond de sa pensée !

— Je regrette que tu aies accompli ta mission si brillamment, avoua-t-elle bientôt. À vrai dire, je souhaitais surtout t'éloigner de Sombre le plus longtemps possible... Une petite partie de moi espérait même que tu te joindrais à mes anciens ennemis. Eux auraient peut-être réussi à traquer le démon, et à nous libérer tous... Malheureusement, les dés sont jetés.

Le sang du guerrier parut soudain bouillir d'excitation, alors que sa mère avouait de telles pensées !

— Mais il n'est pas trop tard ! Libère-les, et laisse-nous reprendre la route !

— C'est un mauvais calcul, soupira-t-elle. Ce n'est qu'une bande de gosses, avec un vieux pour les chaperonner... Ils n'avaient même pas un plan de bataille pour s'en sortir. Regarde comment nous en sommes facilement venus à bout...

— Tu as décidé ça, *là*, ce soir ? comprit Keb. Laisse-leur une chance, au moins ! Je suis sûr que le Ramgrith et le prêtre ont un projet en tête...

— Est-ce qu'ils ont *la moindre idée* de la manière dont ils peuvent tuer le démon ? interrompit Che'b'ree.

Keb haussa les épaules avec mépris, puis finit par avouer son ignorance avec un geste agacé.

— Vois, triompha la reine. Je ne suis pas celle qui vaincra Sombre, et pourtant j'en sais déjà plus qu'eux... Oublie-les, mon fils. Ils ne feraient que te mener à ta perte.

Le guerrier contempla sa mère pendant un long moment, avec la désagréable impression de faire face à une inconnue... C'était un sentiment très étrange, nouveau pour lui. Mais Keb avait toujours su s'adapter... Supporter la douleur, aussi terrible soit-elle, était devenu comme une seconde nature.

— Dis-moi ce que tu sais, commanda-t-il avec fermeté.

La souveraine fronça les sourcils, courroucée, puis son visage se radoucit peu à peu.

— Tu as raison, décida-t-elle. Tu as le droit de savoir. Cela pourrait te servir, si le démon ne respectait pas sa parole.

Dehors, une pluie fine commença à tomber sur les gargouilles de la façade... En quelques chuchotements tendus, la reine confia son secret à un Ke'b'ree au visage de marbre. Quand elle se tut, les monstres de pierre pleuraient des larmes glacées... Keb attendit un moment encore, devant sa mère silencieuse, puis prit ses distances en la désignant d'un doigt accusateur.

— Tu aurais dû me raconter tout ça plus tôt, reprocha-t-il.

— J'essayais de te protéger, répéta la reine. Je ne voulais pas te voir défier le démon !

— Tu aurais dû me laisser choisir, insista le barbare. Et *toi*, tu aurais mieux fait de fuir ou de te battre, plutôt que de te mettre à genoux devant ce dégénéré !

— Tu ne sais pas de quoi tu parles ! s'écria Che'b'ree, au bord des larmes. Keb, c'est trop tard, les hommes de Sombre vont arriver ! Ne fais pas les mêmes erreurs que *ton père !* lâcha-t-elle d'une voix aiguë.

Le guerrier se figea près de l'issue qu'il venait d'ouvrir, les mains tremblantes... C'était la première fois. La première fois qu'elle le disait à voix haute.

— Il n'est *pas* trop tard, répéta-t-il en lui tournant le dos. Fais ce que tu crois être juste. Moi, je n'ai pas d'autre manière de vivre !

En refermant la porte derrière lui, Keb crut entendre un sanglot étouffé... mais cela ne pouvait pas plus venir d'une reine Wallatte, que d'un prince barbare.

*

Les yeux humides et la gorge nouée, Che'b'ree saisit le talisman dans sa poche et le contempla pendant de longs instants. Elle prit ensuite place sur son trône, dans le grand salon de son palais de Goran... Jamais la vie ne lui avait paru aussi dénuée de sens. Comment l'amour qu'elle portait à son fils avait-il mené à de tels déchirements ? Pourquoi ne pouvait-elle à la fois protéger la chair de sa chair, et conserver son affection ?

Il semblait ne pas y avoir de réponse. Toute la vie de la reine avait pris une teinte tragique, depuis sa rencontre avec le maudit sorcier... Les regrets et remords ne pourraient rien y changer. Comme Keb l'avait rappelé, elle devait agir selon sa propre conscience. Et le seul choix qui s'offrait à la veuve était de terminer ce qui était commencé !

Son bras fut agité de tremblements, alors qu'elle posait la pierre de Dara sur la table. Et ses doigts ne pouvaient quitter la surface, douce et rugueuse à la fois, de la précieuse roche du Jal... Pas une fois elle n'avait rompu ce contact, cette *communion*, même, depuis la fameuse nuit où tout avait basculé. Pas une fois, ne serait-ce qu'un instant... Pourtant, avec un frisson qui lui parcourut tout le corps, la reine barbare se décida à éloigner sa main du talisman. Dès lors, elle n'était plus protégée contre le démon !

Pressée d'en finir, elle ferma les yeux et se concentra sur l'image du jeune homme aux yeux noirs. Il lui sembla être revenue vingt ans en arrière, alors que son titre de grande prêtresse lui imposait d'imaginer et de mettre en scène des cérémonies... Sans se douter, au début, que ces prières étaient *vraiment* entendues par une créature supérieure.

° Sombre, écoute-moi... invoqua-t-elle mentalement.

° *Parle*, commanda le démon.

La reine tressaillit et ouvrit les paupières, certaine de découvrir l'éternel à ses côtés ! Il n'en fut rien, pourtant... Mais la voix de Sombre était si claire dans son esprit, et sa réponse si rapide, que Che'b'ree douta même de ses propres facultés.

° J'ai... commença-t-elle.

° Je sais, interrompit le démon. Je viens de lire dans tes pensées. Zuïa avait donc échoué... Mais les fugitifs ont tout de même été pris. Je m'en réjouis. Tu n'as pas démérité.

° Je ne peux pas les tuer moi-même, rappela la reine, tendue comme un arc. Si l'Adversaire est parmi eux...

° Nous serons bientôt fixés, conclut Sombre. Tes hommes viennent de prévenir mes valets, comme prévu. Attends leur arrivée. Ils s'occuperont de tout.

Cette perspective effraya plus encore la barbare, déjà ébranlée par cette conversation surnaturelle !

° Mon Seigneur, je risque d'y mourir également ! Ma présence est-elle vraiment nécessaire ? Ne puis-je te servir d'une autre manière ?

Le long silence du démon fit monter l'angoisse de la reine, alors que chaque instant passé semblait la condamner un peu plus.

° Fais comme tu le désires, finit-il par décider. Mais tu n'as plus beaucoup de temps. Ma créature est proche.

Che'b'ree acquiesça machinalement, sans même savoir si Sombre la voyait... Elle n'avait plus qu'une hâte : celle de ramasser son talisman et de s'enfuir le plus loin possible de Goran !

Mais le démon avait lu ses souvenirs ; elle devait absolument lui poser encore *une* question.

° Mon Seigneur, que feras-tu de mon fils ?

Cette fois encore, la réponse se fit attendre... Sombre s'adonnait-il à un petit jeu cruel ? Ou avait-il déjà refermé son esprit à celui de la reine ? La Wallatte patienta une décille entière, de plus en plus crispée, avant d'empoigner la pierre de Dara d'un geste vif et fébrile ! Elle quittait son trône quand l'une des portes s'ouvrit sur le salon... Malheureusement, il ne s'agissait pas de Ke'b'ree, soupira-t-elle en accueillant le chef de ses gardes.

— Ma Reine... le Prince a réclamé les clés des cachots, annonça l'homme avec embarras. J'ai pensé que vous voudriez être avertie.

Che'b'ree acquiesça négligemment, tout en saisissant sa lowa et son manteau. Ainsi, son fils avait pris sa décision... Il ne restait plus qu'à lui souhaiter bonne chance. S'il faisait vite, il pourrait encore s'échapper avec les héritiers ! Il semblait tellement croire en eux...

— Laisse le faire ce qu'il veut, décida-t-elle. Et rassemble tes hommes. Nous partons sur l'instant.

Le temps qu'elle enfile son manteau et son camail, les guerriers Wallattes étaient réunis dans le couloir, prêts à escorter leur souveraine jusqu'au bout du monde. Che'b'ree ne songeait pas aller aussi loin... Elle perdit même de son empressement, une fois la troupe hors de vue du palais aux gargouilles. Puis, quelques rues plus loin, elle dut s'arrêter pour ôter son masque trempé de larmes. *Fuis, mon fils !* priait-elle de toutes ses forces. *Disparais, et ne reviens jamais te frotter aux griffes du démon !*

*

Avant tout autre chose, Niss sentit le froid qui gagnait son corps, et elle se crut un instant replongée dans les eaux troubles de la mer Médiane ! L'idée provoqua en elle une telle révolte que la jeune fille s'arracha pour de bon au sommeil, le cœur battant la chamade... Puis elle ouvrit les yeux sur un plafond bas, à la voûte en arcade, suintante d'humidité dans la lumière d'une lampe... Où se trouvait-elle ? Comment y était-elle arrivée ?

Après quelques instants d'égarement, elle put se redresser en grimaçant et constata être installée à même le sol. Les pavés rugueux et glacés lui avaient donné quelques crampes, mais elle ne prit guère le temps de s'en plaindre : sa surprise était beaucoup plus grande de découvrir ses compagnons inconscients !

Ils reposaient tous par terre, sans matelas ni couvertures, dans un sommeil que la jeune fille trouva aussitôt des plus inquiétants. Seul Keb manquait à l'appel... Que s'était-il passé ? Elle ne se souvenait de rien, à part de s'être endormie pendant le récit de Nolan !

Avec des gestes encore faibles et hésitants, elle se leva pour de bon, luttant contre les vertiges et la raideur de ses membres. Elle gagna ainsi une vue d'ensemble de la pièce, qui avait toutes les apparences d'une prison ! Une seule et lourde porte en formait l'issue, sans serrure de ce côté... La salle ne comportait aucun mobilier, pas même un tabouret ou une cuvette d'aisance. Et au regard des toiles d'araignées et de la poussière qui s'entassait dans les coins, on devinait qu'elle n'avait pas été utilisée depuis longtemps ! Pourquoi avait-on ainsi enfermé les héritiers ? Niss était si confiante de nature qu'elle ne pouvait croire à une trahison de la reine, et encore moins de Keb !

Le seul moyen d'en apprendre davantage était de ranimer les autres, ce que la jeune fille pensait faire avant tout... dès qu'elle aurait retrouvé une véritable stabilité sur ses jambes. Jamais réveil n'avait été plus difficile ! Elle se souvenait avoir bu un verre de vin ; était-ce là ce qu'on appelait la gueule de bois ? Tout de même pas... Et la profonde léthargie de ses compagnons l'amena à une autre conclusion, bien plus surprenante : on les avait drogués !

Enfin, quand elle fut à peu près sûre de son équilibre, Niss put tituber jusqu'à son grand-père au visage paisible. Le simple fait de ne pas le voir ronfler donna encore du poids aux soupçons de la jeune fille : ce sommeil n'était pas naturel ! Elle en fut pleinement convaincue après avoir secoué Bowbaq avec vigueur, sans qu'il manifeste le moindre signe de reprise de conscience... Une forte angoisse serra bientôt le cœur de l'adolescente, alors qu'elle songeait à la possibilité de ne jamais le voir se réveiller ! De plus en plus inquiète, elle bouscula la silhouette aimée, s'enhardit à tirer sa barbe, puis à pincer son bras... Un soulagement sans pareil l'envahit enfin, quand le grand-père grogna son mécontentement avant de battre des paupières.

— Mmf, Niss, va te recoucher, grommela-t-il au sortir du rêve.

La jeune fille fit tout le contraire, en tirant le bras du géant pour le forcer à se dresser. Elle ne parvint même pas à lui décoller le dos du sol, mais son insistance acheva de tirer Bowbaq du sommeil... Bientôt, il put contempler la prison d'un regard épuisé, comme sa pupille quelques décilles plus tôt. Puis la stupeur et l'inquiétude se peignirent sur son visage, et il allongea son bras pour secouer Amanón, étendu non loin... L'interprète ne répondit pas, mais les Arques découvrirent alors sa tempe ensanglantée !

— Qu'est-ce qui s'est passé ? demanda le grand-père, alarmé. Où est Kebree ?

— Je ne sais pas ! dut avouer Niss.

La blessure d'Amanón les avait suffisamment secoués, en tout cas, pour dissiper un peu plus encore les effets de la somnolence. La jeune fille courut auprès de Cael, Eryne et les autres, vérifiant qu'ils étaient indemnes, tandis que Bowbaq se déplaçait vers l'interprète pour tenter de le ranimer... La force et l'inquiétude du géant étaient si grandes qu'il secoua le malheureux comme une poupée de chiffons, jusqu'à lui faire ouvrir les yeux en grimaçant ! Le temps qu'il s'éveille pour de bon, les Arques ressuscitèrent encore Zejabel, puis Nolan, pour finalement réussir à tirer tout le monde de ce sommeil anormal. La prison s'emplit alors de plaintes dues aux crampes et aux vertiges, et Niss s'imagina une poignée de morts-vivants s'extirpant de leurs sépultures... Ce qui n'était peut-être pas tout à fait faux. Cette inconscience prolongée aurait très bien pu les mener jusqu'à l'au-delà !

— Où sommes-nous ? demandait Cael d'une voix pâteuse.

— Qu'est-ce qui s'est passé ? répétait Bowbaq.

— Ils ont pris nos armes ! remarqua la Züe.

Cette annonce ramena le silence dans le groupe désorganisé. Ne portant pas le moindre couteau, Niss n'avait pas encore noté ce détail, pourtant d'une importance capitale ! Mais il fallait bien s'y attendre... On n'avait pas mis les héritiers en prison, pour leur laisser finalement les moyens de se défendre.

— Keb et Che'b'ree nous ont trahis, révéla Amanón avec amertume.

En quelques phrases, il résuma ce dont seuls trois d'entre eux avaient été témoins... Tout en parlant, il essuyait sa tempe avec un mouchoir mouillé de salive. Eryne s'approcha bientôt pour terminer de laver la plaie, et l'interprète se laissa faire en plissant les yeux sous l'effet de la douleur. En revanche, la damoiselle affichait un visage de marbre... Elle n'avait pas prononcé un mot depuis son réveil, bouleversée plus que quiconque par la déloyauté du prince Wallatte.

— Que va-t-on faire ? demanda Cael, à la fin du récit. On ne peut pas s'échapper d'ici !

— Nous n'avons pas beaucoup de choix devant nous, acquiesça l'interprète. Nous devons foncer dans le tas dès que cette porte s'ouvrira.

— À mains nues ? s'alarma Nolan. Ça risque d'être... plutôt dangereux...

— Je passerai devant, annonça Zejabel. C'est une chose que je peux faire. Comptez sur moi.

— J'irai aussi, décida Bowbaq. J'ai les bras assez longs pour flanquer un coup de poing sans me faire toucher par une dague !

Les autres acquiescèrent, admirant le courage des deux volontaires, mais Niss se rappelait très bien la taille des lowas des gardes de la reine ! Ni son grand-père, ni la Züe ne pourraient saisir leurs adversaires sans se faire auparavant embrocher ou assommer !

La jeune fille allait protester quand un bruit de course, derrière la paroi, imposa le silence à chacun. Puis une clé fut engagée dans la serrure, poussant Zejabel et Bowbaq à se placer discrètement près de l'ouverture... Enfin, la porte fut déverrouillée puis poussée d'un violent coup de pied.

La stupeur figea les héritiers sur place. Derrière l'issue se tenait Ke'b'ree, seul, avec leurs armes sous le bras !

— Déjà levés ? commenta le barbare, son œil brillant d'une lueur étrange. Tant mieux ! Parce qu'on a intérêt à ne pas traîner ici !

*

Le Wallatte avait abandonné sa cape et la chaîne qui ceignait son front, et portait maintenant un manteau semblable à celui de sa mère... Mais c'est tout ce qu'Eryne eut le temps de remarquer, avant que

Zejabel ne bondisse soudain sur le guerrier pour le plaquer au mur ! Avec une rapidité surprenante, elle lui vola un poignard et en plaqua la lame sur sa gorge, sans que Keb fasse un geste pour l'arrêter.

— Vas-y, lança-t-il sur un air de défi. Si vous êtes trop *stupides* pour comprendre que je viens vous aider, c'est que je me suis trompé, et j'aime autant en finir tout de suite !

La Züe ne répondit pas, se contentant de faire tomber les armes au sol avant de les pousser derrière elle... Les hommes ramassèrent leur équipement avec un soulagement si perceptible que, pour la première fois, Eryne regretta ne pas posséder également quelque chose pour se défendre ! Elle en venait même à envier la souplesse et l'habileté de Zejabel... Mais sur l'instant, l'essentiel de ses pensées était concentré sur Kebree. Se pouvait-il réellement que... Mais non ! Certaines choses n'étaient pas si faciles à oublier !

— Espèce de traître, vous avez frappé Amanón ! accusa-t-elle, soudain furieuse. Vous auriez pu le tuer !

— Il s'était jeté sur ma mère, rappela le barbare. Et si j'avais *vraiment* voulu le tuer, il serait mort ! Tu es debout, non ?

L'interprète lui retourna un œil noir, tout en raccrochant sa lame courbe à sa ceinture. La damoiselle connaissait suffisamment le caractère du Kaulien, désormais, pour deviner son hésitation ! Fallait-il de nouveau accorder sa confiance au Wallatte, ou pas ?

— Où sont les gardes ? demanda Nolan.

— Tous partis... avec la reine. Mais je sais qu'une troupe va bientôt arriver, et à la vitesse où les autres se sont débinés, j'imagine qu'il ne fera pas bon traîner encore dans les parages !

— Qu'est-ce que tu fiches ici ? lança soudain Amanón, sans pouvoir contenir sa rancune. Pourquoi tu n'es pas avec les tiens, en train de baiser les pieds du démon ?

Le guerrier le toisa avec un pareil ressentiment, mais ne fit toujours aucun geste pour tenter d'échapper au poignard de la Züe.

— Je ne m'incline devant personne, annonça-t-il. Je préfère encore mourir en essayant de botter les fesses de Sombre, plutôt que de lui présenter les miennes !

Eryne fut choquée par cette allusion vulgaire, mais tel était le caractère du Wallatte, dans ses moments de tension... Amanón dansait d'un pied sur l'autre, torturé par l'hésitation. Il interrogea ses compagnons du regard, poings sur les hanches, puis ramassa la lowa du barbare.

— Lâche-le, demanda-t-il à Zejabel.

La jeune femme obéit en reculant avec précaution, puis saisit à son tour son arc et ses flèches. Sans un mot de plus, l'interprète tendit la barre d'acier à un Keb soudain apaisé... Eryne trouva le geste d'une telle noblesse, que son estime pour Amanón en fut encore augmentée ! Elle suivit l'interprète des yeux, pendant qu'il quittait leur prison, traînant derrière lui Cael, Nolan, Bowbaq et tout leur petit groupe... En cet instant, et après l'avoir cru mort, la damoiselle dut bien avouer ressentir une bouffée d'amour pour le jeune homme !

Rêveuse, elle ne vit pas tout de suite le Wallatte s'approcher d'elle... Elle sursauta presque quand il lui saisit la main, et fut plus surprise encore par la douceur qu'il mettait dans ce geste !

— Écoute-moi, demanda-t-il. Je ne savais pas ce qui allait se passer, tu comprends ? Je n'étais pas au courant.

— Nous en parlerons plus tard, promit-elle, embarrassée.

— *Non*, insista le guerrier. C'est important, Eryne. Je ne t'ai jamais menti. *Jamais*. Je voulais que tu le saches.

La damoiselle acquiesça, plus troublée qu'elle n'aurait imaginé. C'était la première fois que Kebree l'appelait par son prénom, sans utiliser un sobriquet comme *princesse*, *duchesse* ou autres railleries de la même veine. Et il y mettait tant de passion et d'application... Sans oublier qu'il venait de trahir sa mère, sa reine, pour les sauver ! La jeune femme voyait son cœur une deuxième fois bouleversé en moins d'une décille, ce qui la plongea inévitablement dans un état de trouble indescriptible.

— Je vous crois, assura-t-elle d'une voix émue. Allons-y, maintenant...

Le guerrier ne lui lâcha pas la main pour l'entraîner hors de la prison, puis le long des autres cachots qu'elle découvrit à l'extérieur. Tout cela appartenait-il au manoir aux gargouilles ? Che'b'ree avait bien préparé son coup, en proposant une rencontre juste au-dessus de ses geôles !

Bowbaq et les autres attendaient au bout du couloir, sous la lumière d'une lampe à la lumière faiblarde. Eryne tressaillit en découvrant la pièce étroite où ses compagnons étaient rassemblés ! Sur les murs pendaient plusieurs chaînes munies de colliers, dont l'utilité pour la torture était évidente... Keb ne se répandit pas en explications sur la moralité des anciens rois de sa lignée. Abandonnant la damoiselle aux bons soins de son frère, il prit la tête du groupe pour les mener dans un escalier au plafond bas, unique issue de ces lieux renfermés... Au terme d'une vingtaine de marches, ils aboutirent par une trappe ouverte dans une nouvelle cave. Cette salle était beaucoup plus conforme à l'idée qu'on se faisait d'une remise souterraine, avec des tonneaux, des bouteilles et même des fromages conservés là par souci de fraîcheur, mais Eryne n'eut guère le temps d'en voir davantage : le Wallatte les entraînait déjà vers un autre escalier !

Sa précipitation commençait à inquiéter la damoiselle pour de bon. Elle croyait le groupe sauvé, depuis que les héritiers avaient récupéré leurs armes, mais voir le barbare courir ainsi de palier en palier ravivait sa peur d'un nouveau drame... Quelles étaient exactement les intentions de Chebree, d'ailleurs ? Pourquoi la reine n'avait-elle pas tout simplement tué ses prisonniers ? L'idée que Sombre puisse venir en personne à leur rencontre donna soudain des ailes à la jeune femme, qui jugeait alors leur hâte insuffisante !

D'escalier en couloir, de salle sombre en pièce encombrée, le groupe revint enfin dans le grand séjour où les braises de l'âtre finissaient de se consumer... Sans perdre un instant, Keb courut jusqu'à la porte extérieure, Amanón et Zejabel sur ses talons. Il ouvrit le passage avec des mouvements fiévreux... avant de repousser aussitôt le bois garni de fer, s'aidant même de toute la force de ses épaules !

En fin de cortège, Eryne n'avait pas vu grand-chose du spectacle de la rue. Juste assez pour toucher du doigt le désespoir absolu, celui que l'on ressentait quand le sort semblait s'acharner sur soi jusqu'à l'anéantissement total...

Un groupe de silhouettes sombres martelait déjà la porte, alors que Keb refoulait les héritiers en arrière. Des silhouettes portant des manteaux longs et des masques effrayants. Des hommes, beaucoup d'hommes, que Sombre avait armés de glaives... et surtout de haine.

*

Cael courait au milieu de ses amis, serrant la poignée de sa rapière à s'en blanchir les jointures. Il avait aperçu une dizaine de Goranais, mais il pouvait y en avoir bien plus, cachés dans la pénombre ! À quelques instants près, les inconnus les auraient surpris dans les caves... Le Wallatte avait tout juste eu le temps de verrouiller la porte, mais celle-ci ne tiendrait pas longtemps, sous les coups terribles qu'on lui portait. L'adolescent se demandait même comment ces hommes s'y prenaient, pour générer une telle force brutale ! On aurait plutôt imaginé que le bois renforcé de métal subissait les assauts d'une bête monstrueuse...

— Qui sont-ils ? demanda Amanón, sans s'arrêter.

— Je n'en sais rien ! assura Keb. Des malades, comme les autres !

— Où nous mènes-tu ? s'enquit Bowbaq. Il y a une autre sortie ?

— On va essayer par le toit ! lança le Wallatte, en s'engageant dans un nouvel escalier. Je ne vois rien d'autre !

Ils traversèrent ainsi bon nombre de nouvelles pièces, à la seule lueur des lampes tenues par Nolan et le grand-père... Un craquement venu du rez-de-chaussée fit redouter une intrusion prématurée, mais les coups reprirent peu de temps après avec un écho beaucoup plus retentissant. Enfin, Keb fit s'arrêter le groupe dans un grenier, sous une trappe juste assez large pour laisser passer un homme... Cael n'attendit pas une invitation pour redresser l'échelle qui traînait à proximité. Avec l'aide de son cousin, il mit l'objet en place en retenant une quinte de toux due à la poussière.

— Zejabel en premier ! décida Amanón, en tirant sa lame.

La jeune femme ne perdit pas de temps, passant son arc dans son dos avant d'escalader les barreaux avec une souplesse de chat. En deux mouvements, elle tira le loquet qui bloquait l'ouverture et repoussa la trappe, découvrant le ciel étoilé qui dominait le Grand-Empire... Une odeur de pluie et d'humidité s'infiltra aussitôt jusque dans le grenier. L'averse avait nettoyé le voile noir qui masquait Goran, encore un décan plus tôt.

— C'est bon, prévint la Züe, après s'être hissée sur le toit.

Bowbaq demanda à Niss de la rejoindre, tandis qu'Amanón invitait Eryne à s'y préparer... La damoiselle était si tendue qu'elle poussa un petit cri, quand la porte d'entrée finit par céder dans un horrible craquement ! Les héritiers accélérèrent encore la manœuvre, permettant à Bowbaq de sortir à la suite des femmes, avant que Cael ne se lance à son tour sur les barreaux fragiles... Une fois à l'air libre, la situation semblait beaucoup moins dramatique, mais elle le redevint quand des bruits de voix montèrent des escaliers ! Nolan ne tarda pas à rejoindre sa sœur et les autres, et Keb et Amanón ne discutèrent qu'un instant pour savoir qui protégerait la fuite de l'autre... Avec un profond soulagement, l'adolescent tendit la main à son cousin pour l'aider à se hisser.

Autour de la trappe, la défense s'organisait déjà... Zejabel avait encoché une flèche, prête à lâcher le trait sur le premier qui surgirait derrière le Wallatte. Bowbaq ramenait un énorme bloc de pierre qu'il venait de desceller de la corniche ! Amanón et Nolan se penchaient discrètement sur la rue, espionnant les Goranais qui s'y trouvaient peut-être encore... Cael ne reprit sa respiration qu'au moment où Keb fut à son tour en sécurité. Sans se consulter, ils songèrent tous deux à attraper l'échelle pour la tirer à eux, alors que leurs ennemis déboulaient dans la pièce !

Zejabel laissa partir sa flèche, le barbare referma la trappe d'un coup de pied, et Bowbaq y posa aussitôt le pavé qu'un autre que lui aurait eu du mal à seulement soulever. Mais l'adolescent avait eu le temps de voir une terrible chose... Une ombre bien plus massive, bien plus agile, parmi leurs assaillants...

— Ils... ils ont un monstre avec eux ! prévint-il d'une voix blanche.

*

Zejabel tourna aussitôt son regard vers Cael, parcourue d'un frisson glacé. Il lui semblait bien avoir vu, également, une espèce de créature ! Elle pensait même l'avoir touchée... Avant qu'ils ne puissent en discuter, la trappe fut secouée d'un choc assez puissant pour faire sursauter le bloc de pierre ; le coup étant aussitôt suivi du bruit d'une lourde chute ! Cela se renouvela deux fois, trois fois, dans un déchaînement de brutalité qui laissait les héritiers sidérés.

— On ne devrait pas rester ici... annonça Bowbaq, secouant tout le monde par la même occasion.

— Nous sommes sur le toit, rappela Nolan. Où pourrions-nous aller ?

— On va faire comme les gamins de la ville ! annonça Keb, en passant l'échelle à son épaule. Suivez-moi !

Le barbare les guida jusqu'à la corniche, où il coucha l'instrument pour former un pont jusqu'à la demeure voisine. Par chance, les toits de la cité ne suivaient qu'une pente légère, l'eau de pluie étant dirigée vers les venelles séparant les maisons... Les héritiers pouvaient donc espérer s'éloigner assez loin, par cette route entre les étoiles et le sol !

— Ça m'a l'air assez dangereux, commenta Eryne, le teint pâle.

— Plus dangereux que rester ici ? répliqua le Wallatte.

Sans attendre de réponse, il courut littéralement sur les barreaux suspendus, bondissant sur le toit voisin avant de se retourner pour maintenir l'échelle en place. Pendant que les autres se lançaient à leur tour, Zejabel rejoignit Amanón du côté donnant sur la rue... Quelques Goranais étaient sortis du palais aux gargouilles, leurs masques horribles tournés vers les hauteurs. Ils repérèrent bien sûr la Züe et l'interprète, mais trop tard pour éviter les flèches qui fusèrent aussitôt vers eux ! Deux corps en manteaux longs restèrent couchés au sol, tandis que les autres se réfugiaient à l'intérieur.

— J'aurais dû écouter mon père, commenta Amanón. Il insistait tellement pour m'apprendre à tirer à l'arc !

Sur ces mots, il prit la direction de l'échelle... Zejabel attendit qu'il soit passé de l'autre côté, surveillant l'entrée du palais, avant de rejoindre le reste du groupe qui trépignait d'impatience. La trappe ne sursautait plus depuis quelques instants, ce qui ne pouvait signifier qu'une seule chose : la créature et ses alliés avaient décidé d'un autre plan !

Avec un regain de tension, les héritiers passèrent ainsi sur un troisième toit, puis un quatrième... Mais les Goranais profitaient de leurs manœuvres pour se glisser le long des murs, les poursuivant en silence et en se montrant le moins possible. Malgré son désir de faire mouche une nouvelle fois, Zejabel fut bien incapable de seulement repérer les manteaux sombres dans l'obscurité ! Tout juste pouvait-elle entendre les appels complices qu'ils se lançaient dans leur langue, d'un coin à un autre... Ils semblaient être dix ou douze, au moins. Et ils ne lâchaient pas la piste des fugitifs !

— Ça ne nous mènera nulle part, énonça Amanón. Ils vont finir par forcer une autre porte et grimper jusqu'à nous !

Le grondement lugubre qui monta soudain de la rue coupa court à toute réponse. Cette fois, plus de doute possible, un monstre traînait bien dans les parages ! La flèche au bout des doigts, Zejabel scruta le pavé en contrebas, sans repérer aucun mouvement... jusqu'à ce que le grognement soit répété du côté opposé !

— Il se déplace *vite*, remarqua Cael, livide.

— À moins qu'ils ne soient *plusieurs*, renchérit Nolan.

Le groupe connut un moment de flottement, puis tous suivirent Keb qui portait déjà l'échelle en direction d'un nouveau toit ! Ils n'avaient d'ailleurs guère de choix pour ce dernier ; la maison où ils se trouvaient n'était proche que d'un seul bâtiment... Et encore, c'est tout juste si leur pont de fortune put en atteindre la corniche.

— Cette fois, c'est vraiment *trop*, refusa Eryne. Il y a bien cinq pas de distance, et le triple qui nous attend en dessous !

— N'aie pas peur, demanda Niss d'une voix calme. Fais comme moi.

Sans montrer d'hésitation, la jeune fille s'engagea sur l'échelle couchée... Son grand-père se précipita aussitôt pour maintenir l'objet, tandis que la petite Arque avançait les bras écartés pour maintenir son équilibre. Les barreaux de l'échelle étaient assez larges pour qu'elle puisse progresser debout, mais la Züe admira tout de même son courage ! Beaucoup de ses anciennes rivales au titre de Kahati n'en avaient pas montré autant...

Keb traversa à son tour, avec une rapidité qui semblait davantage due à de l'inconscience. Une fois le guerrier passé, Eryne se laissa convaincre par un nouveau grondement dans les ténèbres, anormalement proche de leur repaire actuel ! La jeune femme ne cacha pas sa peur, en avançant à petits pas, ni son soulagement quand Keb la tira à lui.

Inquiet d'être ainsi éloigné de sa pupille, Bowbaq fut le suivant à s'engager sur le pont rudimentaire... Tout semblait bien se passer, et Cael se préparait déjà à le suivre, quand l'échelle se brisa soudain sous le poids du géant ! Le temps d'un battement de cil, et le grand-père fut aspiré dans le vide pour s'écraser dans la rue en contrebas, alors que ses compagnons poussaient des cris impuissants... Zejabel contempla la silhouette étendue dans la pénombre, comptant les précieux instants qui s'égrenaient, mais Bowbaq ne se réveilla pas. La Züe porta alors son regard vers Eryne, Keb et surtout Niss, sur l'autre bâtiment... Mais son attention fut détournée par la trappe qui s'ouvrait derrière eux, livrant passage à un groupe de Goranais !

Alerté, le Wallatte se lança à l'attaque, hurlant des cris de guerre dans sa langue barbare, tandis que Zejabel regrettait cette initiative : maintenant que Keb était devant, elle ne pouvait plus utiliser son arc !

Niss était toujours penchée sur la ruelle, appelant son grand-père avec des cris désespérés ; Eryne contemplait leurs agresseurs avec une expression d'effroi... C'en était trop pour la Züe. En quatre mouvements, elle abandonna arc et flèches ; recula pour prendre de l'élan, puis courut et se jeta au-dessus du vide jusqu'à l'autre toit !

Elle y atterrit de justesse, grimaça en sentant sa cheville se tordre, et eut le réflexe de rouler sur elle-même pour atténuer la gravité de la blessure... Le temps de reprendre son souffle, et elle tirait son poignard pour aller prêter main-forte au Wallatte !

Elle ne s'était pas trouvé une nouvelle déesse pour la laisser massacrer sans rien faire.

*

Nolan avait crié, comme les autres, en voyant soudain Bowbaq chuter dans le vide... puis les battements de son cœur s'étaient suspendus, lorsque Zejabel avait fait un bond prodigieux jusqu'au toit voisin. Pris au dépourvu, le novice échangea des regards affolés avec Cael et Amanón, jusqu'au moment où un terrible grondement résonna derrière eux !

Les trois jeunes hommes se retournèrent à l'unisson, armes brandies dans des mains plus ou moins tremblantes... Aucun monstre ne sauta pourtant à leurs gorges, mais ces râles étaient étonnamment proches. Nolan comprit que la créature *grimpait* le long de la paroi ! Fébrile, il exécuta trois pas de côté vers l'arc de Zejabel, mais c'était trop tard : l'envoyé du démon posa une main griffue sur la corniche, avant de s'y rétablir en une seule acrobatie !

Le monstre était peut-être *lui-même* un démon ; du moins il en avait l'apparence. Aussi large que Bowbaq, velu comme un chat, et avec une stature de gorille qui expliquait la facilité avec laquelle il avait détruit la porte du palais ! En revanche, sa tête rappelait plutôt celle des terribles babouins d'Ezomine, à la mâchoire aussi puissante que leur agressivité était développée... Les yeux fous de la créature complétaient ce tableau effrayant, qui vira définitivement au cauchemar quand l'être simiesque se rua sur eux !

Le novice sentit la peur le figer comme un vent glacé. Il se trouva incapable de seulement bouger, tétanisé par la vision d'horreur du monstre qui approchait... Même le puissant Reexyyl ne lui avait pas fait pareil effet. Cette bête qui accourait, sur deux ou quatre pattes, l'écume aux lèvres et la haine dans le regard, lui semblait au *complet opposé* de la nature humaine. Comme si elle était l'ennemie ultime de ce que les mortels pouvaient représenter... Ce que certains nommeraient *le Mal*, mais dont le novice connaissait le véritable nom : *Karu !*

Tel que dans un rêve, où il ne serait que le spectateur, il vit Amanón s'avancer devant ses compagnons pour parer l'assaut de la créature... Cette dernière augmenta encore son allure pour charger l'interprète de toute sa force démoniaque ! Le pauvre Manó put à peine abaisser son arme avant d'être balayé d'un terrible coup de patte... Le monstre bondit ensuite sur le dos du malheureux à terre, le faisant hurler de douleur et agiter une lame impuissante !

La rapière de Cael vint bientôt détourner l'attention du démon, en s'enfonçant d'un bon pied dans sa chair ! La bête blessée ne tarda pas à se dégager avec un grognement furieux... Amanón en profita pour se relever en grimaçant, tandis que la créature lançait déjà ses griffes en direction de l'adolescent. Mais la seule défense, la seule chance de Cael était de reculer toujours plus loin... Un instant plus tard, l'interprète revenait dans la bataille en assénant un terrible coup de son arme dans le dos du monstre !

C'est à peine s'il parut en souffrir, pourtant, et ses blessures ne laissaient couler que peu de sang noir... Les cousins s'arrangèrent tout de même pour encercler le démon et le harceler, même s'ils semblaient bien les plus menacés.

À quelques pas de là, Nolan n'avait toujours pas bougé. Il contempla la canne-épée qui pendait au bout de son bras, puis les Kauliens qui encaissaient coup après coup en se relevant inlassablement... Une bouffée de honte étouffa la peur qu'il pouvait ressentir, sans toutefois l'effacer. Avec une rage soudaine, il serra la poignée de son arme et courut droit au monstre, hurlant sans même en avoir conscience. Quand la créature tourna ses yeux mauvais vers lui, il lança son bras en avant, frappant si profondément au ventre qu'un flot de sang jaillit quand il retira sa lame !

Aussitôt après, la patte du démon venait cogner dans son épaule, l'envoyant rouler par terre avec quatre sillons sanglants sur le bras... Mais Nolan bondit sur ses pieds dès qu'il le put et repartit à l'assaut, frappant, lardant de coups, emporté par la peur de ces mâchoires qui claquaient vers sa gorge... Chaque instant qui passait lui semblait volé à la mort, *sa* mort, en même temps que le combat lui apparaissait de plus en plus comme une mission sacrée. Une véritable croisade, menée contre ceux qui projetaient de tuer Eurydis !

Au cœur de la bataille, alors qu'il se découvrait un courage et une énergie insoupçonnés, Nolan fut même traversé d'une étrange pensée. Pour la première fois, il considéra avec sérieux l'idée d'être *lui-même* l'Adversaire.

*

Niss entendait bien les clameurs des combats qui se déroulaient autour d'elle ; elle avait même braqué son regard une ou deux fois vers Eryne, et surtout Zejabel et Kebree, qui tentaient de contenir l'afflux des Goranais... Mais toute l'attention et les larmes de la jeune fille étaient concentrées sur la pauvre silhouette de son grand-père, toujours immobile, une dizaine de pas plus bas.

Elle l'avait aperçu qui tombait, comme au ralenti, son visage affichant une surprise et un effroi indescriptibles. Elle l'avait vu disparaître dans la pénombre, jusqu'à ce que son corps heurte le sol dans un bruit aussi cruel qu'il était assourdi... Mais depuis, elle ne pouvait que scruter ce que la faible lumière des étoiles laissait deviner, c'est-à-dire une forme désespérément figée dans la douleur et l'inconscience.

Niss avait beau réfléchir, elle ne voyait aucune manière de descendre dans la ruelle, à part emprunter le chemin gardé par leurs agresseurs... ou sauter elle-même dans le vide, ce qui était bien sûr une folie. Son impuissance la rongeait comme un poison douloureux, mais que lui restait-il à faire, à part espérer ? Souhaiter que les Goranais soient vaincus... Formuler des vœux pour que la monstrueuse créature de l'autre toit ne bondisse pas jusqu'à eux... Et surtout, prier pour que le gentil Bowbaq ne soit pas gravement blessé, et qu'il tienne le coup jusqu'à l'arrivée de ses amis !

Alors qu'elle énonçait tant de désirs, la jeune fille surprit soudain un mouvement dans la rue proche. Un frisson la parcourut lorsque deux inconnus tournèrent au coin de la venelle ! Ils portaient des manteaux, mais pas de masque... Fallait-il s'en méfier, ou espérer qu'ils viennent en aide au pauvre grand-père ?

L'espoir de la jeune fille grandit au rythme des battements de son cœur, alors que les Goranais se penchaient sur la silhouette... puis toutes ses émotions se changèrent en angoisse, quand l'un des étrangers tira son glaive !

Sans réfléchir, usant d'un don qui lui était aussi naturel que la parole, la jeune fille projeta son esprit dans celui de l'homme armé. Elle déclencha aussitôt sa panique, mais eut le temps d'atteindre le centre profond de ses pensées... et elle prit le contrôle de son corps, aussi facilement qu'elle pouvait le faire d'un animal !

Dès lors, Niss n'était plus sur le toit, en train de regarder vers le bas, mais bien dans la peau du Goranais, glaive en main, juste à côté de Bowbaq... Alors que l'autre assassin s'apprêtait à frapper la silhouette étendue, elle se décida à lui planter l'arme dans le flanc !

C'était la première fois qu'elle blessait quelqu'un, mais elle n'avait pas eu le choix. Et l'homme ne montrait pas davantage de pitié pour un adversaire à terre... Il s'écroula avec une lueur d'incompréhension dans les yeux, dévisageant celui qu'il croyait être son complice. Niss le repoussa avec dégoût, puis se pencha vers son grand-père, plus inquiète que jamais.

Son espoir revint pourtant, alors qu'elle remarquait le tas de détritus sur lequel il reposait... La pluie et les années avaient rassemblé là un tapis de cochonneries d'au moins un pied de hauteur ! Cela avait-il pu amortir un peu la chute de Bowbaq ? D'autant qu'il était tombé plus ou moins horizontalement, et non pas sur la tête, par exemple... Niss ne repéra d'ailleurs aucune plaie sur son crâne !

Au bord du soulagement complet, elle saisit la main du grand-père et la palpa jusqu'à trouver son pouls... Le cœur du malheureux battait !

Pour l'instant, en tout cas. Car il pouvait avoir besoin de soins urgents, tandis que les combats des héritiers s'éternisaient...

Niss songea alors que ce corps d'emprunt était parfait pour accélérer les choses. Elle remonta la venelle, repéra l'entrée de la maison fracturée et en grimpa les escaliers quatre à quatre, avant de trouver la trappe sous laquelle se massaient les Goranais.

Le premier sur lequel elle abattit son glaive s'écroula sans un bruit. Le deuxième lâcha un hoquet, mais pas assez fort pour faire se retourner ses complices...

Avec un dégoût qui se dissipa peu à peu, Niss poursuivit ses attaques en traître. Elle continuerait, tant qu'elle n'aurait pas rejoint Keb et Zejabel... et tant qu'une lame ne lui ferait pas connaître une autre mort, qui la renverrait dans le Rêve.

*

La Züe et le barbare se battaient de manière déchaînée, mais leurs adversaires étaient coriaces, et un glaive toujours plus dangereux qu'un simple poignard... Zejabel en faisait l'expérience à ses dépens, armée de son seul couteau ramgrith. À l'écart du combat, Eryne tressaillait chaque fois que la jeune femme devait accepter une estafilade pour éviter un coup plus violent... La Züe souffrait déjà de dix plaies, au moins !

La damoiselle comprenait facilement la situation. Habituée à sa hati empoisonnée, Zejabel avait plus de difficultés à tirer profit d'une lame normale, qui ne faisait pas s'écrouler un adversaire à la première égratignure ! Elle avait tout de même laissé un Goranais au sol, mais Keb s'était déjà débarrassé de trois ennemis, en essuyant une seule coupure à la cuisse.

En s'acharnant sur la première vague d'assassins, les deux combattants avaient malgré tout réussi à en empêcher d'autres de monter sur le toit... mais un flot de manteaux longs surgit soudain par la trappe, comme poussé par le dessous ! Le barbare dut reculer pour faire tournoyer sa lowa, débordé par le nombre, tandis que Zejabel accourait près d'Eryne pour reprendre une position de combat... La damoiselle fut bouleversée par le geste, et en ressentit également une grande honte. Elle n'avait offert aucune amitié à celle qui les avait sauvés de Zuïa, mais la jeune femme en tenue rouge venait tout de même assurer sa protection ! Et comment oublier le saut prodigieux qu'elle avait effectué pour leur venir en aide ?

L'issue du combat était néanmoins plus qu'incertaine, et Eryne n'osait même pas se retourner vers le groupe composé par son frère, Amanón et Cael, qui luttaient contre un horrible monstre depuis déjà de longues décilles. Plus que jamais tremblante, la damoiselle voulut se serrer contre Niss et partager un peu de réconfort... Mais elle poussa un cri d'effroi en découvrant la jeune fille inerte, les yeux révulsés ! La pauvre respirait, pourtant, et son cœur battait... Que lui était-il donc arrivé ?

La scène qu'elle découvrit en se redressant était au moins aussi traumatisante. Deux Goranais gisaient à terre, leurs manteaux peu à peu recouverts par des taches sanglantes... Et Zejabel se tenait face à la damoiselle, une main plaquée sur son ventre. Une main qui laissait échapper des filets vermillon !

— Je n'ai... pas réussi, annonça simplement la Züe.

Elle tomba à genoux, avant de basculer sur le flanc... Eryne s'accroupit aussitôt à ses côtés, lui maintenant la tête avec précaution. Du coin de l'œil, elle vit deux des adversaires de Keb se détacher de leurs complices, pour courir dans leur direction !

— Ne me laissez pas ! sanglota la damoiselle. Vous n'avez pas le droit... J'ai besoin de vous !

— Vous êtes... une déesse, articula la Züe avec difficulté. Battez-vous...

Eryne abandonna la malheureuse, guettant les Goranais qui approchaient... Zejabel ne pourrait pas se relever ! Elles étaient perdues !

— Battez-vous ! répéta la jeune femme, d'une voix faiblissante.

Sans savoir ce qu'elle faisait, uniquement poussée par la peur, Eryne se précipita sur l'un des cadavres et s'empara d'un glaive ensanglanté... Les assassins ralentirent leur course, puis se mirent en garde à bonne distance. La damoiselle n'avait jamais connu pareil frisson ; elle se sentait prête à lâcher son arme pour plonger dans le vide, plutôt que de connaître une mort douloureuse par l'acier ! Elle n'était retenue que par l'image de ses parents, de son frère, et par l'idée qu'elle devait au moins *essayer* de protéger Niss et Zejabel... Même si le combat était sans espoir.

La première attaque vint de l'homme de gauche, et le réflexe d'Eryne n'eut pour seule conséquence que de l'amener à se blesser elle-même le poignet ! Alors que le sang de la belle coulait sur le manche de l'arme, et que la douleur répandait une onde étrange jusque dans son esprit, les Goranais adoptèrent une attitude beaucoup plus détendue... Ils avaient compris faire face à une incapable. Pire, ils s'imaginaient déjà lui ouvrir le ventre, et jeter ensuite son corps dans la ruelle !

La damoiselle fut plus bouleversée, encore, alors qu'elle prenait conscience de *lire* ces pensées dans le crâne de ses ennemis. Et ces promesses de mort et de douleur ajoutaient à son désespoir... Jusqu'à ce que l'homme de droite songe soudain à viser sa jambe, poussant Eryne à exécuter un petit bond en arrière, par réflexe ! Puis ce fut l'assassin de gauche qui prémédita de la frapper d'estoc... La damoiselle n'eut qu'à esquisser un pas de côté, au bon moment, pour éviter l'assaut. Elle aurait même pu abattre son glaive sur le bras tendu de son adversaire, si elle l'avait voulu... D'ailleurs, pourquoi ne l'avait-elle pas fait ?

Une certaine fièvre monta en elle, alors que naissait enfin un faible espoir de victoire. Plutôt que de repousser les pensées de ses ennemis, elle se concentra dessus, écoutant, *aspirant*, même, toute réflexion des Goranais concernant le combat... Elle apprit également une foule de détails sur eux, leurs noms, leurs désirs, la manière dont ils avaient rejoint une secte, les raisons qui les liaient à Sombre ; mais elle rejetait tout cela pour ne garder que l'essentiel, à savoir ce qui lui permettait d'éviter les coups, ou bien de les donner !

Une fois la chose acceptée, ce devint même facile. Voyant que l'homme de gauche projetait une charge brutale, Eryne recula jusqu'à la corniche, puis s'esquiva à l'instant même où le Goranais croyait la transpercer... Le cri de surprise de l'assassin s'interrompit brutalement, une dizaine de pas plus bas !

Le deuxième se montra coriace, mais contre toute attente, la damoiselle ne se sentit jamais *vraiment* en danger... Le plus long fut de trouver l'occasion de l'amener de vie à trépas. Eryne avait peut-être un instant d'avance sur son adversaire, mais elle ne maîtrisait absolument pas l'arme qui prolongeait sa main... Et il lui était pénible de tuer un homme, malgré tout, en ce qui semblait être un meurtre de sang-froid !

Pourtant, cela devint beaucoup plus simple quand elle entrevit les visages des anciennes victimes de l'assassin, au cœur de ses souvenirs. Elle n'eut alors plus aucun remords à lancer son bras devant elle, à l'instant où le Goranais projetait d'y déplacer son cou... Le choc fut moins violent que la damoiselle ne s'y attendait, mais l'homme s'écroula tout de même, un flot de sang giclant de sous son masque.

À quinze pas de là, Keb fracassait le crâne de son sixième et dernier ennemi. Les autres s'enfuyaient vers la trappe ; certains criaient même après l'avoir franchie... Quelques instants plus tard, Niss connaissait un réveil miraculeux, avant de bondir sur ses pieds à la rencontre du Wallatte !

Soulagée, Eryne fut heureuse d'abandonner le glaive. Son poignet était plus douloureux que jamais... En relevant la tête, elle croisa le regard de Zejabel. Les deux femmes n'échangèrent pas la moindre parole. Il était trop tôt pour cela.

D'autant que, sur l'autre toit, le combat n'était pas terminé.

*

Le monstre avait été frappé vingt fois, trente fois, et il répandait son sang noir par autant de blessures, mais sa vigueur ne diminuait pas... Pas plus que l'acharnement qu'il mettait à vouloir déchirer les héritiers. La veste de cuir d'Amanón n'était plus que charpie ; Nolan avait écopé d'une belle entaille au torse, parmi d'autres coupures ; et Cael n'était pas en meilleur état... L'adolescent ne comptait plus les sillons rouges que la créature avait tracés sur sa peau, avec des ongles dont le passage laissait comme une douleur supplémentaire. Et encore, tous les trois avaient jusque-là réussi à échapper aux terribles mâchoires qui cherchaient leurs gorges !

S'ils n'avaient pas combattu ensemble, les héritiers ne seraient déjà plus que dépouilles déchiquetées. Le démon était puissant, certes, mais son intelligence animale le faisait constamment se retourner sur le dernier adversaire à l'avoir frappé... Ainsi, les cousins et le novice passaient leur temps à se sauver mutuellement la vie, attirant l'attention du monstre sur eux aussitôt qu'un compagnon était trop explicitement en danger. Dès que la créature s'échappait du cercle pour contourner l'un de ses ennemis, les jeunes hommes reprenaient aussitôt position autour d'elle !

Cela ne les rendait pas intouchables pour autant, et Cael sentait bien la fatigue le gagner... Ce qui promettait une prochaine erreur de jugement, ou un réflexe trop tardif, débouchant sur une issue fatale. *Qui serait le premier à faiblir et à se faire égorger devant ses amis ?* Telle était la question qui hantait les pensées de l'adolescent, avec : *dans combien de temps ce fichu démon allait-il mourir ?*

Cael commençait même à douter que ce fut possible. Seul un dieu pouvait en tuer un autre, après tout, et cette bête-là était évidemment échappée du Jal !

À ces inquiétudes s'ajouta bientôt une autre, presque aussi grave aux yeux de l'adolescent... Depuis un petit moment, il sentait la Voix revenir ! Il s'y était attendu, bien sûr, dès le début du combat, mais il avait espéré ne pas succomber encore à la démence... Peine perdue ! Des images de haine et de peur commençaient déjà à déferler dans son esprit, noyant toutes ses autres émotions, selon un processus malheureusement habituel... D'ici à quelques instants, Cael se transformerait en un fou furieux capable du pire !

Les paroles de Niss lui revinrent en mémoire, tandis qu'il luttait à la fois contre le monstre et son propre déséquilibre... La jeune fille prétendait avoir vu *deux* Cael. Il s'agissait probablement d'un rêve, mais la petite Arque avait côtoyé tellement de choses étranges, entre sa longue période de mutisme et ses pouvoirs d'erjak, qu'il existait peut-être un fond de vérité à tout ça !

L'adolescent n'avait guère le choix... Alors que la Voix menaçait de prendre le contrôle de son corps, alors qu'il sentait déjà monter en lui une insatiable envie de destruction, Cael cessa de repousser *l'autre*, ce qu'il n'avait jamais fait, pour lui offrir *volontairement* une petite place dans son esprit !

Le résultat fut bien différent de ce à quoi il s'attendait. C'était une impression étrange... Au final, il se sentait encore lui-même, tout en reconnaissant ne plus être identique au Cael de l'instant précédent. Il était... la réunion des deux. *Beaucoup* du jeune Kaulien qui étudiait à Grand'Maison, et *un peu* de celui qui s'exprimait par la Voix !

Cela était bien suffisant, en tout cas, pour tripler sa rage de vaincre et son habileté à la rapière. Désormais, l'adolescent ne voyait plus le démon comme un adversaire invincible, mais comme un être inférieur avec qui le combat n'avait que trop duré ! Il lança donc plusieurs attaques, aussi précises les unes que les autres, traçant autant de nouvelles plaies noires sur le pelage du monstre... Celui-ci concentra alors ses efforts sur Cael, qui dut reculer pour éviter d'avoir la tête arrachée !

Emporté malgré tout par ce succès, le Kaulien ouvrit davantage son esprit à la Voix, y gagnant en force et en rapidité, autant qu'en haine et en soif de domination... Il songea aussitôt au danger qu'il encourait à aller trop loin, mais la perspective de pouvoir enfin gérer ses démences le transportait d'un tel enthousiasme qu'il en oublia toute prudence ! Bientôt, la Voix fit part *égale* avec le Cael qu'il était d'habitude... Et le démon, jusqu'alors agresseur, devint aussitôt la victime.

L'adolescent ne compta plus les coups qu'il portait, à tous les organes dont il devinait l'emplacement, transformant la créature en une silhouette gémissante et poisseuse... Manó et Nolan profitèrent de cet avantage inattendu pour redoubler d'assauts, au point que le monstre ne songea même plus à se défendre ! Bientôt, Cael recula d'un pas pour admirer son œuvre, un sourire sadique aux lèvres, prêt à porter le coup fatal... Mais Amanón lui vola ce privilège, en envoyant la bête à terre d'une dernière frappe brutale !

— Tu n'avais pas le droit ! hurla l'adolescent, dans une explosion de rage. C'était *ma* victoire !

Exténué, haletant, son cousin lui rendit un regard stupéfait... puis il posa les yeux sur la rapière que Cael brandissait dans sa direction, avant que lui-même n'en prenne conscience. Pendant quelques instants qui parurent une éternité, l'adolescent se demanda s'il n'allait pas l'utiliser... Montrer sa force...

Mais la Voix finit par se retirer dans les profondeurs de son esprit, laissant le Kaulien avec une infinie sensation de solitude et de faiblesse.

*

Usul tourne et tourne encore dans sa caverne, plus impatient que jamais. Après des jours d'incertitude, de réflexion, de spéculation, une partie de l'avenir semble enfin figée ! Tout le reste est flou, indécis, mais l'éternel a réussi à dégager *une* certitude parmi les nombreux visages que peut emprunter le futur...

Des mortels vont venir à sa rencontre.

Et le dieu sait déjà quelles questions ils vont lui poser.

Généalogie simplifiée :

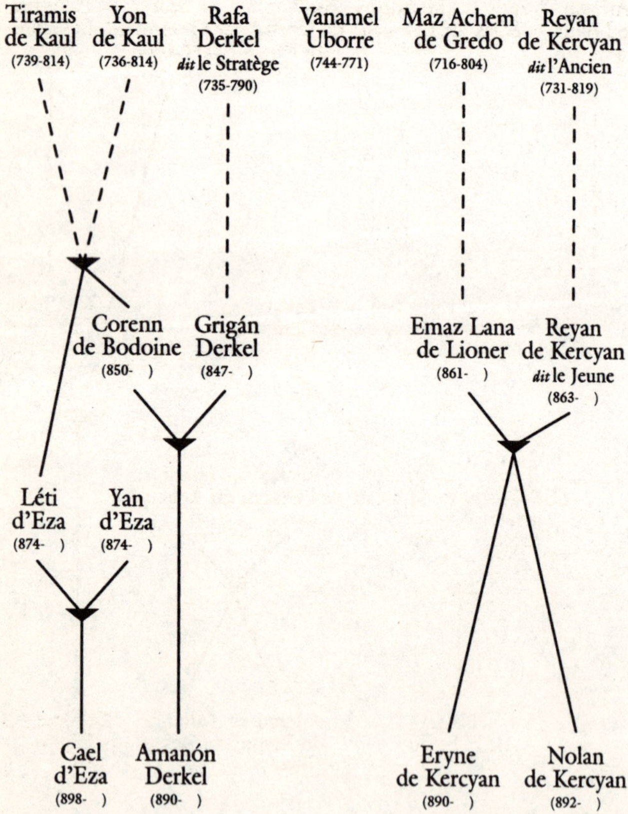

les sages et les héritiers

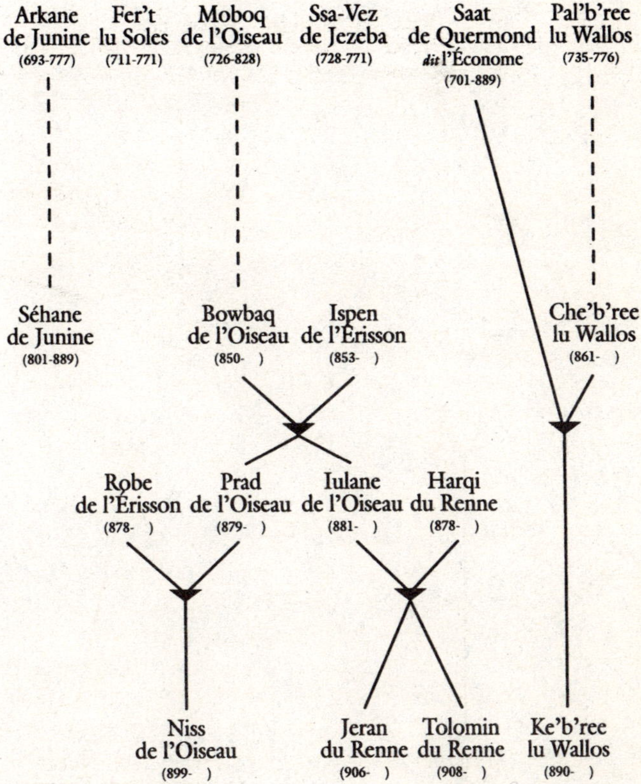

8365

Composition PCA à Rezé
Achevé d'imprimer en France (La Flèche)
par Brodard et Taupin
le 9 mai 2007. 41736
Dépôt légal mai 2007. EAN 9782290349281

Éditions J'ai lu
87, quai Panhard-et-Levassor, 75013 Paris
Diffusion France et étranger : Flammarion